人民共和國文化與文學叢書

十　編

李　怡　主編

第 3 冊

尋找文學的蹤跡
（共和國文學卷）（下）

陳　國　恩　著

花木蘭文化事業有限公司

國家圖書館出版品預行編目資料

尋找文學的蹤跡（共和國文學卷）（下）／陳國恩 著 -- 初版
-- 新北市：花木蘭文化事業有限公司，2022〔民111〕
目 2+176 面；19×26 公分
（人民共和國文化與文學叢書 十編；第 3 冊）
ISBN 978-986-518-943-3（精裝）
1.CST：中國文學 2.CST：文學評論
820.8   111009785

特邀編委（以姓氏筆畫為序）：

吳義勤 孟繁華 張 檸
張志忠 張清華 陳思和
陳曉明 程光煒 劉福春
（臺灣）宋如珊
（日本）岩佐昌暲
（新西蘭）王一燕
（澳大利亞）鄭 怡

ISBN-978-986-518-943-3

9 789865 189433

人民共和國文化與文學叢書
十 編 第三冊   ISBN：978-986-518-943-3

尋找文學的蹤跡（共和國文學卷）（下）

作　　者 陳國恩
主　　編 李 怡
企　　劃 四川大學中國詩歌研究院
總 編 輯 杜潔祥
副總編輯 楊嘉樂
編輯主任 許郁翎
編　　輯 張雅淋、潘玟靜、劉子瑄　美術編輯 陳逸婷
出　　版 花木蘭文化事業有限公司
發 行 人 高小娟
聯絡地址 235 新北市中和區中安街七二號十三樓
　　　　 電話：02-2923-1455／傳真：02-2923-1452
網　　址 http://www.huamulan.tw 信箱 service@huamulans.com
印　　刷 普羅文化出版廣告事業
初　　版 2022 年 9 月
定　　價 十編 17 冊（精裝）新台幣 43,000 元

尋找文學的蹤跡
（共和國文學卷）（下）

陳國恩 著

目

次

現代舊體詩詞的「入史」問題

陳國恩（主持人）：現代作家的舊體詩詞該不該進入中國現代文學史及如何進入的問題，自上個世紀末提出，到新世紀初更受到關注了。這個問題，不是簡單地把那些舊體詩詞納入現代文學的敘史視野即行，它牽涉到的是現代文學史的觀念，對五四新文化運動、文學革命及現代文學史上一些重要文學現象的重新評價。說得直一些，就是關係到中國現代文學學科觀念和體系的調整。正因為有此難度，從呼籲舊體詩詞進入現代文學史至今已有不短時間，但至今仍沒有一本現代文學史著作比較理想地實現了提倡者的既定目標。

我曾經寫過文章〔註1〕，認為要深入系統地研究現代作家的舊體詩詞，甚至可以寫出現代的舊體詩詞史，但現代的舊體詩詞進不進入學科意義上的現代文學史問題要謹慎對待。後來有同行寫文章商榷，他有點曲解我的意思，因而我又寫了《談現代舊體詩詞慎入現代文學史的問題——兼答王國欽先生》一文〔註2〕，更為完整地說明了我的觀點。我的意見是，現代作家的舊體詩詞該不該入現代文學史，見仁見智，是可以討論的。我說要慎入，是因為它的進入會給現在一般所認同的現代文學學科造成大的衝擊。在還沒有解決好一些基本的理論問題之前，只是簡單地把舊體詩詞納入現代文學史，會給現代文學學科的調整帶來某種混亂。

中國現代文學是從語言形式到思想情感內容都革新了的文學，它與中國古代文學是不同的，兩者各有自己的標準，不能完全互相借用。中國現代文

〔註1〕陳國恩：《時勢變遷與現代的古典詩詞入史問題》，《博覽群書》2009 年第 5 期。
〔註2〕陳國恩：《談現代舊體詩詞慎入現代文學史的問題——兼答王國欽先生》，《中國韻文學刊》2011 年第 2 期。

學之「現代」，是相對於整個古代文學而言的。它不是一個朝代的文學，而是相對於整個古代文學的一種新的文學，它的根本點是現代性。這個現代性，不僅要表現在思想情感內容上，也要表現在作品的語言形式上。語言形式，不是純粹的形式，而是有意味的形式。古典的形式是會限制現代人的思想情感表達的，它不能完全表達現代詩所能表達的內容，或者即使表達了，也難以達到現代詩所表達的那種效果。至於表達的藝術水平，也許現代詩比不上唐詩宋詞，但那是兩種標準，不能混為一談。現代詩要完善，要提高藝術表現力，要吸收古典詩詞的藝術營養，但不可能再回到唐詩宋詞的道路上去。即使回到唐詩宋詞的道路上去，也肯定達不到唐詩宋詞的水平，更難達到唐詩宋詞那樣的影響了，晚清擬古派詩作的命運就是一個很好的證明。這種情形，是由現代社會已經普遍應用白話語言這一狀況所決定的，也是由現代生活的內容所決定的。

　　現代作家創作舊體詩詞，的確不是個別的現象。新文學發生期的一些作家大多有很好的舊學根底，能寫一手漂亮的舊體詩詞，期間湧現了不少名家，如魯迅、郭沫若、郁達夫，還有一些革命家，如毛澤東等，這樣列舉起來，會是一串很長的名單。中華人民共和國成立初期登上文壇的一些作家也有一些能寫很不錯的舊體詩詞，如果要把現代人寫的舊體詩詞納入現代文學史，主要涉及的就是上述兩個時期的人。但他們以後的作家，絕大多數不會寫舊體詩詞了，越往後會寫的人越少（那些民間打油體的舊體詩詞不在此列）。雖然不能說此後不會再有寫舊體詩詞的人了，有愛好者或許仍能寫一手漂亮的舊體詩詞，但那肯定是個別的例外，他們寫出來的舊體詩詞對整個文壇大概不會產生真正重要的影響了。所以要把現代人寫的舊體詩詞寫進現代文學史，也只能寫到上個世紀中葉登上文壇的那一代，再往後恐怕是想寫也難。從這樣發展的眼光看問題，提出把舊體詩詞納入現代文學史，其實意義是有限的。當然，舊體詩詞即使不進入現代文學史，也不影響這種體裁在過去的文學史上仍然活著，而且在民間依然具有生命力，因而對它進行研究仍是必需的，而且作為研究現代作家思想和藝術變遷的一份重要材料，它們同樣具有十分重要的研究價值。

　　不過，我的這些慎入理由要成立，有一個重要的前提，即認同現在大多數人所接受的中國現代文學學科觀念，看重啟蒙現代性和白話語言形式的意義。而一旦認為中國現代文學不一定要採取白話的形式，那這理由就可能不

再存在。正因為如此，我才堅持認為中國現代文學史接受現代作家的舊體詩詞是一個觸動現代文學學科觀念和體系的重大問題，甚至是帶有根本性的。這個根本性的問題如何解決？至今還沒有好的預案。堅持「慎入」，主要還是因為基於歷史的經驗，許多人看重五四時期確立起來的現代性，認為這個現代性在今天乃至今後很長一個時期仍具有現實意義，而又看好白話語言的前景，認為中國人所操持的語言不可能再回復到文言的道路上去，但我同時又認為要看看形勢的發展，不能輕易地對人們的觀念隨著社會發展產生什麼變化下一個簡單的判斷。一切皆有可能——如果真有那麼一天，五四所確立的現代性已經完成使命，中國人用不著再在現代性問題上較勁，而文學的語言形式到底是文言還是白話也被認為不再那麼重要了，那麼取消現在的學科意義上的中國現代文學的獨立性，讓現代文學變為斷代文學，如民國文學、共和國文學，甚至把這一時期的文學徹底合併到古典文學，成為中國文學的一個朝代意義上發展階段，那又有何妨？

　　總而言之，現代作家的舊體詩詞進不進入現代文學史及如何進入的問題，可以討論。為此，我邀請了一些年輕學人，他們是武漢大學文學院的中國現當代文學專業博士生，請他們來談一談想法。我們集中起來討論了一次，確定了每個人的談論重點。我要求他們不受既定觀念的影響，各抒己見。年輕人沒有歷史包袱，思想活躍，他們提出的意見並不統一，但非常有意思，有些可謂別出心裁。我把他們的文章彙集起來，只改了少量文字表述，不動基本的意思，現在交給學界，敬請識者批評。

韓晗：現當代文學史何必「無所不包」

　　任何學術爭鳴都不在於說服對方，而在於解決問題，或至少是掃清問題在接近真理途中的障礙。因此，在「古體詩詞是否該進入現當代文學史」這個頗顯宏大的疑問之下，筆者暫將其「各個擊破」為三個小問題，就教於諸方家指正。這三個小問題分別是：一，現當代文學史的收錄是否就是經典的確立？二，我們應該如何審視近百年來的古體詩詞創作？三，面對浩如煙海的現當代古體詩詞，我們該如何給其定位？

一

　　文學史的寫作，很大程度上受制於兩個方面，一是著史者的學術品格、思想水準，另一個是寫作時的特殊語境，兩者從主客觀雙方面共同決定了文

學史著作的眼光、包容度與學術視野，現當代文學史也不例外。

而且，任何一種文本的寫作，還存在著一個繞不開的問題：傳播與接受。在一個印刷、通訊技術相對發達的時代，寫作的意義不再只是寫作本身，而包括了文本的傳播與接受過程。文學史的寫作並不同於一般文學作品或人文社科普及型讀本的寫作，它所針對的受眾，是高校與科研院所相關專業研究、學習人員，而不是一般性的讀者。關於這個問題，有學者提出了類似的觀點，認為現代文學學科史，所梳理的主要也是專業形態的文學接受，因此不太可能顧及同時態的「一般讀者」的反映。〔註3〕

基於上述理由，我們可以獲悉，文學史的寫作斷然不能「投其所好」，受制於時代特殊語境當然是不得已的客觀原因，但從自身的學術品格與思想水準這個角度來講，必須還包括一個「著史」的標準性問題。即：一部文學史，究竟應該包含什麼內容？

長期以來，對現當代文學史寫作的研究一直是學界的熱門。從上個世紀八十年代至今，被兩度提起的「重寫文學史」儘管聲勢浩大、成果浩繁，但爭論的核心依然是著史者的觀點、著史的方法而非所著之文學史的內容。因此，三十多年來，現當代文學史不包含古體詩詞，彷彿已成了一個約定俗成的道理。

這個道理仔細分析則很簡單。中國現當代文學史的邏輯起點為「五四」新文化運動，而「新文化運動」的三個基本特點為白話語言、現代思想與創作精神的自我化，即對於先前傳統文學體制中正統、法統與道統精神的三重拆解，尤其是「白話文」乃「新文學」與「舊文學」之最大差異。譬如對於「五四」時期仍然堅持進行古體詩詞創作的陳三立等人，胡適曾進行過尖銳的諷刺，批其「即令神似古人，亦不過為故宮博物院添幾許『逼真贗鼎』而已」，甚至武斷地認為其作品「皆無文學價值」。〔註4〕

胡適抨擊陳三立的另外一段話筆者抄錄在此，以佐證當時「新文化運動家」們對於「古體詩詞」的基本態度：

> 其病根所在，在於以「半歲秃千毫」之工夫做古人的鈔香奴婢，
> 故有「此老仰彌高」之歎。若能灑脫此種奴性，不做古人的詩，而

〔註3〕 溫儒敏：《作為文學史寫作資源的「作家論」──「現當代文學學科史」研究隨筆之一》，《北京大學學報》2005年第2期。

〔註4〕 胡適：《文學改良芻議》，《中國近代文學大系·文學理論集》一，上海書店出版社1994年版，第331頁。

惟作我自己的詩，則決不致如此失敗矣。〔註5〕

在新文學運動之後不久的 1920 年，清華大學曾以校方的名義推行過一段時間的古體詩詞，但遭到另一位「新文化運動家」聞一多猛批，他立即在《清華週刊》上撰文《敬告落伍的詩家》予以駁斥，非常肯定地宣稱：「若要真做詩，只有新詩這條路走」、「若要知道舊詩怎樣做不得，要做詩，定要做新詩。」〔註6〕

還有一個不該忽略的史實是，第一批新文學史研究者如胡適、聞一多、陳子展、蘇雪林等人，公推新文學運動的濫觴乃是黃遵憲、龔自珍等人的「詩界革命」運動，「詩界革命」的口號是「我手寫我口，古豈能拘牽？」這十個字基本上也反映了上述「新文化運動」的三個主要特點，算得上是「新文化運動」的先聲。

而且，胡適本人第一部「新文學史」作品即冠名為《白話文學史》。因此，用文言文所寫作的「古體詩詞」顯然觸犯了「五四」所規定的「白話」之硬性條件，遂被歷朝歷代新文學史的著述者逐出被遴選範疇，久而久之，「新文學史」不關注詩詞歌賦成為了一個約定俗成的道理，便由於此。

二

詩歌是世界上最古老、最基本的文學形式，中國是詩的國度，中華民族是詩的民族，千百年來，詩作為一種最常見的文學形式，早已融入中國人的日常生活的血脈當中，上至三公九卿，下達販夫走卒，試問誰人不知李白杜甫？

任何民族都有著自身的文化表達習俗、閱讀習慣與審美風格，正如雅利安人的吟唱、日耳曼人的民謠與美國辛辛那提土著的鄉村搖滾一樣，不論婚喪嫁娶、戰亂和平，詩歌成為了中國人習以為常並廣泛接受的感情表達形式。在中國人的生活中，詩歌無所不在，早已滲透入衣食住行的每一個角落。先知詩而後知文，亦是中國傳統文化的主要特點。文學叫「詩學」、文藝叫「詩藝」、文學評論叫「詩話」、文藝的教育功能稱之為「詩教」，甚至中國對於傳統文人士大夫的情趣尺規的要求也是「詩書酒劍」四項，這種審美傳統，我們無法也不必割裂。自《詩經》以降，中國的「詩文化」迄今已綿延兩千餘載，「五四」新文化運動，至今尚九十餘年，以區區不足百年抗衡於兩千餘載，豈非須臾間較之一刻？

〔註5〕胡適：《文學改良芻議》，《中國近代文學大系·文學理論集》一，上海書店出版社 1994 年版，第 332 頁。

〔註6〕《聞一多論新詩》武漢大學出版社，1985 年版，第 2 頁。

　　而且，「五四」以來，古體詩詞不但深受政黨領袖、國家元首的喜愛，更受知識分子、社會賢達的推崇，而且在平民百姓中亦曾有過龐大的接受市場。胡適等一批「新文化運動」家對古體詩詞的顛覆、批判始終不能降低它在中國人心中的地位。因此，任何評論家都可以將古體詩詞驅逐出現當代文學史，但卻無法將其從中國人的日常生活中抹殺。

　　那麼，我們可以回答第一個問題了：現當代文學史的收錄，是否就是經典的確立？

　　就目前所見中國大陸所編寫的各種現當代文學史而言，林林總總約有千餘種，但其包含的內容，不外乎四個門類——作家、作品、文學思潮、文學事件。但只要沿著「五四」新文化運動這條路子寫下來所涉及的上述四個門類，勢必是「新文學」的路子，即符合上述「五四」的三個標準，古體詩詞、用少數民族語言所撰寫的文學作品（如彝文詩歌、蒙古語長調）等等，則成為了研究者的「盲區」了。

　　但這些「盲區」的作品，難道就不算經典作品嗎？

　　這個問題也不難回答，中國現當代文學史千本千樣，但其共同點之一就是屏蔽了古體詩詞作品（當然也屏蔽了少數民族語言的文學作品），這是受「語言」這個核心命題所決定的。隨著近代語言學的興起，對於文學的衡量往往將「語言」作為第一標準。因此，現當代文學史一方面要恪守「五四」的主流文學史觀即遵循「白話文學史」的準則（在這裡白話被定義為英文的 mandarin，即現代漢語的官話），另一方面，作為寫給專業人士閱讀的文學史著本，必然要考慮到接受者的感受，其中相當一部分「中國現當代文學史」著本乃是各大高校中文系的教材、讀本，按照全世界編寫教材的通例：有爭議的內容不入教材。既然從「五四」至今都遵循「現當代文學」即「白話文學」這個習以為常的準則，那麼後來的研究者便不會再去破壞、顛覆了。

　　因此我們可以看到，現當代文學史所研究的對象，基本上是「白話文語境」下的作家、作品、思潮與事件等元素，所涉及、收錄的內容，亦是較少有爭議的白話文小說、散文、劇作與新詩。文學史的選錄乃遵循「無爭議化」而非純粹的「經典化」。但須知人類的進化向來是充滿波折的，將爭議降到最小並非意味等同於經典，往往在一個時代飽含爭議的作品往往卻是下個歷史時段的圭臬之作，文學史家只是特定時代文學狀況的總結者，並非卓越的預言家，古往今來，都不例外。

三

上述言論，並非為證明古體詩詞之經典，文學史著本如何平庸。經典與平庸均相對存在於任何一個龐大的集合當中，古體詩詞與文學史著本也不能幸免。上論的意圖在於：文學史尤其是現當代文學史，決非「無所不包」之大雜燴，它有著自身嚴格的選定標準與寫作體例，但這並不意味這些標準、體例與經典的遴選是一致的單聲部。

說完了文學史，那麼我們又該如何去認識現當代古體詩詞的創作呢？筆者淺見，我們可以試著作三個方面的探討，這樣就會對這一問題有著更為全面的把握，並能有助於回答本文提出的第二個問題。

首先，現當代古體詩詞的創作，說到底是一種語言的「緩衝」，是一種語言形式向另一種語言形式的過渡，其大趨勢依然是式微的。

這不難理解，前文筆者已經論述過，中國的古體詩歌，迄今已經有兩千多年的歷史，從四言、五言到七言，從短詩、律詩再到詞曲，其中綿延過渡，全憑文言文的進化。「新文化運動」割裂了文言文與白話文的關係，引入了歐化的語法系統，這種語言形式迄今不過才不足九十年。

語言學家早就說過，語言是「習得」的，而不是「學習」的，一種語言的產生與發展，與該民族的生存環境、飲食習慣、身體結構、文化歷史有著密切的聯繫。史實也證明了，中國古代雖然有不斷進化的口頭語言，且元、清等少數民族政權不斷向漢族地區推行少數民族文字，但作為書面語言的漢語文言文仍是中華民族在農業社會中所孕育出的經久不衰的傳統語言。

以西式語法為核心的白話文產生後，曾與羅馬拼音、西式標點等一道，受到了從國民政府至人民政府的一致推崇，這是文化全球化的產物，是西方語法系統向東方擴張的結果。但傳統的語言是不會因為一種新語言的產生而迅速消亡的。時至今日，在中國人的日常生活、書面語言中，仍然可見文言文的痕跡，如「之」「勿」「者」「何」等文言詞彙的廣泛使用，也顯示出了文言文強大的生命力；在中國中小學生的語文課程教育中，對於古典詩、詞、曲、文選入課文的比重又日漸增加。因此，從「五四」至今，社會各界賢達、三教九流熱衷作詩填詞以抒胸臆，早已成為一種日常生活中的文化常態。

但是我們必須還要看到一個趨勢：從「五四」至今，懂得平仄、講求韻律的詩作越來越少，古體詩詞不再如唐詩宋詞般引經據典，這也是本文基本觀點的一個印證。透過近百年來古體詩詞的創作趨勢，我們可以覺察到文言

文正在逐步退讓、式微，因為當下中國已經不再為文言文的保留、發展提供空間與環境，現在我們看到的古體詩詞創作，只是一種語言退出歷史舞臺之前的緩衝、慣性，是「文白交接」的過渡而已。

其次，當下古體詩詞的創作，其內涵基本上是「現代性」的，是與時代的發展息息相關的，形式雖然傳統，但內容卻新，這為古體詩詞逐步退出歷史舞臺不自覺地提供了動力。

近百年中國社會之多變，超越了中國歷史上任何一個百年，從君主立憲到五族共和，再到半殖民半封建，最終進入人民民主專政，期間的戰亂、內亂、政治鬥爭層出不窮如走馬燈。正所謂「國家不幸詩家幸」，國家、社會的巨大變革恰為文學家們提供了優質的文化土壤，且不說白話文的作品爭奇鬥豔、各領風騷，古體詩詞的創作也體現出了與時俱進、切中時局的特徵。

可以這樣說，近百年來任何一個歷史的關鍵時刻，「古體詩詞」都積極地發揮其文學社會意義，這是其內容上的一大特徵。如辛亥革命時孫中山挽劉道一的「塞上秋風嘶戰馬，神州落日泣哀鴻。幾時痛飲黃龍酒，橫攬江流一奠公」、抗戰軍興時古典文學專家唐圭璋的「佇望三軍，掃蕩腥跡。會有日萬眾騰歡，相伴還京邑」、重慶談判時毛澤東的「數古今風流人物，還看今朝」以及「四五」天安門詩抄中的「欲悲聞鬼叫，我哭豺狼笑；灑淚祭雄傑，揚眉劍出鞘」等等，凡此種種，不勝枚舉，上述古體詩詞，堪稱百年中國歷史的縮影。由此可知，其他現當代文學作品所描寫的內容、關注的對象，其實與同時代的古體詩詞同出一源。

但「舊瓶裝新酒」始終不能算是一種符合文學健康發展的利好趨勢，正所謂一朝有一朝之文學，古體詩詞對於平仄、韻律的要求甚至苛求，使得當下的寫作者與閱讀者不自覺地向新詩、小說與散文靠攏。誠然，古體詩詞雖然深入中國人之日常生活的血脈，並形成了深厚的接受基礎，但當下的語境顯然不能與唐宋時詩詞的鼎盛時期相比，我們既要看到古體詩詞富有生命力的一面，亦要覺察到它逐步退出歷史舞臺、與新生的文體相合併的歷史趨勢。

最後，我們必須還要注意到一點的是，從傳播學的角度看，從古到今，古體詩詞的集子都是「家刻」的「半公開印刷品」。晚清之前尚無商業化出版，「家刻、官刻、坊刻」並舉尚無可厚非，但自近代以降，古體詩詞集仍普遍採取「家刻」的形式，始終無法進入現代出版業，這在很大程度上束縛了其被選入文學史的可能性。

尤其是現當代史中的詩詞作品，除卻領袖詩詞、政治詩抄之外，基本上知名的詩詞集如張伯駒的《紅毹記夢詩注》、鄭孝胥的《海藏樓詩》、吳宓的《詩集》等等，其首印均為「私刻」，成為了文人士子之間相互交流贈送的禮品。而且古體詩詞「私刻」之習俗影響至當下，大批離退休幹部、地方詩社、詩歌協會如「黃石西塞山詩社」、「廣東省潮州市政協潮州詩社」、遼寧省鞍山市老幹部的「長城詩社」等等，其主持編撰的詩集多半都是帶有「省內准印字」的「內部出版物」。

這樣的出版形式使得作為「人際交流」的古體詩詞集或尚有一定影響，若是想進入「大眾傳播」則幾乎難上加難。如此特殊的小眾傳播，大大束縛了古體詩詞進入文學史研究者的視野。諸多出版社如上海古籍出版社、黃山書社與嶽麓書社再版印刷的基本上是唐宋詩詞的經典之作，而現當代古體詩詞作品的出版基本上都不涉獵。當然，從客觀上看與其缺乏市場有關，在「新文學運動」之後，登載古體詩詞作品的刊物已大幅度減少，不及辛亥革命至「五四」期間的五分之一。古體詩詞在「新文化運動」之後出版的期刊裏，處於逐漸式微的趨勢，有時淪為補白的地位，專門刊登古體詩詞的欄目在現代文學的期刊裏是越來越少。有些刊物開始的時候還以古體詩詞為主，但漸漸就改換成了以新文學為主了。〔註7〕但是，我們亦不能忽視另外一個主觀原因——當代大量古體詩詞基本上都是直抒胸臆、唱酬友朋的「私人寫作」，而不是為了公開發表而撰寫的公共作品，在這樣的語境下，縱然有好作品，亦難被發現並將其予以評述。在大眾傳播、信息高度發達的語境下，被湮沒就意味著被遺忘與淘汰，古體詩詞淪落至現當代文學史家的視野之外，亦不足為奇了。

四

本論題的第二個問題至此基本上也有了答案：古體詩詞儘管深入民心、生命力旺盛，但仍然顯示出了走下坡路的式微趨勢，時代無論如何發展，都不會讓古體詩詞回到唐宋時的繁榮地步，後人評述我們這個時代的文學經典，只會以小說、散文與影視劇本為例，而不會再以古體詩詞為代表，它只能算是中國文體與語體在新時期的一個新舊交替的「過渡」。藉此，擺在研究者、讀者面前的，則是該論題的第三個問題：面對現當代文學史中成千上萬首古

〔註7〕 尹奇嶺：《民國時期舊體詩詞的刊印傳播》，《出版科學》2011 年第 2 期。

體詩詞作品，我們該給予它們一個何樣的文學史地位？

作為研究者的我們，顯然不能忽視這樣一個龐大信息庫的存在，也不能對《沁園春‧雪》這樣的傳世名篇視若無物。毋庸置疑，給這樣一個獨特文學存在予以歷史定位是一件很困難的事情。拙認為，如果從歷史與現實兩重視角入手，或許可以稍微準確地接近這一問題的本質。

首先，從歷史的眼光看，「五四」非但割裂了中國文學史，更割裂了中國藝術史、哲學史、文化史甚至科技史，一切形而上的東西，都因為「五四」而呈現出了「傳統／現代」的兩面性。且不說中國現當代文學史裏沒有古體詩詞；就連中國美術史裏也挪走了傳統的篆刻、國畫與刺繡；京劇崑曲被話劇悄然取代於中國戲劇史；傳統哲學亦不再成為中國當代哲學史裏關注的內容；甚至當代醫學史裏也不再收納中醫這個「老祖父」——但這並不意味著戲曲、傳統詩詞、刺繡與中醫就迅速走向消亡了，相反，它們在東西方世界同時都有著還算廣闊的接受空間。

這一切誠如美國哲學家霍米‧巴巴（Homi K. Bhabha）所說：對於大多數被殖民的東方國家而言，「當代史」意味著揮別傳統的歷史。〔註8〕自然，被侵略長達百年的中國亦不例外。那麼，這些門類史對傳統的揚棄，實際上反映了後殖民理論中的一個核心命題：我們如何該正視「傳統」（或「民族」）的藝術表達形式？

好在戲曲史、工藝美術史與醫學史的研究者們給予了文學史研究者們一個還不算壞的答案或啟發。儘管西醫、話劇（包含影視劇）與西方工藝美術的影響在不斷擴大，但從上世紀初至今，關於中國戲曲史、陶瓷藝術史、中醫史的著作依然也在不斷付梓出版，這些著作的立足點不再是被西化、歐化了的「現代中國」，而是傳統元素在現代語境下的艱難處境與歷史變遷。可惜目前中國大陸尚無一部《中國現當代古體詩詞史》問世，倘若有這樣一部立足古體詩詞的現狀、客觀分析其前世今生的著作，我想，這應是對於本論所涉核心問題的最好答覆——畢竟任何時代的史著都有「專門史」與「通史」之辨，這也為並非「無所不包」的現當代文學史轉移了不必要的、被置喙的表述空間。

其次，從現實的眼光看，正如前文所述，古體詩詞最終是要退出歷史舞臺的，但這種退出絕對不是如手榴彈爆炸一般的瞬間灰飛煙滅，而是一種融合、交流之後的新生，是一種「新文體」的鳳凰涅槃。

〔註8〕Homi K. Bhabha, Nation and narration〔M〕. London: Routledge, 1990，45 頁。

從「五四」至今，我們可以看到，在諸多「白話文」小說、散文中都已經開始出現了各種各樣的古體詩詞，甚至部分流行歌曲、影視劇的對白等等，亦開始引經據典，講求文字的雅馴與對偶。因此，我們完全有理由相信，在若干年以後，古體詩詞或許不會再以單行篇目的形式出現在公眾的視野中，而是化整為零予以「元素化」傳播。其押韻、用典、簡練等優良特徵逐漸會被其他文體的作家們所吸收，進而與自身所創作的文體相結合，創造出符合中國風格、中國氣派的「新文體」。

因此，研究者如果從古體詩詞在今後的「裂變」入手，客觀分析古體詩詞的發展變化趨勢，這或許對於古體詩詞在當下乃至今後的文學史地位之把握更有意義。前文已經說過，文學史的作者不是預言家，畢竟歷史是回顧性的總結，但文學研究者們如果可以跳出歷史的窠臼、擺脫總結性的桎梏，對古體詩詞的未來進行學理性的評述與展望，那麼我們就沒有理由懷疑充滿理性的預言之可靠。

周建華：憑何入史，關鍵何在？

舊體詩詞與新詩，分處兩個不同的文學系統，是不同時代的產物。對舊體詩詞的入史問題應該秉持歷史的、具體的觀點進行分析。

一

舊體詩詞能不能入史，首先要看現代文學的性質。現代文學脫胎於舊文學，是五四新文化運動的產物。五四新文化運動是一場反對封建文化的思想啟蒙運動，它高揚民主與科學兩面大旗，以圖打破封建主義的思想束縛，建立民主共和的新型國家。落實到文學領域，首先就是要掃除舊式語言所形成的文化壟斷狀況，通過語言的改造，形成通俗易懂的白話語言，變「無聲的中國」為「有聲的中國」。也就是說，「整個中國現代文學是在反對文化專制主義的鬥爭中存在與發展起來的。」〔註9〕舊體詩詞，作為傳統的文學樣式，是歷史的產物，它的存在脫離了大眾，只是少數人的專利，與現代文學的民主化訴求恰恰形成鮮明對立。因此，它們是兩種不同性質的文學，沒有內在的一致性，難於整合成一體。

不少支持舊體詩詞進入現代文學史的學者認為，舊體詩詞語言精粹、優

〔註9〕王富仁：《當前中國現代文學研究中的若干問題》《中國現代文學研究叢刊》1996 年第 2 期。

美，「詩詞的語言藝術尤能展現中華文化載體——漢字音形義合一的優長，經過歷代文人的加工創造，形成豐繁的體式和精嚴的格律，富有聲韻上的音樂美、章句上的結構美和意象中的圖畫美。」〔註 10〕此話不假，但正因為它的豐繁與精嚴使得它成為一種陽春白雪的東西，形成少數人的特權，從而制約了它的生命活力，成了新文化運動所要破除的。新文學運動的一個最大變化，就是文言向白話的轉換，這也是新舊文學的界標，沒有這個界標，也就沒有所謂新舊文學之分，因為它不僅僅是文學的語言問題，而且是涉及到內在精神的問題，思想問題。白話文是蘊含著現代文明的新型語言，這是精粹的文言所不具備的。當然，文言作為一種文學載體，不會消亡，也不可能消亡，舊體詩詞的創作也一直會長期存在下去。但是，存在並不能改變它的性質，也無法撼動新詩的地位，更不可能達到它賴以產生時代的高度。

採用古典詩詞形式，也能寫出富有現代思想意義的作品，但它不是一般的現代詩歌。任何時代的作者，其創作都會傳達出其所處時代的色彩，但思想內容的現代性，不等於語言和形式的現代性，兩者處於不同的層面，是兩回事，不能混淆。王澤龍在《關於現代舊體詩詞的入史問題》一文中認為，「20 世紀的舊體詩詞出現了一批具有現代思想品質的作品，但是舊的格律體形式中的創作仍然不是我們所認定的具有文學現代形式與審美品質意義的現代性詩歌。」〔註 11〕這一觀點是中肯的。理由很簡單，那些詩詞採用的是舊式語言，舊的形式。眾所周知，詩詞都有嚴格的韻律、形式要求，比如作詩講求平仄、押韻、對偶等，填詞則要求「篇有定句，句有定字，字有定聲」，各種詞調的格律固定。精嚴的形式，提升了創作的難度，制約了創作者思維的自由，就像戴著鐐銬的舞者，雖也可能舞姿優美，畢竟有了一重束縛，性質已經變了。內容與形式，一是對世界的認識，一是如何認識世界，從某種程度上，如何認識世界比對世界的認識更為重要，它至少體現了選擇的自由。現代詩恰恰是那種不重外在形式，而重內在韻律的「情緒的自然消長」的新型詩歌。「詩應該是純粹的內在律，表示它的工具用外在律也可，便不用外在律，也正是裸體的美人。」〔註 12〕正是這種「裸體的美人」凸顯了一種不受

〔註 10〕劉夢芙：《20 世紀詩詞理當寫入文學史——兼駁王澤龍先生「舊體詩詞不宜入史」論》《學術界》2009 年第 2 期。

〔註 11〕王澤龍：《關於現代舊體詩詞的入史問題》，《文學評論》2007 年第 5 期。

〔註 12〕郭沫若：《論詩三札》，楊匡漢、劉福春編《中國現代詩論》上編，花城出版社 1985 年版，第 51 頁。

束縛的現代精神。

二

　　主張舊體詩詞的創作在文學革命時期也未停止過，但當時沒有這麼一個入史的問題。舊體詩詞入史問題大致出現於上世紀的九十年代，其背景就是所謂國學熱和新儒學的興起。新儒學，原是海外一批華裔學者從西方視角對中國傳統文化的一種研究，尤其是對中國近現代文化變遷的研究，產生的成果與大陸學界的流行意見相左，比如對五四新文化運動的認識，一些新儒家認為是五四激進主義文化運動造成了文化認同危機。這些觀點進入大陸，引發了大陸學者對五四新文化運動的質疑，認為五四新文化運動割裂了中國文化傳統。其實，文化本身是不可能斷裂的。新文化運動是傳統文化在發展過程中的一個必然結果，這一過程根本無法扭轉。

　　「文章合為時而著」，時代變了，文學就要隨著變化。當今時代的文化土壤，不利於古典詩詞的發育成長。舊體詩詞的作者，大都是一些年齡偏大，且接受過比較良好的古典文學薰陶的一批人。從晚清的陳三立、沈曾植、陳衍等，到民國的章太炎、王國維、馬一浮等，再到現當代的聶紺弩、毛澤東、陳毅、荒蕪、李汝倫等，那個不是誕生於新中國成立之前，接受過傳統教學？當今的詩壇上，眾多的詩詞作者，又有多少是創作舊體詩詞，並取得了很大成就的？今天的學校教學，沒有傳授古典詩詞創作的課程，更不以作詩作文作為培養目標。過去時代的教學以科舉取士為目的，作詩作文是其課程的核心，因而讀書人都能吟詩作文。這種教學已經不適應現代社會、現代教學，語文只是眾多課程之一，語文課本中的古典詩詞更是占很小比例，而且學這些詩詞，不是用來教學生如何創作詩詞，而僅是一個接受傳統文化的窗口。當然，我們並不排除少數學生有興趣學習古典詩詞，甚至動手創作，這是正常的，也應得到鼓勵。

　　當前，歷代古典詩詞的注釋本、鑒賞詞典、詩詞學術論著以及普及性選本、格律知識、韻書等，大量印行，長銷不衰。這說明了古典詩詞的魅力，但也說明了今人所作舊體詩詞的尷尬處境。古體詩歌的黃金時代已經過去，今天是一個散文的時代，任何人想恢復到古典詩歌的時代既不現實，也不可能。雖然不排除今人也能作出一些比較出色的詩詞，但與唐宋時代相比，無論規模，還是水平，終究天差地遠。今天的讀者與其欣賞今人所作舊體詩詞，不如品味唐詩宋詞。這說明，時代變了，語境也跟著發生改變，人們冷落舊

體詩詞也就成為必然。從傳播方面看，社會已經為今人所作舊體詩詞提供了
廣闊舞臺，並沒有誰要封殺它們，其影響的微弱是由其自身侷限所造成的。
「現代人寫古典詩詞，一般是寫來明志的或用來唱和的，並沒有發表的打算。」
〔註13〕相當一部分即使用來發表，自娛娛人的意味也比較濃厚。王國欽曾在
其一篇文章中提到某地舉辦跨省區「文化行」大型活動，書畫家對挑選的數
十位詩人的詩作進行再創作，結果結集出書時遺漏了對詩人的介紹，並為此
感到遺憾。這種遺漏可能出於無意，卻反映了舊體詩詞所處現實景況。

三

　　將今人的舊體詩詞納入現代文學史，會引起不少矛盾。首先要面對的是
誰來修史的問題，是國家教育主管部門，還是學者個體？修史的主體不同，
其意義也有重大差異。如果是國家教育主管部門修訂的現代文學史將舊體詩
詞納入進去，那就意味著主流意識形態對五四新文化運動的評價做了某些調
整。問題是，重新修訂的思想資源從何而來，其進步的意義如何體現？這不
是簡單的文學史多元格局的平衡問題，也不是現代人多元的價值選擇問題，
而是對現代史的一個基本評價問題，恐難一時予以完善的解決。如果是學者
個人的意見，他是有選擇的自由的。但是，自由的選擇也應該有合理的依據，
任何一部文學史的寫作，都應該有比較嚴謹的歷史觀，文學觀。對現代人舊
體詩詞的研究有利於拓寬現代文學的研究視野，立體地展現現代文學的發展
面貌，這是科學的，有益的。但這與把它納入現代文學史是兩回事，一個是
研究的格局問題，一個是文學史觀問題，兩者相互聯繫，又存在重要差異。

　　將舊體詩詞納入文學史還面臨另一個難題，即現代文學史的邊界問題。
如果說舊體詩詞的創作者人數眾多，產生了不少高質量的作品，影響很大，
可以入史。現實中，創作者眾多，影響甚巨的文類不僅僅是舊體詩詞，比如
目前網絡上觸目可見的以戲仿文學作品為代表的「XX 體」文學又如何安置它
們呢？它們當中，還有不少被拍成電視呢！胡戈的戲擬搞笑劇《一個饅頭引
發的血案》下載率就比其母本《無極》的下載率要高，在網民中影響巨大。今
年上半年風靡一時的「十年體」戲仿文學，仿照蘇軾的《江城子》「十年生死
兩茫茫」，大行其道，儘管其形式無甚創新，但思想的敏銳與對現實的針砭卻
堪稱匕首或投槍，具有強烈的現實意義。現代文學發展歷史中，不僅僅只是

〔註13〕陳國恩：《時勢變遷與現代人的古典詩詞入史》，《博覽群書》2009 年第 5 期。

舊體詩詞一種門類被置於門外，種類眾多的民間文學作品也並未被網羅其中，這屬正常現象。文學史的發展歷來如此，《文鏡秘府論》還沒有李白和杜甫的位置呢！存在的就是合理的，沒有必要為一個「名分」而焦慮，歷史自會做出正確的選擇。

就具體操作而言，舊體詩詞入史也並非一個簡單問題。如前所述，現代文學與舊體詩詞分屬兩個不同的文學系統，其歷史的邏輯起點是新文化運動。循此邏輯，那麼成名於此前，或者主要文學成就在此前的大批舊體詩詞作者就無法納入到現代文學史中，儘管其後來還創作過詩詞作品，此其一。其二，儘管新文化運動之後，不少學者或革命家創作過不少舊體詩詞，總量不小，一者因為他們不是文學家，整體文學成就有限，二者就其個體而言，多數所作詩詞數量不多，離進入文學史尚有一段距離，他們入史勢必造成標準或者門檻的混亂。更為重要的是，一旦舊體詩詞入史，如何進行表述，它們與現代詩詞的關係如何處理，所處地位如何？這些問題都十分棘手，一旦處理不當，極有可能引起思想觀念的混亂，並非簡單「入史」兩字所能概括。

舊體詩詞入史是一個綜合問題。主張入史的學者，願望良好，但想借所謂國學或儒學復興之風以將舊體詩詞納入現代文學史，則難免有急躁之嫌。雖有三十年河東、三十年河西之說，但中國的現代化發展之勢卻是誰也無法扭轉。與其進行無謂之爭，不如靜下心來踏踏實實把詩詞作好，文學的經典化本身，就需要經過時間的沉澱，讓時間來進行選擇不失為一種明智之舉。

陳昶：回到研究本身

一

新文學家的舊體詩詞究竟是否應該納入現當代文學的敘史範疇之內，這並不是一個新話題。追溯這個討論的源頭，可以回到上個世紀 80 年代，老一輩學者王瑤、唐弢等就已經注意到文學史中今人古體詩詞的問題，在 80 年代重提啟蒙的語境中，所關注的舊體詩詞的創作對象自然也放在「五四」一代新文學家身上，王瑤先生側重從「五四」作家與傳統文學的關係層面談及「五四」作家的舊體詩詞創作，但並未從敘史角度給以論述〔註14〕；另一位文學史家唐弢則站在「五四」的基點上鮮明地提出了自己的反對意見：「我們

〔註14〕王瑤：《論現代文學與中國古典文學的歷史聯繫》，《中國現代文學史論集》，北京大學出版社 1998 年版。

在『五四』精神哺育下成長起來的人，現在怎能回過頭去提倡舊體詩？不應該走回頭路。所以，許多文學史完全沒有必要把舊體詩放在裏面做一個部分講。」〔註 15〕直至 90 年代中後期，學界展開了重評「現代性」問題的討論，有關古典詩詞入史的問題再一次被提及，並在「現代性」這一框架內進行重新討論，有的學者進而提出「去現代性」，在更廣闊的學科視野中以時間為準則建立「多元化」的文學史模式〔註 16〕。與之相對的是王富仁的文章：「作為個人的研究活動，把它（舊體詩詞）作為研究對象本無不可，但我不同意把它們寫入中國現代文學史，不同意給它們與現代白話文學同等的文學地位……這裡的問題不是一個具體作品與另一個具體作品的評價問題，而是一個引導現代中國人在哪個領域發揮自己的創造才能的問題；不是它還存在不存在的問題，而是一個它在現當代中國存在的意義和價值的問題。」〔註 17〕到了新世紀，隨著新文學家舊體詩詞創作在時間上進一步拉開距離，同時對新文學家古體詩詞研究的深入開掘，這一問題又再一次受到關注，王澤龍從史學觀、經典化、詩歌語言與文體，傳播語境等方面論證了舊體詩不宜入史的主張〔註 18〕，但是不同於前兩次的探討的是，一種新的態度出現了，一部分學者傾向於不應該簡單地從是與否相對立的維度上來討論入史問題，而是主張對現當代作家古體詩詞創作進行深度的研究，並在此基礎之上來進行「史」的關照，因此逐漸退出了非此即彼的二元「辯論」態勢，顯示出了更為審慎的精神與冷靜、理智的態度。比如李遇春針對目前新文學家古體詩詞研究中所存在的問題，提出了從事這方面研究所需要具備的紮實、沉潛的實證精神的這一觀念〔註 19〕；陳國恩教授也從文學史發展的整體進程著眼，從文學的傳襲與變遷的視角指出古體詩詞入史需審慎的史學觀點〔註 20〕。

〔註 15〕唐弢：《中國現代文學史的編寫問題》，轉引自錢理群《論現代新詩與現代舊體詩的關係》，《詩探索》1999 年第 2 期。

〔註 16〕吳曉東：《建立多元化的文學史觀》，《中國現代文學研究叢刊》1996 年第 1 期。

〔註 17〕王富仁：《當前中國現代文學研究中的若干問題》，《中國現代文學研究叢刊》1996 年第 2 期。

〔註 18〕王澤龍：《關於現代舊體詩詞的入史問題》，《文學評論》2007 年第 5 期。

〔註 19〕李遇春：《20 世紀舊體詩詞研究亟需實證精神》，《中國韻文學刊》2011 年第 3 期。

〔註 20〕陳國恩：《時勢變遷與現代人的古典詩詞入史》，《博覽群書》，2009 年第 5 期。

二

　　用這麼長篇幅來理清迄今為止有關古典詩詞入史問題所展開討論的不同觀點，為的是可以更清楚看見它與中國現當代文學之間究竟是怎樣一種「剪不斷，理還亂」的因緣關係，更重要的是通過對二者關係的思考，牽引出的關於現當代文學自身一些問題的反思。

　　與古代文學相比，現當代文學學科以 1917 年的文學革命作為起點，它的進程還不到一百年時間，較之有著相對固定的時空範圍的古代文學而言，現當代文學是一個仍處在發展中的尚未定型化的學科與體系，正因為它的許多尚未確定的因素，因此對它的諸多問題的探討乃至論證都是必要並且有益的。

　　一時代有一時代的文學。文學史寫作，要為後人提供理解現當代文學學科的整體風貌與基本精神的途徑。無論是以時間意識為核心的進化論的文學史觀，還是文學史的「循環論」、「平面論」等觀點，對於突出文學史的某種特質與評價標準，都有其合理之處。但回到現當代文學學科上看，它的非定型化，使我們難以像考察古代文學發展歷程一樣從整體上給出總結性的結論，因而更傾向於從發展的角度、從進化的層面來認識現當代文學的發展進程與內在規律。目前沒有哪一種文學史觀和持該觀念的文學史家可以肯定地說自己的敘史方式能夠準確、完整、毫無遮蔽地描述文學史，它所確定的標準與內在價值所體現的豐富性與特質必然是以部分地犧牲其他內容為前提與代價的。但是從學科的邊界與建構上看，現當代文學有著與古代文學以及晚清文學的鮮明界限，這一點還是需要講究的。啟蒙精神與語言形式的變革構成了現當代文學的學科起點，正是在這樣的基點上，現當代文學作為一個獨立學科出現，那麼相應的，「標準」定義上的「現當代文學史」理應堅持這一原則進行敘史，通過對這種文學史的閱讀，可以體察和感知到現當代文學的基本風貌特徵，因此它的寫作與學科之間理應構成了一種較為嚴謹的對應關係。在這種史學觀念下，現當代時間範疇內的作家所創作的舊體詩詞則很難納入學科體系之中，因為儘管從表現的內容、情感、思想上看新文學家的古體詩詞，無疑是詩人在時代中的感受與體驗，然而所使用的語言、形式，所具有的情致韻味卻相當程度上是古典的。文學的形式不是簡單的容納器，它還深刻地傳達著作家的思想與情感，在特殊的時代中，甚至還承載著一時代文學觀念變革最顯在同時又是最核心的使命。

　　晚清時期，梁啟超等人提倡詩界革命，梁氏在《飲冰室詩話》中提出的「以

舊風格含新意境」以「舉革命之實」〔註21〕，意在以舊體詩歌的形式來表現新的情感和思想，但是這種變革仍處在傳統文學範圍之內，表現的內容雖具有時代中新的一面，但因無法跨越古典的語言、文體以及沉澱其中的格調、風習，所以並未從本質上帶來大的變革以起到顛覆性的作用。1917 年的文學革命不同於晚清文學變革之處在於，不僅有魯迅、周作人等積極向封建禮教展開進攻，大力宣揚啟蒙的「立人」精神，還在於胡適、陳獨秀等人從語言與形式的本體入手，對古典文學的語言及文體大加改造，主張文體的大解放，以實現文言文向白話文的轉換。在《文學改良芻議》《談新詩》等文章的大力提倡下，新文學的創作實績呈現，在青年中獲得了廣泛的回應，新文學開始逐漸成為主流。正是在這雙向維度的革命猛烈攻勢之下，新文學才獲得了截然區別傳統文學的根本特質。「啟蒙」精神是作為一種內在的思想作用於人，它的效果絕非立竿見影般來得迅速，需要國人漫長的努力與影響的傳遞，才有可能在人們心中真正扎下根。雖然啟蒙精神也並不是到「五四」時期才被提出，在晚清學者們的著述中就已經出現了有關啟蒙的意識和觀念，但真正產生廣泛的影響卻是在五四時期。現在大多數人主張 1917 年的文學革命是現代文學的起點，主要就是因為它是文學的啟蒙與人的啟蒙的結合，即形式與內容緊密聯繫的完整統一。這場革命不僅影響了上層的精英知識分子，而且改變了公眾的閱讀習慣、情感體驗乃至認知方式。語言與形式的革命，同思想的革命同等重要，二者不能剝離。基於這樣的前提形成的中國現當代文學學科，還有何種理由將採用「舊風格」「新意境」的舊體詩詞納入其中作為文學史的一部分呢？

三

　　回到最初的問題上。對古典詩詞入史的問題，反對者大多堅守「啟蒙史觀」指導下的現當代文學學科的嚴密性，而提倡者則關注的是學科的豐富性，試圖描繪出更具有容納性的多元化文學風貌。對於還在發展中的學科而言，筆者以為沒有必要現在就急於做出一種非此即彼的是非判斷。現當代文學學科由於自身還處於發展變動之中，屬學科時間範圍內的許多文學問題也仍處於探索與研究之中，很多討論也並未得到最後的蓋棺論定的結論。目前有一些學者呼籲要給現代作家的古體詩詞以重視和關注，但其實並不是把這些作家的古體詩詞寫進文學史就算它們獲得了重視，也不是說根據目前的研究將

〔註21〕參見梁啟超的《飲冰室詩話》，人民文學出版社 1982 年版。

它們寫入文學史，它們便可名正言順取得文學史的一席之地。必須正視的是，古體詩詞的創作自「五四」時期起從中心走向邊緣，並在現當代文學發展過程中長期處於被邊緣化的位置，作家們的創作動機、古體詩詞的文學功能、傳播語境、閱讀群體，相比「五四」之前已經發生了很大的改變。我們要通過對於它的深入研究，去重新發現作家如何在新舊兩種文學的寫作中與文學的歷史發生深刻聯繫，重新理解被文學史經典化、定型化的敘述，進而真正實現豐富學科內涵、擴大學科視野的願望。

筆者認為，目前對於現代作家的古體詩詞的研究並沒有達到成熟的階段，還有許多方面是需要研究者們去掘進的。五四時期、抗戰時期、建國後 50 年代至 70 年代先後出現過新文學家創作古體詩詞的潮流，評價這些作品的文學價值、理解作品與文學的歷史關係、梳理作家的精神流脈，有著十分重要的文學研究意義。現代家創作舊體詩詞不在少數，他們中有的人創作舊體詩詞始終與新文學寫作糾纏在一起，有的作家的新舊文學創作則顯示出了明顯的階段性特徵。那麼，由這些作品進入作家的精神世界，深入研究作家的精神歷程乃至勾勒出一代知識分子的精神史，古體詩詞的研究是不可忽視的一部分。再者，從作家精神層面的探析到文化學意義上的研究，同樣也要關注舊體詩詞的方面。新文學家舊體詩詞所體現的文學功能的轉化，所沉澱的作家的情感與道德模式，作家之間以舊體詩詞唱答或抒懷所形成的文學風氣，文化空間以及其中所蘊含的傳統文化的影響，都是值得探究的。只有將眼前的問題以及背後所含括的問題整理清楚，研究透徹了，才真正具備了為新文學家們的古體詩詞敘史的可能性。文學史從來就不只是一家之言，也不僅僅只存在一種文學史觀下的敘史方式，文學的歷史可以有著不同的形態與多種敘述模式，例如上文曾提到的作家的精神史、文學的文化史研究等，都是可以從不同角度起到豐富現當代文學的學科知識、擴展其學科視野的作用。

總之，目前要做的不是等著爭論出一個「是」或者「否」的結論，而是應該對其展開真正深入、細緻的研究，能夠拿出一些可以稱得上厚重、有份量的研究成果，這才是關注古典詩詞入史這一問題的研究者所真正應該具有的態度與立場。

呂東亮：名實之辯的背後

現代文學是一個學科意識比較自覺的學科。它的發展過程，總是伴隨著

關於學科定位和功能的討論，每一個現代文學研究者也都必須要面對這些討論。近年來學界熱議的舊體詩詞入史的問題，則是在新的歷史形勢下，現代文學學科所面臨的挑戰和機遇。現代文學史的編纂有很長的歷史，不同的編纂者、不同的歷史觀、文學觀都會對現代文學的歷史實存作出這樣那樣的選擇。在一體化的文學時代，文學史編纂本身就是一種文化政治實踐，其艱苦卓絕的建構過程本身就是一份文化史的個案。這一點，我們在讀黃修己先生《中國新文學編纂史》時會感受得很深刻。但時勢變遷，新時期以來特別是近年來編纂的眾多現代文學史著，大多已不再具有嚴肅的文化意味。雖然有統編教材、部頒教材、面向 21 世紀教材等等名號，但影響力和周揚領導全國文科教材統一編纂時已不可同日而語。在社會思想文化多元化的時代，文學史編纂的自由化、自主化不僅無可厚非，而且理所當然。學術界此起彼伏的關於「重寫文學史」的討論，正是這種狀況的反映。在這樣一個話語權力分散的時代，事實上沒有人能夠阻止文學史花樣翻新的「重寫」。討論舊體詩詞入史問題，必須正視這個文化語境。

一、名實之辯

舊體詩詞能否進入現代文學史，作為話題自然可以討論，但恐怕沒有人有能力阻止這樣的編纂實踐。事實上，一本文學史只要做到名實相副，在學理上是一定會站得住腳的。如果有人想編一部文學史，名字叫「新文學史」，那恐怕就得尊重新文學概念的歷史含義，就得尊重魯迅、胡適、茅盾等人的新文學觀，不僅舊體詩詞要不得，通俗小說也不能進文學史，因為新文學的新，就是拿通俗小說作為對立面之一的；如果名字叫「現代文學史」，就需要對現代以及現代所依憑的現代性作一下界定，如果界定的內容中有一項為「現代的語言形式即白話」，那麼舊體詩詞肯定不能入，如果沒有明確現代的形式一定就是「白話」，那麼舊體詩詞入史的根本性障礙就不存在，因為舊體詩詞是具有現代性的，肯定也表現了現代人現代的思想和情感，其形態和處境也肯定和古典時代迥異，也具有現代性特徵；如果名字叫「民國文學史」，那麼舊體詩詞就更加理直氣壯地進入文學史了，除非有人認為它不算文學，不僅舊體詩詞，而且文言古文、具有文學性的實用詞章、戲曲等等，都可以堂而皇之地進入文學史。所以說，直觀地看，舊體詩詞能否進入現代文學史的問題，是一個名實之辯的問題。一個文學史家只要言之成理，怎麼寫其實都無傷大雅。我們學術界之所以熱議，除了重建價值共同體、審美共

同體的熱忱之外，更重要的是學科體制和教育體制的問題，這和現代文學研究如何面臨「國學熱」問題如出一轍。關於現代文學學科所面臨的危機，黃修己、陳國恩諸先生的文章多有論述，概而言之，主要是文化保守主義在中國民族崛起時代的得勢。這種得勢造成的比較令人擔心的後果就是新文學價值評價的降低及其在當代文化建構中話語權的喪失，連帶的可能性後果是學科地位的降低等實際體制利益問題。這種憂慮可以體諒，但不能妨害我們對歷史實際的理解。而洞穿歷史實際之後，反而有助於我們重建現代文學的學科自信。

我們目前所普遍認同的現代文學，其實是一種新文學，支撐新文學的是一種新文化。在民國時代，新文學方興未艾，但影響力恐怕只在新文化範圍內。民國上層精英文化人士，表情達意、交遊酬唱，多用舊體詩文，認同的其實還是舊文化的傳統；國民黨領導人蔣介石崇奉程朱理學，對新文學幾乎從未關注，當時主要的時政報刊，舉凡公文、通告之類皆為文言；這種狀況在今天的臺灣文化教育中其實還有所體現。也就是說，在整個民國文化界，新文學很難說是主流，其地位略近於今天的先鋒文學、時尚文學或者說青春流行文學。現代文學大家周氏兄弟的文字在五四時期故作嘗試之後，文言化的傾向是很濃重的。真正推崇新文化進而推崇新文學的，是以共產黨人為代表的新派人士，主要是革命派人士。在現代史上，共產黨可以說完全是「先進文化的前進方向的代表」。毛澤東在《新民主主義論》中高度評價新文化，自己喜作舊詩但不鼓勵青年學習，都顯示了這種新的文化姿態和新的文化崇尚。也就是說，新文學、現代文學在民國雖然很難堪稱主流，但卻是主導性的、席捲性的、裹挾性的文學，是最有力量、最有前途的文學。舊體詩詞雖然頑強表現，但無法與之競爭，只能沉默深潛地堅持，同時受新文學影響，轉換形態、適應邊緣處境。於此可見，新文學在文化建構中的力量和勢能遠非舊體文學所能匹敵。因此，我覺得「國學熱」和「舊體詩詞入史」中現代文學的文化焦慮和壓迫感其實大可不必，一些學者的起而捍衛同樣大可不必。話又說回來，如果真的那種帶有文化復辟性的國學熱呈遮雲蔽日之勢，恐怕也不是幾個學者所能阻擋的，但這種情形大概不可能出現。我們現代文學研究者應該有這份歷史的自信、文化的自信。

剩下的問題是，如何理解新文學的自我發展，如何描述新文學在百舸爭流的文化場域中的表現，如何闡釋新文學的創造未來的力量。這是新文學研

究者需要面對舊體詩詞乃至舊體文學的全部理由。因而，研究舊體詩詞是必要的，從文學史的角度給予舊體文學以正視也是必要的，不管它是否能夠入史。借用袁進先生一篇文章的題目，那就是「中國現代文學中的舊體文學亟待研究」。〔註22〕

二、功能與定位

自從新文學誕生以來，就有為舊體文學爭取話語權的人，而且代不乏人。學衡派把舊體文學定位為文學性比較純粹的文學形態，認為白話文學雖然能緊跟現實，但文學性貧乏；而文學性的妙處和功能就在於遠離現實，建立一個審美烏托邦。這有些類似於西方馬克思主義理論家阿多諾的思想，他認為文學藝術的價值在於拒絕現實、否定現實，從而擺脫現實意識形態的束縛和扭曲，而人只有在文學藝術中才能保持對現實的批判，才能獲得存在的自由。以學衡派為代表的文化保守主義依持的正是這種邏輯，錢基博的《現代中國文學史》對新文學著墨甚少、評價也甚低，就是出於這樣的邏輯。如此邏輯，也有現實的緣起。民國時的舊體詩詞作者，大多也保持一種自立不俗、孤高遺世的文化姿態。對於新文學，舊派文人不置一詞，維繫一種「井水不犯河水」的文化姿態。

新中國成立伊始的 1956 年，朱偰等人在《光明日報》等主流報刊發表《略論繼承詩詞歌賦的傳統問題》《再論繼承詩詞歌賦的傳統問題》等文章，以「百花齊放」、「詩歌的民族形式」為理論前提，提倡舊體詩詞應該與新詩並進，甚至認為以西化為基礎的新詩是沒有前途的，舊體詩詞的改良和進化才是中國詩歌發展的正確道路，觀點不可謂不新異而大膽。但平心而論，其所依持的歷史經驗和理論資源不容忽視。依照朱偰的邏輯，不僅舊體詩詞應該入史，而且現代文學史的詩歌部分應該寫成新詩走投無路、舊詩改良復活的歷史。這又是一種關於舊體詩詞的功能與定位。

近年來一些贊成舊體詩詞入史的現代文學史家，比如黃修己先生，認為舊體詩詞具有生命力，可以作為新文學的資源，可以作為反思中國詩歌道路的鏡鑒。這種觀點是目前文學史寫作中比較容易獲得認同的意見，也在一定程度上傳達了當代舊體詩詞界的呼聲。而且黃先生還揭示出了反對舊

〔註22〕袁進：《中國現代文學中的舊體文學亟待研究》，《河南大學學報》2002 年第1 期。

體詩詞入史的癥結乃是現代文學學人對於新文學「當事者」的迷信，確實發人深省。〔註23〕

　　以上所述三種關於舊體詩詞的功能與定位，都存在著不容忽視的問題。前兩種推崇舊體詩詞的文學性和民族性，取徑確實帶有反現代的現代性之色彩，但對於正統的現代性形式新詩未免壓抑過分、否定過激，很難為目下文化場域所接受。黃修己先生的觀點則更多地帶有為舊體詩詞辯護的色彩，但付諸於文學史編纂實踐，則對於處於被告席上的舊體詩詞，勢必很難給予正面表現。如果舊體詩詞僅僅是作為點綴、補充、資源來進入文學史的話，那麼其所展現的可能是如有些學者所說的舊體詩詞的「在現代文學史上的死亡之旅」，〔註24〕這等於是以文學史書寫的方式來否定「舊體詩詞入史」的意義。這恐怕有違提倡舊體詩詞入史者的初衷。也就是說，如何妥善處理舊體詩詞功能與定位的問題，是制約舊體詩詞能否體面入史的關鍵問題。這個問題的解決，有賴於我們對舊體詩詞及其文化場域中所處地位的深入全面的認識。

三、舊體詩詞入史：準備好了嗎？

　　黃修己先生是資深的現代文學史家，他是主張舊體詩詞入史的。他曾談到過一件趣事，即1997年自己在主編《20世紀中國文學史》時，曾邀請中華詩詞學會的相關人士撰寫舊體詩詞部分，但無奈沒有人出來承擔。〔註25〕中華詩詞學會是主張舊體詩詞入史的最大的一支社會力量，沒有人出來承擔，不是他們不願意，而是確實沒有能力來把握、書寫20世紀舊體詩詞發展的歷程。如今十多年過去了，舊體詩詞入史的實踐仍然沒有見到，雖然相關的史著如《20世紀詩詞史》之類的專著出版過幾本，但研究水平不盡人意，離舊體詩詞的歷史實存還有很大的距離。這些現象都反映了一種狀況：我們學術界還沒有做好舊體詩詞入史的準備。

　　一般來說，作為一種文體，特別是一直處於邊緣又想躋身於正統史著的文體，首先需要具有該文體自身獨立的歷史描述，以便形成有效的知識積累和文化沉澱。就目前而言，學界關於舊體詩詞的知識要麼集中在幾個文化名人（如陳寅恪、黃侃、夏承燾、錢仲聯、霍松林等），要麼集中於幾個新文學

〔註23〕參見黃修己的《現代舊體詩詞應入文學史說》，《粵海風》2001年第3期。
〔註24〕陳國恩：《時勢變遷與現代人的古典詩詞入史》，《博覽群書》2009年第5期。
〔註25〕參見黃修己的《舊體詩詞與現代文學的啼笑因緣》，《中國現代文學研究叢刊》2002年第2期。

名家（如魯迅、郁達夫、茅盾、聶紺弩等），獲取知識的渠道並不來源於舊體詩詞界。或者說，舊體詩詞界是一個模糊的界別，並不存在一個明顯的脈絡，至少現在看起來是如此。因而，經典作品的選擇、文學史秩序的奠定都是大問題，而且這關係著舊體詩詞自身是否可能形成歷史，更遑論舊體詩詞進入現代文學史了。

即便經過艱辛的努力，舊體詩詞界暫時形成或維持一種自身歷史的共識，也還是要面臨另外一個問題：舊體詩詞如何處理自身與現實的關係，如何處理與現代歷史的關係，如何處理與新文學的關係。具體地說，舊體詩詞如何面臨既有的歷史分期，新文學史分期。如果沒有辦法形成和新文學史分期、現代歷史分期相呼應的自身份期，那麼入史又有何必要，豈不成了「民國文學概覽」了；如果勉強適應既有的歷史分期，會不會造成對舊體詩詞歷史的遮蔽和損害，這會不會又走向了舊體詩詞入史的反面呢？

還有一個問題，即寫作者的素質問題。目前的現代文學史家絕大多數是新文學體制訓練出來的，對舊體詩詞和舊體文學天然地有些隔膜；而舊體詩詞界、舊體文學界又提供不出一個合適的人選，即便這個人選有，那麼他是否熟悉新文學的發展脈絡則又是一個問題。和寫作者素質密切相關的，無疑還有從事現代文學史教學和科研的隊伍素質問題。

以上種種問題，說來真是繁難。這既是歷史的弔詭，又是現實的尷尬，一言以蔽之，則是我們文化界、學術界其實並沒有做好舊體詩詞入史的準備工作。舊體詩詞真正入史，只能是「路漫漫其修遠兮」。但問題既然提出來，就應該有人去應對、去準備，這可能是我們今天討論舊體詩詞入史的唯一有效的意義。

末了，需要講一講舊體詩詞入史和舊體詩詞生命力之間的關係。這種關係其實可以分為兩個層面來談。首先，即便舊體詩詞的聲勢以後變得弱小，那麼只要在現代歷史中曾經有過生命力，那麼就不妨害其入史，同樣即便舊體詩詞過幾年名聲大噪，也不應該改變我們對其現代歷史中存在狀態的認知。其次，舊體詩詞入史，確實能夠在很大程度上改善當下舊體詩詞的地位，提高其影響力和輻射力，因為教育的傳播功能實在是太強大了，新文學的普遍知識化很大程度上也是教育塑造的結果，誰又能說舊體詩詞入史之後，沒有「超唐邁宋」的名篇呢？須知我們和我們的知識其實都是歷史塑造的結果。所以，對待當代新詩和舊體詩詞真正恰當的態度是「長期共存、歷史選擇」。

不過，這是另一個話題了。

但紅光：接納傳統　重構歷史

　　關於舊體詩詞入史，近些年來一直是個眾說紛紜的話題，1980 年 1 月 15 日姚雪垠寫給茅盾的長信《中國現代文學史的另一種編寫方法》〔註26〕引出話端，相關的研究文章零星見諸報章，伴隨 20 世紀 80 年代中期「重寫文學史」呼聲，這一話題日漸受到重視，唐弢、王富仁等都就此事發表過看法；2007 年王澤龍《關於現代舊體詩詞的入史問題》引發的論爭使這一話題成為學界焦點之一。由於視角和價值取向的差異，支持和反對，各持一詞，很難做出孰是孰非的絕對評判。姚雪垠更多地是從文學史的整體性角度提出問題，王富仁從文學革命性和工具性角度著眼，王澤龍則從文學的進化角度立論，劉夢芙則立足於弘揚民族文化的角度。可以想見，在未來的學術江湖上，這一問題還將一仍其舊，繼續紛爭下去。對這一問題，我認為，首先，爭論的前提尚需廓清；其次，須從舊體詩詞的現代發展全貌來判定其存在價值；再者，宜立足當前學術風向。

一

　　舊體詩詞本為文學的一部分，從通常意義理解，其進入文學史屬無疑，這一問題似乎不具備爭論的必要。但這裡的「史」是「被限定」、「被選擇」的歷史，是「新」的歷史，重在「新」而非「史」。所謂「新」，無非語言新、文體新、思想新。也即「舊體詩詞入史」所謂「史」，乃是「中國新文學史」或「中國現代文學史」。但何謂中國新文學史？其起點何在？止於何時？如果這些尚是懸案，就不具備爭論的前提條件。同時，何謂「現代」？如果不能將這一概念釐清，這一論爭也失去了真正的價值。

　　關於「新文學」的稱謂歷來莫衷一是，「白話文學」、「中國現代文學」、「20 世紀中國文學」、「現代中國文學」、「中國新文學」等等，史家們各持一旗。而關於新文學史的歷時區間，錢玄同認為自梁啟超始〔註27〕，胡適、陳子展、朱自清、周揚、王瑤等人所持起點各不相同，而黃子平、陳平原、錢理

〔註26〕馬大勇：《20 世紀舊體詩詞研究的回望與前瞻》，《文學評論》，2011 年第 6 期（標題為發表時所擬）。

〔註27〕錢玄同在《寄陳獨秀》一文中說：「梁任公先生實為近來創造新文學之一人。……鄙意論現代文學之革新，必數及梁先生。」見張若英編《中國新文學運動史料》，光明書局 1934 年版，第 54 頁。

群等認為二十世紀文學為一整體，不可分割，謝冕認為宜為 1895 至 1995 間的「百年」，朱德發認為是 1900 至 1977 年間的各種文學〔註28〕……前提的不統一必然導致結論的歧異，最後的論爭就成了自說自話，無法真正深入事情的本質。而所謂「新文學」史所倡導的語言、文體和思想的「新」就不能必然體現。

其次，「現代」的中心無非是其「現代性」，但何謂「現代性」也並非眾口一詞的術語，是革新、破壞更具現代性，還是融合傳統更具現代性？「現代」的起點何在？現代將走向何處？這些是自世紀之初爭論到當今仍然沒有理清的麻團〔註29〕。這些概念的不統一就必然導致對「中國現代文學」理解的偏差，新文學史的涵蓋範圍就無法真正落實。如果將 1895 或 1900，甚至 1840 年作為起點，「新文學」思想新的特點或許能夠得以體現，但語言新（與文言相對的白話）和文體新（與傳統文體相對的歐化文體）就不能得到必然的體現。

再從胡適等人提倡的新文學標準「八事」（「一曰，須言之有物。二曰，不模仿古人。三曰，須講求文法。四曰，不作無病呻吟。五曰，務去濫調套語。六曰，不用典。七曰，不講對仗。八曰，不避俗字俗語。」）看，新舊文學間的界限依然模糊不清，八條標準根本不具備區別力，舊文學所具有的毛病，新文學同時存在著。

有歧見就有爭論的前提，但前提不清的論爭會使問題更加複雜化。

二

一切歷史都是當代史，被重評與改寫是歷史的宿命，對 20 世紀舊體詩詞入史的問題也不宜拘於成見，要歷史地、全面地看待。

新事物的推進從來都是以犧牲舊事物為代價。在新文化運動開展之初，

〔註28〕見朱德發《現代文學研究的困境與對策》，《中國現代文學研究叢刊》1997 年第 1 期。

〔註29〕吳曉東在《建立多元化的文學史觀》中認為「對『現代性』的重估是一個令人頗費躊躇的課題，稍不留神，就可能被誤解為『現代性終結論』論者的同調，很難劃清與後現代主義者們之間的界限；或者被簡單地歸屬到『本土化』倡導者的陣營，成為復興中國文化的保守主義言論。」見《中國現代文學研究叢刊》1996 年第 1 期。孟悅也認為「現代性」一詞矛盾重重，不同人有不同的「現代性」定義，見《人‧歷史‧家園：文化批評三調》，人民文學出版社 2006 年版，第 3～64 頁。

傳統文化、以文言寫作的古典文學形式都受到了不加選擇的非理性抨擊，被稱為「謬種」與「妖孽」，這是革命的代價。但曾經的歷史認定並非永恆的歷史定位，被歷史推倒的事物經過理性認識與沉澱後，可以有選擇地「平反」，歸還其應有歷史地位。

舊體詩詞經過幾千年的提煉，是一種非常成熟的文學樣式，在歷代文學演進中，對這一文學樣式的改造從來都只是內容、風格的改變，而非文體的廢除。在「文學革命」中，舊體詩詞受到新文化主將們一致的「口誅筆伐」，但他們對舊體詩的抨擊並非出於價值認定，不過是將其作為一時的革命手段而已。這從他們「文學革命」前後的詩歌創作可以看出。文學革命前他們的詩歌創作大都比較活躍，且幾乎全為古典詩詞，新詩倡導者胡適亦不例外；新文化運動高潮過後，他們又幾無例外地重新回到舊體詩詞。如郁達夫在「五四」以前創作了大量的古詩詞，但是 1921～1925 年間一首古詩詞也沒寫，朱自清 1926 年以前創作的詩歌全為新詩，而 1926 年以後新詩只創作了大約 7 首，其餘全為古詩詞，俞平伯除了幾首古詩詞是五四以前所作，絕大多數是 1925 年以後創作的。同時，從數量上看，舊體詩詞在他們詩作中的比例亦不輸於新詩的寫作。據統計，魯迅 1930 年後創作 47 首古詩，郁達夫 1926 年後共創作舊詩 400 餘首，郭沫若 1400 餘首，田漢 770 餘首，朱自清 263 首。〔註30〕

同時，白話新詩對舊詩的學習與借鑒也使許多新詩難脫舊詩痕跡，如聞一多等新月派詩人提倡的音樂美、繪畫美、建築美等新詩理論直接來源於古典詩詞創作理論，朱湘詩歌對古代樂府敘事詩作的模仿，戴望舒、何其芳等詩歌對李商隱詩歌意象的借鑒都可看出新詩的「舊里子」。周作人在《古文學‧做舊詩》一文中甚至提出新時代也可以「自由去做」舊詩。

古典詩詞在新文化運動主將之外更有廣闊的空間，因為對新的文學樣式不能充分領悟與欣賞，古典詩詞始終是新文學主將之外的詩歌主流樣式。如革命領袖人物所留傳的建國前詩作難得見到白話新詩。

建國後至新時期以前，雖然有過「大躍進」日創萬首新詩的壯舉，但古典詩詞創作卻是一個由毛澤東、陳毅等領袖人物帶動的風潮；同時舊詩也成為含蓄、曲折表達「右派」、被勞動改造對象心意的文體。如聶紺弩、胡風、臧克家、沈從文等許多曾經的新文學力行者都創作了大量舊體詩詞。

〔註30〕見譚旭東、盧力剛《「五四」新文學作家古詩詞創作語境及現象分析》，《北方工業大學學報》2007 年第 2 期。

對古典詩詞名作的記誦、傳統楹聯文化的影響，今天舊體詩詞的創作在民間仍然廣有市場，以離退休老同志為主體的不同形式的古詩詞協會在各地創辦，聲勢不亞於自由體新詩。雖然精品有限，但生命力頑強。

追溯歷史，可以知道在 20 世紀以來古典詩詞創作方面始終存在著顯在和潛在、文壇和民間兩種不同的表徵，古詩詞並非創作的末流，在新文學高潮期對古典詩詞的迴避與低潮時的趨從不應割裂看待。古典詩詞不能入史在今天應將其當作一種革命時期的口號，在後革命時代對其有矯枉糾偏的必要。

三

今天，「重寫文學史」在理論和實踐上都已有許多成果湧現，它再也不是一個學界談之色變的話題。當傳統的文學座次被新一代的批評家完全顛覆之後，除了短暫的驚愕，學術秩序並未因此而淆亂。曾經一度盛行的「酷評」現象也並沒有真正篡改學界對被討伐的作家和文章的定位。相反，這是學術寬容度提高和價值多元化的體現，也是促進學術爭鳴，加速學術增長的契機。夏志清的《中國現代文學史》與此前常見的文學史出入很大，但卻真正奠定了張愛玲、沈從文在文學史上的地位。同樣，洪子誠、陳思和、於可訓等的「當代文學史」著作和早期郭志剛版的當代文學史出入很大，而且彼此視角各不相同，但我們不能以此前的標准否定後來的任何一位的貢獻。對古典詩詞入史問題亦是如此，雖然我個人傾向於讓文學回歸文學，將古典詩詞寫入新的文學史中，使以前由於政治、文化、民族等原因被定義的文學史回歸到其本身的意義上來；但也認為，強求一致沒有必要，這本不是一個存在絕對真理的問題。讓贊同入史的著者將其寫入史冊，對將其摒棄在新文學史之外的著作也抱以理解的態度。實際上，研究現代以來古典詩詞的相關著作並不少見，雖然少量新文學史著作只將革命領袖人物舊體詩詞闢有專章介紹，但這些都從另一側面認定了舊體詩詞作品的文學史價值和學術價值。

再者，根據伯明翰學派的文化研究理論，文學的外延無限延伸。當「梨花體」、「羊羔體」詩歌大行其道，短信文學、網絡文學風頭勁健，電影、圖片等等都進入了文學寬大的懷抱之時，我們卻仍然固執已見，將幾千年來的經典文學樣式，狹隘地拒斥在文學史的門外，似乎有些匪夷所思！

載《中國文學研究》2012 年第 4 期，
原題《中國現代舊體詩詞的「入史」問題（筆談）》。

關於新世紀的舊體詩詞熱

　　新世紀的舊體詩詞熱，我認為具有重要的文化史意義。

　　中國是個詩歌大國。從詩經、楚辭、漢賦到唐詩宋詞，詩歌一直佔據中國文壇的正宗地位，這與詩歌從孔子時代開始就積極參與社會教化的角色有關。詩歌是文人參與政治、進行日常交流和精神消費的重要形式，無數騷人墨客言志抒懷，用自己的聰明才智推動詩歌形式的發展，創造了民族文學的輝煌。

　　新世紀的舊體詩詞熱，可以說正是對這種集體記憶的動情回應。說動情，是因為經過五四文學革命，舊體詩詞的正統地位被徹底顛覆，能寫一手好詩的文化人不再以寫舊體詩詞為榮，即使他們偶而「技癢難熬」，也只是在朋友圈裏作為應和之作相互贈閱，極個別的因為作者身份特殊，或因為某一公共事件而披露於媒體，才受到社會的關注，而新詩則聲譽日隆。不管現在有多少人看不上新詩，文學界認它為正統則是事實，不僅有讀者喝彩，而且有批評家著力建構新詩美學，提供它合法性和正當性的依據。這種對比鮮明的反差，當然磨滅不了人們對古代詩詞輝煌成就的記憶，而且會使這種記憶更為深刻，並在長期的壓抑中積蓄力量，等待機會把記憶轉化為行動，爆發出一個呼喚古典詩詞傳統回歸的潮流。

　　這樣的機會來了：新的世紀之交，中國社會轉型，文化保守主義思潮興起，整個民族潛意識中對古典詩詞的那一份集體記憶被激活。舊體詩詞帶著民族的自豪感，帶著對古典詩詞盛況的懷念，從文人小圈子走向民間，成為一種引人注目的文化現象。與此相應的，是國學熱，是對五四新文化運動和文學革命的反思，比如新儒家的代表性人物就曾說五四新文化運動否定民族

傳統文化，導致中國意識的危機，社會道德秩序的混亂，乃至後來釀成了文化大革命這樣的歷史災難。也有人批評五四文學革命以白話取代文言，破壞了詩美的基礎，使詩成為非詩。其實，新文化運動否定的是禮教，而非中國文化；文學革命廢文言，不是廢詩美：新詩美學建立在白話的語言基礎上，有它自身的規則。

　　舊體詩詞熱，一旦放到整個文化保守主義思潮興起的背景中來看，就會發現它並非偶然，而是文化發展的一種逆反現象，即文化的新舊代序因革新的激進而回過頭來引起懷舊的思潮，人們帶著對往昔輝煌的深深懷念，來表達對當下某種情勢的不滿。作為新文學正統文體的新詩到新的世紀之交忽然受到非議，而本來被排擠出文壇的舊體詩詞卻又似乎迎來轉機，不僅有人為它長期受冷落而鳴不平，而且許多人開始行動，投身創作，且有專門的刊物發表作品。據人統計，近來舊體詩詞的創作數量已大大超過了同一時期的新詩。這種時來運轉，意味深長。

　　簡單地說，我認為這是上個世紀 90 年代後期「告別革命」後人們思維方式和價值觀念發生重大變化的一個結果。從辛亥、五四、左翼運動，直到「文革」，中國革命的內容前後變化很大，但其激進的姿態卻是一脈相承的。在革命的火紅年代，新舊對立，以「新」為本，幾乎是一種標準思維，一種價值觀念。新詩，好就好在它的「新」，而被文學革命否定的文言，因為它「舊」而只具承載傳統文化的歷史價值，不再具有現實交往中的語言工具意義。但從上個世紀 90 年代起，改革開放進入一個新的階段，人們從改革過程中的思想文化建設的角度，從開放過程中處理中外關係，包括中外文化交流的角度，放棄了「革命」即正義的思維模式，轉而從現實國情出發，以發展的觀點，對革命採取了歷史主義的態度，即在肯定革命的歷史正當性的同時，強調當前要把發展經濟作為工作的重點，通過改革來調整社會關係，追求現代化的夢想，這時方才意識到，中國社會的進步，文化的發展，必須重新審視新舊、中西的關係。雖然早就有「古為今用」「洋為中用」的方針，主張要吸收全人類所創造的全部優秀文化，但在「革命」的時代和「改革」的時代所要吸收的中外文化的具體內容顯然是很不相同的。當改革取代「繼續革命」成為時代的主旋律時，革命時代對傳統文化的激進態度就受到了質疑，傳統文化的內容越來越多地被界定為優秀的文化遺產而受到重視，甚至對孔夫子和儒家經典的推崇被納入國家文化戰略，用以突出中國文化的主體性，強化中國在全球

化時代參與國際競爭的軟實力。

　　承載著中華民族榮耀記憶的古典詩詞，就是在這樣的文化背景中被栽培到現實的文化土壤裏的，從而催生出了舊體詩詞創作的熱潮。這當然不是單純地欣賞作為中華民族文學瑰寶的詩詞名作——欣賞詩經、屈原到李杜……的名家名作，自五四文學革命以來從來沒有中斷過。這只是要把一種古典的文體重新復活在現實中，形諸於筆端，成為人們日常精神生活的一種表達方式。它是一個頗具聲勢的「復古運動」，具有意識形態功能的一種文化現象，同時也是一種懷舊的時尚，是一些具有良好文學修養的知識分子根植於傳統文化中的典雅趣味的自然流露。

　　可是這一帶有懷舊意味的「復古運動」遭遇了難以克服的現實障礙。障礙就是舊體詩詞不再擁有它輝煌時代所擁有的那種語言環境了。

　　從白話取代文言以來，舊體詩創作最有成就的，其實是五四那一代。那一代人從小打下了紮實的古文基礎，受過系統的詩詞格律的訓練。他們在從事新文學創作和學術研究的同時，寫過不少出色的舊體詩詞，只是他們接受了新文學觀，沒有把舊體詩詞的寫作視為文學的事業，因此很少主動發表。從五四開始，舊體詩詞不再承擔社會性的角色，而白話成為國語，新文學就在白話的國語基礎上發展成長起來。由於日常交往不再使用文言，越到後來，讀書人使用文言的能力越弱。到了 21 世紀的今天，不能說不再有人會熟練地運用文言——任何時代，總有特別的人才，哪怕再過幾百年，還是會有能夠熟練運用文言、寫出一手舊體好詩的才俊，但這對現代文學史有什麼意義嗎？基本沒有。這些寫作舊體詩詞的人會遭遇孤獨，他們缺少可以深入交流、通過交流引發社會廣泛關注的同道。他們最多是在小圈子裏活動，相互應和，社會上的讀者難以參與，因為這些讀者缺少參與的語言能力。在白話文教學中成長起來的大眾讀者與其去欣賞當代人寫的舊體詩詞，他們會依照習慣而更願意選擇古代的名篇。古典詩詞承載著豐富的文化信息，在漫長的傳播與接受過程中被賦予了明晰的意義和理解的思路，從而使這些名篇更容易被理解，更容易引起共鳴，更容易讓人享受到審美的愉悅。

　　舊體詩詞熱難以持續是因為失去了具有活力的語言環境支撐，這不僅是指它失去了舊體詩詞在古代所承擔的人際交往功能——退出了廣泛的日常交往領域，它的社會角色被大大削弱了，而這樣說的一個更為重要的意思是，舊體詩詞熱，之稱為「熱」——所謂的時尚，如果按照詩詞格律的標準，今人

所寫的許多作品都是有所欠缺的。有人說今天舊體詩詞的數量遠超新詩，但這難以成為它重現輝煌的依據。隨便翻閱一些舊體詩詞的雜誌和選本，有一些優秀之作，但不合格律的不在少數，半文半白，平仄錯亂，有的甚至是順口溜和打油詩。為什麼？就因為這些作者缺少五四那一代人的深厚的古文基礎——他們都是接受白話文教學，古文只是業餘，而且是在沒有古文的語言氛圍中學的「第二外語」。第二外語，幾乎不可能達到母語的水平，更遑論達到文學意義上像運用母語進行創作的那種水平。

無法從社會語言環境中獲得廣泛有效支撐的舊體詩詞熱，能熱多久，熱出什麼成果來？前景不容樂觀，但這並不妨礙具有良好古文修養、真正喜歡舊體詩詞的專門家寫出優秀的作品來，在朋友圈內傳閱，或許還能進一步形成一定規模的讀者群體。學術界也可以對舊體詩詞做專題研究，研究它與古典詩詞的傳承關係，研究它的文化意義，乃至探討其藝術的得失。但這一切，與當今文學的主流都隔了一層。從社會整體的宏觀視野看，用歷史發展的眼光看，舊體詩詞熱注定是寂寞的。

一代有一代的文學。雖然舊體詩詞難以成為當今文學主流的一部分，但作為中華民族的文學瑰寶，古典詩詞注定具有永恆的活力。它是古典的，又是當下的，是全人類所共有的寶貴的精神財富！

載《長江文藝》2017 年第 3 期，
原題《懷舊與時尚：新世紀的舊體詩詞熱》。

現代的舊體詩詞怎樣入史？

　　接到莫老師的電話時我在澳門，來不及充分準備。我的理解，邀請我來參加這個會議，主要是因為我發表過幾篇關於舊體詩詞的文章，我屬蔡院長提到的對舊體詩詞進入現代文學史持比較謹慎態度的那部分。昨天我思考了一下，有一些新的想法，現在提出來，向在座的各位前輩表達尊敬，供各位進一步思考時參考。

　　我的基本觀點是，近百年來舊體詩詞的創作成就不容小覷，像毛澤東為代表的老一代革命家的詩詞，「五四」一代和二三十年代成長起來的作家，他們的舊體詩詞，哪怕用經典古詩詞的標準看，成就也是非常高的。魯迅的舊體詩詞寫得很好，他的新詩則是打油詩。對這些舊體詩詞，要加強研究，這不僅是舊體詩詞自身的需要，還可以引導新詩從這些舊體詩詞的創作中汲取營養，因為這些舊體詩詞是與古典詩詞的審美經驗直接聯繫在一起的，是包含了現代生活經驗的審美實踐。「五四」一代作家，既寫新詩又寫舊體詩詞的，並非個別。他們在傳統詩歌創作方面的經驗與新詩創作之間有沒有聯繫，審美及學養上到底是什麼樣的關係？研究它們，既是對傳統文化的弘揚，又可以開闢新詩研究的新領域。不過問題是如何把新詩與舊體詩詞乃至文言創作融合起來，寫出一部中國現代文學史。這需要在理論和實踐兩個方面解決一些問題，下面我就談些具體看法。

　　現代的舊體詩詞要不要在文學史上反映出來？答案是肯定的，而且舊體詩詞寫得好、影響很大的不在少數。毛澤東的詩詞，五四一代的魯迅、郭沫若、茅盾、郁達夫等一大批人的詩詞，誰能否定他們的成就？問題是如何明確文學史的地位——是加強對舊體詩詞的研究，引導新詩來吸收古典詩詞的

營養，讓現代的舊體詩詞跟新詩在互相切磋中推進中國詩歌的發展，還是僅僅在現代文學史裏加入舊體詩詞的內容？假如是前者，加強對舊體詩詞的研究，引導新詩向舊體詩詞學習創作的經驗，甚至對兼寫舊體詩詞和新詩的現代詩人進行專題研究，探討他們在新舊詩體間跨界遊走中的創作經驗，這很有價值。如果是後者，則有一些基礎性的工作需要做，並且要在實踐中找到可行的辦法。

在當下多元化的時代，什麼樣的文學史都可以寫。你寫你的，我寫我的，他寫他的，大家各顯神通，大膽嘗試。把舊體詩詞寫進去，多寫一些，甚至列為專章都可以。但關鍵是你要寫出一部在學理和觀念上不是兩張皮的文學史，在審美評價的標準上不自相矛盾，對文學史的從近代到現代的轉型和發展做出合理的解釋，而又不否定歷史發展的進步趨勢的現代文學史，這就比較難辦。

能不能夠寫出這樣一部文學史？這是一個大的挑戰，它會涉及以下幾個方面，要把問題想清楚。

首先，把舊體詩詞納入前面說的帶有總體性的、關注文學發展歷史規律的文學史，肯定會改變對這一時期文學的總體評價。比如，對五四文學革命如何評價？新文化運動，文學革命，主要任務是反對舊思想，反對舊文學，反對文言。實踐中有沒有過火，是可以討論的，但它的歷史進步性不能否定。假如把舊體詩詞納入現代文學史，對五四文學革命怎麼評價，無非兩種方式：一種是就事論事，說它反對文言文，又說它所反對的舊體詩詞依然成就不菲，只列舉事實，不給予新舊文學關係的評價。這勢必造成我們研究和評價現代文學的困擾。另外一種，仍然堅持五四文學革命的基本標準，貫徹現代性的文學史觀，這現在看來難以得到所有現代文學研究者的贊同。五四文學革命及其影響怎麼樣評價？這個問題今天會有爭議，但是我想有一點是明確的，即它創造了新的傳統，確立了文學現代化的方向，而新的傳統裏又有中國傳統文化優秀的東西；它並沒有完全否定傳統文學與文學傳統。這一點我想是不能否定的，否則後面的文學史，包括毛澤東關於五四運動、五四文化的許多經典論述就得修改。這與政治問題關係不大，是一個文學史的思想邏輯自洽的問題。

二、把舊體詩詞納入文學史，如何處理新舊審美範疇並存的問題？新詩有新詩的審美標準，古典詩詞有古典詩歌的審美標準，理論上說起來很深奧，

但我可以舉一個具體的例子。余光中的《鄉愁》你翻譯成七律七絕，行不行？
那不行，改寫成七律、七絕，就沒有了那種韻味。周作人用白話翻譯日本俳
句，是中國現代文學史上翻譯俳句最好的。也有人用中國的七絕來翻譯日本
的俳句，翻譯出來就沒有日本俳句的味道了。這表明，中國傳統詩歌與新詩
的審美範疇之間有聯繫，但是有區別。把舊體詩詞納入中國現代文學史（我
後面會講到有另一種文學史），新舊審美範疇並存，會互相打架。這一點在聞
一多身上體現得比較明顯，聞一多提倡新格律體詩歌，舊體詩詞中的平仄對
仗押韻，到了聞一多那裡就發生了轉換。對聞一多的新格律體詩怎麼評價？
是用舊體詩詞的標準，還是用新詩的標準？答案不言自明，我們不能用舊體
詩詞的平仄、對仗、押韻的標準來評價，只能用聞一多改造後的新詩的新格
律標準來評價。當然，我們也可以不在意文學發展的規律性，只是就事論事，
比如說郭沫若舊體詩寫得好，他的新詩打破舊體詩詞的格律，徹底解放，創
造了自由體詩的範例，同樣做得非常精彩。這樣寫，當然可以，但迴避了文
學發展的規律性，講著講著，會產生前後矛盾的。

　　三、會改變文學史通常的根據作品社會影響進入文學史的標準。新文學
有一些作品進入文學史並不是因為其本身有多高的藝術價值，而是因為它產
生了重大影響。比如新民主主義革命時期的「革命加戀愛」小說，並不是這
些作品寫得多好，而是它的新變與存在的問題恰恰代表了一種時代精神。現
代的舊體詩詞基本都是作為個人唱和，私人交際，在很小的範圍裏流傳，在
現代的條件下不可能產生像唐宋時代那樣的個人唱和酬答所能產生的社會影
響。這些沒有產生社會影響的作品能不能進入文學史，怎樣進入文學史？我
想這是一個問題。現代文學史所堅持的標準，是你如果寫出來放在抽屜裏，
那是不認可的，只有產生了社會影響才是文學史所要考慮的。比如郭沫若說
他的新詩比胡適寫得早，1916 年在日本的時候他就已經寫新詩了。只是因為
他寫後放在抽屜裏沒有發表，所以大家不瞭解。文學史沒認可郭沫若的觀點，
認為胡適是最早嘗試新詩的，這堅持的就是社會影響的標準。舊體詩詞要全
面進入文學史，許多時候就得改變這一標準。

　　上述這些問題到現在為止沒有解決好，應該是今天為止我們還沒有寫出
一部大家所預期的那麼一種新舊兼容的中國現代文學史的一個重要原因。我
們見到的一些嘗試之作，一般是局部性的改良，即上面說到的，選一些舊體
詩詞掛在其作者那裡，迴避了文學發展的根本問題。這並非文學史家不努力，

而是許多問題還沒有處理好，要在實踐中來探索。

這些問題，歸結起來，大致就是現代文學史的史觀和具體寫法。現代文學，是現代性的文學還是與元、明、清一路下來銜接的朝代文學，比如民國文學？如果淡化現代性的標準，強調大家都是中國文學，只講年代的延續，從年代延續上來講解一些文學的變化，那當然可以搞成一本就事論事的文學史，孔子就搞過「述而不作」，微言大義。可是問題在我們今天講的現代文學史它有個特定的背景，無論毛澤東還是今天大家都堅持的，認為現代文學體現了中國文學的一個現代性轉向。現代的價值觀繼承了傳統，它又對傳統採取了一種理性的反思與批判態度。

具體的寫法，到底是專注於兼顧現代文學在這個時期的現代性發展的歷史規律還是不管這個現代性的文學史觀，只限於描述具體的文學現象，比如對舊體詩說舊體詩好，對新詩說新詩好，對當下的古文說古文好，對當下的白話文說白話文好？換言之，要不要懸置五四的現代性轉向、五四的新舊文學論戰，無視這個轉向和論戰對後來的重大而且深遠的影響，在今天受此影響、文言幾乎已經全面退出社會交際領域的時候，PASS 五四的這個根本轉折，PASS 現在的現代語言的語境，當它沒發生過一樣，只管介紹新詩和現代舊體詩歌？這後一種文學史，也是可以寫的，但這是一部斷代的文學史，不是現在通行的學科意義上的中國現代文學史。

這就產生了一個問題：是不是一定要寫出一部總結歷史經驗和發展規律的文學史？我提出這個問題，是因為感覺還有另外的文學史寫法，比如史料長編。不注重從「五四」到「左翼」，從「左翼」到延安文學、共和國文學的發展必然性，只是把作家作品列舉出來寫成史料長編。如果你要寫出五四文學革命到左翼無產階級文學運動再到解放區文學、共和國的社會主義文學的發展趨勢，你迴避前述文學運動據以發生的思想和價值觀念的變化，僅僅把各種文學，特別是新舊文學混置在一起的處理方式，肯定是有問題的。

我覺得可以寫不同類型文學史，關鍵是你要達到什麼樣的目的？要總結現代文學的歷史發展規律，要堅持現代性的標準，你還得沿用現在的現代文學史的規範，最多做一些修正，比如選一些有影響的舊體詩詞掛在作者名下，做些評點——僅僅是評點，而迴避文學史的規律問題。假如要使一般的讀者更多地瞭解晚清以來我們的文學，包括舊體詩詞在內的情況，做一個歷史性的呈現，那就做作家作品編年，你想選誰就是誰。

　　再一個方案，就是做專門史的研究。現代文學史上許多作家具有深厚的舊學功底，舊體詩詞創作的成就有的超過他們的新詩，只是當年他們不願意提倡，屬自娛娛人的消遣或者抒懷，沒產生廣泛的影響。由於文言徹底退出社會日常交際領域，後來成長起來的作家就缺少前輩的那種古文基礎，所以到二十世紀末國學熱興起時，不少人競相創作舊體詩詞，說實話，那種興奮其實是對舊體詩詞的誤解，以為湊個四句八句、押個韻，就是一首詩了。這樣寫出來的舊體詩詞，許多只是順口溜。不過，也有寫得好的。任何時代，都有奇人。在文言徹底退出日常交際領域的時代，也有精通文言、詩律的人才，寫出了好詩。從現代作家到當代作家的這些舊體詩詞佳作，可以作為專題來研究，甚至可以在大學課堂裏開設專題課，給有興趣的年輕人一個引導。

　　這樣的研究，另有兩個重要的意義：一是可以對一些傳統文化的問題，比如文化保守主義的興起，國學熱的興起，作為一種文化現象，聯繫舊體詩詞的創作，進行比較系統的考察。這樣做很有意義。不要以為現代文學學科不重視這些現象，恰恰相反，這是現代文學學科必須面對的重要對象。為什麼會產生這樣的現象，它在當下的正面意義與需要注意的負面影響，都可以作為問題來研究。二是有些詩人既寫新詩，也寫舊體詩詞，他們的新舊詩歌經驗和詩學思想如何相互影響，成全其創作，同樣可以成為研究的一個重點，對於理解文學傳統的轉化和新生，是很有意義的。

　　至於文學史的命名，是「現代」，還是「二十世紀」，我覺得可以討論。如果用「二十世紀」，那麼二十一世紀怎麼辦？再弄個「二十一世紀舊體詩詞史」？我個人的意見，比較起來，「現代」這個詞更具有包容性。什麼叫「現代」？「現代」是朝現代方向發展的一個漫長的歷史過程。在此過程中，中國傳統文化中的優秀東西要弘揚，但傳統文化中也有不少消極的東西，在我們觀念中仍然在發生著影響，需要清理。怎樣在實踐中探索和解決好這些問題，是非常重要的工作，需要我們花大力氣來進行。

　　歸結到一點，我非常贊同對現代的舊體詩詞進行研究。關鍵是要寫出一部什麼樣的文學史？舊體詩詞及文言文的歷史地位，其實不是由文學史決定的，而是社會文化變革的一個產物，是整個社會的交際語言因為日常交流的需要而在整體上從文言改為白話這一變化決定的，是由這一語言變革背後的價值觀念的變革決定的，連文學史本身也是這個歷史變革的產物。文學史家沒有擅自改變歷史發展方向的那麼大的能量。毛澤東同志說「舊詩可以寫一

些，但是不宜在青年中提倡，因為這種體裁束縛思想，又不易學」，然而他本人卻喜歡舊體詩詞，並且樂此不疲，成就非凡。這說明，個人喜好及願望，與客觀情勢是兩回事，二者不能簡單地劃等號。毛澤東的反對提倡舊體詩詞，是他尊重歷史事實的一種態度。他個人喜歡並且創作舊體詩詞，又說明舊體詩詞在現代的存在是一個不容無視的事實。我們不必從與新詩的相對關係方面來為舊體詩詞爭文學史的地位，舊體詩詞本來就有文學史的地位。它的地位，對應於歷史的進程，不是對應於新詩，也不是對應於哪一部現代文學史著作。沒必要把舊體詩詞的入史，與新詩捆綁起來，硬扯住新詩說事，與新詩爭個你高我低。這裡是歷史的現象，不是你高我低的問題。對舊體詩詞，可以作為專題來研究，可以寫成專門史；也可以嘗試調整文學史觀，在現在作為二級學科的現代文學史教材中考慮如何增加舊體詩詞的內容。當然，這勢必調整甚至改變現代文學史的觀念，影響面非常大。如果處理不好，它解決的問題可能還比不上它所造成的問題多。所以我在前面強調，假如寫一部我們今天作為二級學科中國現代文學教材的文學史，那麼新舊體裁及其背後的思想意識間的評價標準，對文學史的重大事件的評價，是不能迴避的，首先要結合實踐從理論上進行深入探討，把它解決好。

　　謝謝大家。

　　　　　　　　2014 年 12 月 1 日，在中華詩詞研究院召開的
「現當代詩詞文學史地位專題座談會」（北京）上的發言。

架起古今融通橋樑的中華詩詞研究

　　二十世紀中華詩詞的研究，要有一個大的格局，即要從中華文化，包括語言的現代轉型背景中來考察中華詩詞的發展、蛻變以及成就與經驗。

　　文化與語言的現代轉型，對文學的影響是非常巨大的。就詩歌而言，文化的轉型制約了詩歌的審美理念的發展，語言的從文言到白話的轉變，對詩歌形式以及詩美標準的影響尤為重大。這種變化的結果，就是產生了所謂的新詩。新詩有自己的規範，它的節奏感建立在現代白話的語音基礎上，它的意象藝術符合現代人運用白話語言進行情感和思想交流的需要。新詩的藝術經過近百年的創作實踐，已經形成自己的體系，而且有自己的經典。像戴望舒的《雨巷》、穆旦的《詩八首》、余光中的《鄉愁》等作品用舊體詩的格律來寫，寫不出那種境界與效果。日本的俳句，周作人用語體文翻譯的芭蕉的作品，譯出了俳味，而用五絕、七絕的格律翻譯，就不像是俳句了。

　　中華詩詞的研究與創作要面對這個事實。認清了面對的問題，才能更好地找準自己的位置，更好地發揮自己的優勢。

　　一、中華詩詞的研究應發揮中華詩詞與中國古典詩詞精神和審美的自然聯繫的優勢，為新詩創作提供可能的經驗，而用不著從中華詩詞與新詩的對立中來強調它的重要性。

　　五四時期、三四十年代登上文壇的新詩人，不少都是兼寫舊體詩的，有的他們的舊體詩成就高於新詩的成就，比如魯迅；有些新文學的小說家寫的舊體詩成就非常高，如郁達夫、茅盾、阿壟。這是因為這些詩人與作家具有良好的舊學根底，他們與古典詩詞的聯繫是更為直接而且內在的，在舊體詩歌的創作方面具有後來在白話文教學中成長的詩人作家所不具有的優勢。研究這些詩人、小說家的舊體詩詞創作經驗對於他們新詩以及小說創作的影響，是融通新

舊兩體文學的很好的途徑，特別是可以充分地展現舊體詩詞的美學素養怎樣在他們身上發生內在變化，影響到他們的新詩創作，影響到他們現代小說的成就。

二、中華詩詞的研究應致力於培養特別人才以壯大創作的力量，以質取勝，以精品擴大影響，而不必追求表面的擴張。

白話取代文言成為社會交際語言，成為學校教學語言，它的影響是有目共睹的，並且難以抗拒，但這並不能阻擋出現在古文修養上具有特異才能的新人。社會需要各方面的人才，今天具有良好古文修養的青年有志於創作舊體詩，也即我們說的中華詩詞，應該給予重點支持，提供發表園地，開展詩歌批評，對優秀作品組織學術研討，鼓勵其創作積極性，提高其創作水平，擴大其文學影響力，帶動中華詩詞的創作聲勢。

對詩人詞家自身來說，則要找准定位。我們不必與李白、杜甫較真，李白與杜甫的成就不純粹是才情的問題，重要的還有他們的才情得以發展的時代條件和個人境遇。今天的詩人詞家要從今天的時代出發，擁抱生活，用作品反映波瀾壯闊的社會，表現出真摯的人性和人情，包括真實的痛苦，鮮明的個性。今天的舊體詩詞，有多少像杜甫那樣的窮極之時的家國之思，有多少像李白那樣困境中的精神狂放，有多少真實的痛苦和鮮明的個性？乾隆的文學功底也不錯，寫了許多詩，但今天幾乎不被提起。其實，今天有多少新詩，但真正被人記得的僅是其中的一小部分。這一小部分是與時代息息相關的，具有鮮明個性的，反映真實生活，表達沉重感情的。一句話，是有藝術魅力的，能夠打動人心的。

三、中華詩詞研究要著手專史的編撰，對二十世紀舊體詩詞的創作及其經驗進行系統的梳理與總結，從古今融通的角度形成自己的學術範疇，加強自身的地位和影響。

二十世紀中華詩詞，是溝通古今和中西的一座橋樑。它前承中國古典詩詞的傳統，在經受現代化強烈衝擊的過程中頑強堅持、勇敢探索，其創作成果實際上包含了應對文學傳統蛻變的寶貴經驗，也存在一些經驗教訓，對它們加以總結提升，不僅對中華詩詞創作而言是一個重要借鑒，而且也是尋找與新詩協同發展的一條重要途徑。中華詩詞與新詩，都是中國的詩歌，它們矛盾統一、對立互補，在探索中會形成一種新的歷史性關係，並且彼此受益。

載《心潮詩詞》2021 年第 8 期。

學人論

易竹賢先生的學術道路及治學風格

論及中國當代的胡適研究，不能不提武漢大學的易竹賢先生。易竹賢先生是魯迅研究專家和胡適研究專家，尤其是他的胡適研究受到海內外學者的廣泛讚譽，被認為是中國大陸改革開放後率先在此領域取得標誌性成果的先行者之一。

一、半個世紀的學術道路

易竹賢先生 1935 年生，湖南湘鄉人。在中學讀書時，他聽語文課老師李運昭女士講解魯迅的《為了忘卻的紀念》，很受感動，由此產生了對魯迅的敬仰之情，並喜愛上了文學。1952 年，他從湘鄉初級師範畢業，到一所小學教書，1955 年調到邵陽專署教育科當幹事。1956 年，國家發起向科學進軍，他以調幹生考入武漢大學中文系。之所以選擇中文系，便和喜愛魯迅有相當的機緣。1961 年大學畢業，他留校當教師，先是教寫作，擔任寫作教研室副主任，後抽調去搞「四清」，不久又作為教學革命小分隊負責人被派到武漢肉聯廠工人大學教書。

1975 年下半年，根據毛澤東的指示，北京魯迅博物館成立了魯迅研究室，天津、上海、廣州、武漢、紹興等地相繼成立了魯迅研究小組，他是武漢魯迅研究小組的負責人。武漢魯迅研究小組實際由湖北省委宣傳部領導，成員由工農兵和教師構成，他是其中的教師代表之一。武漢魯迅研究小組的辦公地點在湖北省委宣傳部，所做的工作是編印《讀點魯迅》，出了兩期，期間還編印了《魯迅論文藝》（湖北人民出版社 1979 年 7 月出版）。在魯迅研究小

組工作期間，他把《魯迅全集》通讀一過，這為後來的魯迅研究打下了紮實的基礎。

　　1978 年初，迎來了恢復高考後的第一屆大學生，他先教了一陣馬列文論，選編了《馬列文藝理論著作選》（鉛印講義）。後去教中國現代文學，並應人民文學出版社之約，與陸耀東、唐達暉先生一起著手修改劉綬松教授的《中國新文學史初稿》。劉綬松的《中國新文學史初稿》1956 年由作家出版社出版，是中國現代文學學科初創期的代表性教材之一。但受時代的侷限，這部教材的內容存在一些較為明顯的缺陷，主要問題是以「左」的政治觀點看待中國現代文學的發展，抬高左翼文學，而對一些藝術上有成就、思想觀念上與左翼不同的作家和作品持否定的態度。人民文學出版社為滿足恢復高考後的教學需要，提議對這部教材進行修改，重新出版。由於劉綬松教授在文革中被迫害致死，修改的任務便落到了陸耀東、易竹賢、唐達暉等劉綬松教授的這些弟子身上了。

　　易竹賢先生承擔的是修訂這部教材的五四文學革命及魯迅等部分。他以此為契機，開始了對魯迅、胡適，對五四文學革命的新思考。這種思考是時代所激發的，也是時代所給予的機會。如果沒有實踐是檢驗真理標準的大討論，沒有實事求是思想路線的恢復，就不可能進行這樣的思考；但如果沒有追求真理的勇氣和勤於探索的精神，沒有以前打下的厚實基礎，也不會有這樣的思考。易竹賢先生和當時一大批學者一樣，借著時代春風，以認真嚴肅的態度在中國現代文學學科這一片土壤裏耕耘，他的付出獲得了回報。

　　率先撰寫和發表的有分量的一篇論文是《試論魯迅早期思想和文藝觀》（載《武漢大學學報》1978 年第 2、3 期），對魯迅早期的思想和文藝觀進行了新的考察。他認為，魯迅思想發展的問題，是研究魯迅的一個帶根本性的重要課題。這不僅因為研究魯迅的思想是我們「知人論世」、研究和評價魯迅的一個重要條件，而且還因為魯迅的思想具有極大的豐富性和典型性。他由革命民主主義到共產主義的思想發展道路，在中國知識分子中是一個傑出的代表，從一個側面反映出了中國新文化以及中國革命發展的曲折性、複雜性和豐富性。基於這一基本觀點，他提出魯迅早期是一個「反帝愛國的戰士」，其政治思想「經歷了由贊成維新改良到革命民主主義的發展過程」；魯迅早期的世界觀「是以進化論為基礎形成的基本上屬唯物主義的自然觀和基本上屬唯心主義的發展進化的歷史觀」。他認為，魯迅的「剖物質而張靈明、任個人

而排眾數」思想，具有啟蒙主義的性質，必須放到救亡圖存的歷史環境中來看待。魯迅的這一思想，明顯地是受到尼采的影響，但又與尼采的思想有根本性區別，其積極的意義是把個性解放和「立人」當作挽救祖國危亡和改革社會的途徑。文章的結尾，他強調魯迅早期歷史觀中的唯心主義一面有其侷限性，一是「魯迅在論述文化發展或社會發展的歷史時，還沒有（而在當時的中國社會條件下也還不可能）做到從社會的物質產生的客觀存在來說明，他往往是從文化本身的條件或外部條件來說明的」；二是「在考察社會發展的動力和改革社會的力量時，心目所注的是少數英哲天才，而人民群眾這個歷史發展的真正動力，在他的視野中卻尚未獲得一個應有的位置」。很顯然，這個評判是符合歷史唯物主義觀點的，當然也可看出那個乍暖還寒時代的思想印記。

緊接著發表的是一篇引起更大反響的論文《評「五四」文學革命中的胡適》。這篇論文的基本觀點就來自他修改劉綬松教授的《中國新文學史初稿》過程中碰到的問題，其主要的意思在 1978 年到一所高校以學術報告的形式講過。文章提交給在北京召開的「紀念五四運動六十週年學術研討會」，他在大會報告後即被《新文學論叢》看中，分 2 期在該雜誌刊出（1979 年第 2 期、1980 年第 1 期）。可以說，這是新時期開始正面評價胡適的第一篇重要文章。他強調胡適在五四文學革命中不是改良主義的代表，而是「反對宗法專制舊文化的戰士」和「文學革命的首倡者」；胡適的文學思想和主張，如提倡白話文學正宗、文學形式大解放和實寫社會之情狀，具有民主主義的性質；胡適的白話詩文創作，有開風氣之功。總之，胡適在文學革命中是立了功的，有重大貢獻。這樣的觀點，在當時顯然是傳達了一種要在新的時代條件下重新評價胡適的強烈聲音。

從此開始，易竹賢先生著手進行系統的魯迅研究和胡適研究。他的這些研究，主要是結合教學來進行的，是教學和科研相互促進的一個成果。

由於給本科生開設了一門魯迅思想研究的選修課，易竹賢先生對魯迅思想進行系統研究時，是一邊講課，一邊寫講稿。他聯繫魯迅思想的發展提出了一些重要問題。這些問題，除了上文提到的魯迅早期思想的性質和特點外，還有魯迅與進化論、《天演論》的關係，魯迅對國民性問題的探討，五四時期魯迅與胡適的關係，魯迅世界觀的轉變，作為馬克思主義思想家的魯迅，魯迅的文藝思想，魯迅的人格等。他對這些問題進行專題探討，寫

出了邏輯上相互關聯的專論。這些成果大部分先行在一些刊物上發表了〔註1〕，1984 年又以《魯迅思想研究》交武漢大學出版社出版。魯迅研究界的前輩李何林先生看到這個書稿後很高興，欣然為該書作序。他在序中說這部書稿有「新穎和獨創之處」：「關於六十年來研究的歷史概略，關於『五四時期』魯迅與胡適的對比研究等，尤為少見。作者是武漢大學中文系的位中年教師，比較注意學習馬克思主義理論……既反對長期以來『左』的流毒，也反對背離四項基本原則的資產階級自由化思想，思想比較解放，實事求是，敢於說出自己的見解。」〔註2〕中國魯迅學會顧問林辰、復旦大學陳鳴樹、安徽省社會科學院夏明釗、澳門的譚任傑等，也先後寫信、或著文肯定和褒揚這部著作〔註3〕。

要特別提出的是，《魯迅思想研究》第五章，是一篇《「五四」時期魯迅與胡適之比較研究》。這篇文章寫於 1980 年 4 月，發表於《魯迅研究》1981年第 3 輯，後稍作修改補充，改題《評「五四」時期的魯迅與胡適》，被中國社會科學院文學所魯迅研究室編印的《魯迅與中外文化的比較研究》收錄。張夢陽教授在這本書的長篇論文《魯迅與中外文化比較研究史概述》中這樣寫道：「魯迅、胡適比較論開始得不早，論文也很少，然而卻有一篇專論進入了思想文化的較深層次，這就是易竹賢的《評「五四」時期的魯迅與胡適》……易竹賢這篇文章的特點是資料周詳，條分縷細，分析深入，觀點全面，注意

〔註1〕《六十年來魯迅研究工作簡介》載《江漢論壇》1981 年第 3 期，《魯迅研究六十年述評》載《中國民族學院學報》1981 年第 2 期，《關於「國民性」探討》載《中國現代文學研究叢刊》1981 年第 2 期，《魯迅的光輝人格》載《武漢大學學報》1981 年第 4 期，《評「五四」時期的魯迅和胡適》載《魯迅研究》1981 年第 3 輯，《也談魯迅與進化論〈天演論〉》載《魯迅研究》1981 年第 4 輯，《魯迅與進化論》載《中國文學研究》1981 年第 1 期，《論魯迅世界觀轉變》載《中國現代文學研究叢刊》1982 年第 2 期。

〔註2〕李何林：《魯迅思想研究·序》，武漢大學出版社 1984 年版，第 1 頁。

〔註3〕「這是一部用力正勤、研究有得的專書，您的努力令我敬佩」（林辰的信）；「大著結構嚴謹，多深思之論，誠為同一論題中獨秀者也」（陳鳴樹的信）；「讀您的著作，也可想見兄之為人：真摯、樸實、嚴謹，尤其是實事求是的精神和簡潔恢弘的結構給我的啟發尤多」（夏明釗的信）；「這本書很有份量，書中引有近千處精確資料，可見您翻閱書籍之勤奮，而見解有不少是前人所未發者」（譚任傑的信）；「這是一部全面研究魯迅思想的專書，觀點新穎，有獨創之見」（《魯迅研究動態》1985 年第 4 期書訊）；李德堯的《簡評〈魯迅思想研究〉》（《江漢論壇》1986 年第 3 期），同樣肯定了該書在魯迅思想研究方面所做的新探索。

從文化觀念上進行比較研究。」〔註4〕他花費 1200 餘字對這篇文章的內容、研究方法的特點做了重點介紹。

可以看出，正是循著魯迅和胡適比較研究的思路，易竹賢先生轉向了胡適研究，開始了他在學術上更為重要的探索階段。所謂「循著」，這裡主要不是指時間上的先後，而是指評價標準上的一個承先參照。在當時，思想解放的春風雖然已經吹起，但是人們對極左的思想批判運動仍記憶猶新，評價長時期來被視為國民黨御用文人的胡適，難免心有餘悸。但是時代畢竟不同了，易竹賢先生從魯迅研究中確立起來了歷史唯物主義的思想方法，從中國現代社會的新民主主義性質中獲得了對啟蒙主義的歷史進步性的認識，從啟蒙主義的立場上充分肯定了魯迅在新文化運動和文學革命中的歷史功績。既然魯迅在五四時期的功績要從啟蒙主義的立場上加以充分肯定，那麼，在文學革命中事實上影響決不下於魯迅的胡適為什麼不能從啟蒙主義的立場加以肯定呢？《評「五四」時期的魯迅與胡適》一文，正是從啟蒙主義的現代性思想原則上對魯迅和胡適進行了深入的比較研究，指出兩人具有相同的思想基礎，在文學革命中作出了重大貢獻，但他們又選擇了一條不同的思想發展道路。把握同中之異和異中之同，是這篇文章的精彩處，比如強調魯迅和胡適「共具愛國主義思想，對帝國主義卻有反抗與幻想、崇拜兩種態度」，他們「在民主與科學的旗幟下共同反對封建主義，而態度有徹底與『周旋』之分」，他們「共倡文學革命，提倡白話詩文，而存在注意內容變革與偏重形式改良的差別」，他們「學術研究上曾互相借鑒，互相尊重，共同討論，態度和方法卻有原則的區別」，他們「同受進化論的影響，魯迅循革命道路前進到馬克思主義，胡適循改良主義而墮入反革命泥坑」。作者在文末「簡要的幾點結論」中特別指出：「處在帝國主義侵略蹂躪下的中國，廣大知識分子的大多數是愛國的，是願意為祖國的獨立和富強效力的，其中不僅包括先進的共產主義知識分子，以魯迅為代表的小資產階級知識分子，而且也包括像『五四』時期胡適這樣的資產階級知識分子的大多數。因此，在中國，應該而且可能建立包括廣大知識分子的十分廣泛的革命統一戰線，民主革命時期如此，社會主義時期仍然如此。」顯然，在 1981 年思想解放才剛開始的年代，在人們對一些教條仍心有餘悸的情況下，作者採取了一些策略性的語言，帶著一些過去時代的思

〔註4〕張夢陽：《魯迅與中外文化比較研究史概述》，《魯迅與中外文化的比較研究》，中國文聯出版公司 1986 年版，第 19～20 頁、58～59 頁。

想痕跡，但其主要的方面卻是勇敢地衝破思想牢籠，為胡適「評功擺好」，表現出了嚴肅認真的治學態度和實事求是的思想作風。

由於眾所周知的原因，要系統地研究胡適，先必須進行廣泛的資料搜集和整理。為此，易竹賢先生進入武漢大學圖書館，找出了塵封已久的十數本胡適著作（他說由於長期被封，找出來的胡適著作落滿了灰塵），又到胡適的家鄉進行實地調查，到北京、上海各大圖書館尋找胡適的資料。工夫不負有心人，他找到了數量可觀的胡適著作。在此基礎上，他撰寫了《胡適年譜》（載《武漢大學學報》1985 年第 2、3 期）和《胡適著譯書目繫年》（載《湖北大學學報》1986 年第 2 期）。做了這些充分的準備，他才動手寫《胡適傳》。《胡適傳》1987 年 4 月由湖北人民出版社出版，1994 年再版，1998 年修訂三版，2005 年四版，受到學界廣泛的好評。由於傳主是個政治上敏感的著名人物，《胡適傳》初版的發行還經歷了一個曲折過程。作者在該書 1994 年修訂版序中對此有所交待：「猶記得 1987 年 4 月，一萬部精裝本《胡適傳》已整整齊齊，靜靜地躺在了書庫裏，卻不得與廣大讀者見面。幾經周折，終於這年 10 月 21 日獲准發行了。至年底 2 個月零 10 天便銷售一空。反響也頗為強烈，有北京、香港、澳門、臺北、紐約等地共四十餘家中外報刊發表評論或介紹文字。」出版一本胡適的傳記，要遭遇這樣的周折，這種感慨現在當然不會再有了，這說明時代有了巨大的進步。

因為有《胡適傳》的撰寫，易竹賢先生在 1989 年前後發表了多篇關於胡適的研究文章，主要有《新文化運動中的胡適》（三聯書店 1989 年 2 月版《胡適研究論叢》）、《胡適與中國文學的現代化》（《武漢大學學報》1989 年第 3 期）、《胡適與現代中國文化》（《學習月刊》1989 年第 5 期）、《胡適與西化思潮》（《湖北社會科學》1989 年第 5 期）、《論胡適的散文》（《江漢論壇》1990 年第 10 期）、《談胡適的小說考證》（臺北《國文天地》1990 年第 12 期）、《開拓中國現代新文化的同路人——魯迅與胡適》（《魯迅研究月刊》1990 年第 12 期、1990 年第 1 期）等。這些文章堅持了《胡適傳》的基本觀點，對胡適思想的具體評價上則更為明晰地確立起了科學民主的思想原則，越來越自覺地拋棄了此前的某種含混態度，旗幟鮮明地捍衛現代性的價值觀。

進入上個世紀 90 年代後，易竹賢先生出版了論文集《胡適與現代中國文化》（武漢大學出版社 1993 年）、《學海涉聞》（湖北人民出版社 2004 年）、《新文化天穹兩巨星——魯迅與胡適》（武漢大學出版社 2005 年），發表了《中國

現代文學的現代性現代品格》《民主與科學在中國的歷史嬗變》《民主科學與中國的現代化》等論文。他更多的精力則是花在培養博士生方面，為青年學者的書作序，獎掖提攜後學。

二、魯迅研究和胡適研究

易竹賢先生學術生涯中最為學界同行稱讚的，當然是他的魯迅研究和胡適研究。

他的魯迅研究，除上文已經提及的，我還要特別指出，他是堅持馬克思主義的基本觀點，聯繫當時思想建設的歷史實踐，敢於打破陳說，思考的是魯迅研究史上乃至中國現代思想史上的一些大問題。比如談到魯迅作為「偉大的馬克思主義思想家」，他提出，「魯迅從『五四』時期即開始邁出轉向歷史唯物主義的步子，經歷了一個相當長時間唯心史觀與唯物史觀彼消此長的過程，於 1927 年大革命失敗前後完成了世界觀的轉變。於是，魯迅的唯物史觀便日益成熟、完善，滲透在中國歷史和現實的土壤之中。」「魯迅後期對於國民性的認識和解剖，對於人性和人道主義的認識與態度，也充分反映出他的馬克思主義階級論達到了科學性和革命性的高度統一。」以人道主義一端而言，他堅持把魯迅關於這一問題的認識放到具體的歷史語境中去，認為魯迅思想發展的早期和中期，提倡過人性的解放，接受並宣傳過人道主義思想，經過 1927 年階級鬥爭風雨的洗禮，魯迅掌握了馬克思主義世界觀以後，也並沒有否定人性的存在，對人道主義也並非一概抹煞、拋棄。「魯迅是承認存在共同人性的，但這種共同的人性又因階級而有差異；他後期仍然堅持解剖國民性，而又有了明確的階級分析，便是正確地把握了共同人性、國民性（或民族性）與階級性之間的辯證關係的具體證明。」他又進一步說：「『人道主義式的抗爭』固然是軟弱的，不能依靠這種抗爭作為反抗國民黨反動派的主要力量；但是，對於暴露反動派的血腥罪行和猙獰面目，打破人們的幻想，爭取社會各界對革命的同情等方面，『人道主義式的抗爭』卻能發揮相當大的作用，而且往往是革命者所難以直接起到的作用。」像這樣把問題提到規定的歷史語境中去，有現實針對性，具體問題具體分析，所得出的結論是經得起歷史和邏輯的檢驗的。這種態度既堅持了馬克思主義的基本觀點，又打破了教條主義的思想束縛，在當時起到了推動思想解放的重要作用。

易竹賢先生的魯迅研究，體現了歷史辯證法的精神和實事求是的思想作

風。當他把魯迅作為一個「偉大的馬克思主義思想家」來研究時，他沒有忘記魯迅的與眾不同之處。他把魯迅的這種與眾不同處以「中國式馬克思主義思想家的顯著特色」提了出來。他說的「中國式馬克思主義思想家的顯著特色」，首先是「執著現實的戰鬥的思想家」，其次是「富於求實精神而又關於把理論和實際相結合的思想家」，第三是「善於把深刻的思想植根於豐富的知識，並表現於生動形式之中的思想家」，第四是「嚴於自我解剖的偉大思想家」〔註5〕。對於魯迅的「中國式馬克思主義思想家的顯著特色」，當然可以做不同的歸納，但這種把魯迅作為馬克思主義思想家的普遍性一面與其獨特的個性結合起來思考問題的方法，是符合歷史辯證法的思維邏輯的，也是從中國的實際出發的，是經得起歷史檢驗的。

《魯迅思想研究》另一個重要貢獻，是首開魯迅與胡適的比較研究。作者把魯迅與胡適看作是兩位文化巨人，對他們進行了比較，重點是把握他們的同中之異和異中之同。他把他們兩人所走的道路概括為「同途而殊歸」，這一形象化的概括，後來曾為別的魯迅研究專家借用。這樣的比較研究，在方法論上的意義是把比較的方法運用於現代作家的研究。比較文學作為一門學科，有其特定的規範，而比較作為一種方法則早已被研究者所運用。但把比較的方法明確地運用於同一個時代兩個文化巨匠身上，當時卻十分少見。易竹賢先生運用比較的方法研究魯迅和胡適，而且他所進行的比較又緊密聯繫研究對象的實際和特點，沒有一點凌空蹈虛，顯示了獨到的眼光。正是因為這一點，《「五四」時期魯迅與胡適之比較研究》受到了學術界的重視。

易竹賢先生學術成果影響更大的，當是他的胡適研究。這主要是因為魯迅研究長期來是一門顯學，進入新時期後成果卓著者不在少數，而胡適研究當時還鮮有人涉足。原因不外是在長期的國共政治鬥爭中胡適的形象已經被高度政治化了，或者說是被充分妖魔化了。在相當長的時間裏，一提起胡適，人們馬上會想起資產階級右派、國民黨御用文人。在資產階級右派形同歷史反革命的年代，有誰會去研究胡適，為他說些公允的話呢？易竹賢先生的胡適研究，就是在這樣的背景下，借著政治思想上的撥亂反正，憑著一份對歷史負責的使命感和探索真理的勇氣，開始了「篳路藍縷」之旅，成為新時期最早對胡適開展實事求是的研究並取得重要成果的代表者之一。

易竹賢先生在為胡適作傳之初就立下宗旨，他說：「一切以事實為準的，

〔註5〕易竹賢：《魯迅思想研究》，武漢大學出版社 1984 年版，第 211～222 頁。

力求據事直書，作一信史」，「對胡適一生的思想業績，褒其所當褒，貶其所當貶，惟求按實而論，析理居正，做客觀公允的評價。」〔註6〕他在研究中所用的材料主要採自胡適本人的著作、日記、書信、自傳，及當時報刊和當事人的記載。對於胡適親朋、故舊、門生的傳聞、回憶和紀念文字，則多方考核，酌情取捨，務必令人確信可靠的，方才選用；一切溢美、諛頌、應酬及誣謗、詆毀等不實之詞，全予摒棄。他準備資料就花了數年時間，從今天我們看到的他的《胡適傳》多種版本可以看出，「作一信史」和「按實而論」的初衷是實現了的。

《胡適傳》以非常翔實的材料，全面展現了胡適的一生，對胡適的功過做了系統深入的評價。書中提出了許多新穎的觀點，比如充分肯定胡適在治學中的疑古精神，認為這是五四時代思想解放的一種表現，對於反對封建主義的傳統觀念與偏見具有積極的作用；同時也肯定他用歷史演進法考證小說，對《水滸傳》《紅樓夢》的考證做出了開風氣之先的貢獻，創立了「新紅學」。又如實事求是地指出了胡適對國民黨當局既有幻想又有矛盾。他在與國共兩黨的關係方面偏向國民黨，但他接受了西方自由民主的理念，因而也不滿國民黨當局的專制獨裁。他公開提出不僅政府的權限要受法的制裁，黨的權限也要受法的制裁。《胡適傳》對胡適的這一主張給予了肯定，指出這體現了自由主義的知識分子的呼聲，「表現出一點法治和民主自由的精神，當然有它的積極意義」。再如肯定胡適在抗戰中出使美國所作的貢獻，指出胡適是基於民族正義，「在國家民族最困難的時候，當最困難官」。雖然作為一個「書生大使」，在一些事情的處置上也受到過一些非議，但胡適認真對待自己的使命，積極爭取美國政府對中國抗戰的支持，堅持到美國各地演講，做美國民眾的工作，取得了不小的成效。在上個世紀 80 年代中期，能這樣評價胡適，的確是需要眼光和勇氣的，難怪書出版後被境外看作是大陸重新評價胡適的一個信號。

現在看來，《胡適傳》在學術上取得突破，主要得益於評價標準的調整。如果固守特定時期黨派政治的立場，國共兩黨對胡適的評價是難以取得一致的，甚至根本沒有商量的餘地，因而很長時間大陸學者與臺灣學者對胡適的評價針鋒相對。但如果超越了黨派政治的立場，能從更具包容性的原則出發，比如從民主主義或者現代性的原則出發，對胡適的評價兩岸就能取得不少共識。胡適是中國現代文化史和現代文學史上一個繞不過去的重要人物，其堅

〔註6〕 易竹賢：《胡適傳·跋》，《胡適傳》，湖北人民出版社 1987 年初版，第 471 頁。

持民主理念，發起文學革命，反對封建主義和專制主義，成績不容抹殺。他在民族危亡時刻放棄不做官的宗旨，出任駐美大使，為民族解放事業而奔走，從中所表現出來的強烈的愛國精神，也是不容抹殺的。他雖然不贊同共產主義，甚至表示過反對，但他與國民黨當局也有矛盾，曾直截了當地向蔣介石的專權提出抗議，其捍衛民主的立場也是相當堅決的。胡適也有其歷史侷限性，在新文化運動和五四文學革命先驅者中，他是堅守民主自由理念而行動又較為溫和敦厚的一位。他的溫和敦厚，是一種氣質，也是一種文化性格。這使他在激進的政治革命時代，常常受到「革命」態度不夠堅決徹底的指責，然而我們不得不說，這種不堅決和不徹底性，恰恰是中國現代自由主義知識分子的重要思想特徵。這些知識分子後來試圖走一條溫和的社會革新之路，而胡適以他的中道姿態，成了這批知識分子的精神領袖。易竹賢先生敏銳地抓住了時代所給予的一個機會，率先把評價胡適的標準調整到民主主義、愛國主義和現代性上，突破了歷史上形成的政黨政治的立場，對胡適作出了比較公允的評價。這種突破，構成了上個世紀 80 年代思想解放運動的一個部分，反過來又推動了思想的解放和歷史的進步。

　　《胡適傳》一切以事實為準繩，在資料的考證上下了很大工夫，也取得了重要的成果。比如，長期來大陸學界指責胡適崇洋媚外，說「外國的月亮比中國的圓」。作者查遍胡適的著作、言論，沒有發現胡適說過這樣的話，因而傳記中不予採用。又比如，胡適 30 年代發表了一篇 5 萬字的長文《說儒》，對孔子評價很高。對於以「打孔家店」而「暴得大名」者的這篇文章，臺灣的一些研究者頗感困惑，有的以此來否定胡適五四時期的反孔思想，有的指責他前後矛盾。作者經過深入研究，指出這些學者是把歷史人物的孔子與作為偶像的孔子混為一談了。五四時期，胡適等新文化先鋒，反對的是偶像化的孔子，於思想解放有大功績；《說儒》則是對歷史人物的孔子作客觀評價，具有學術研究的價值。把這兩者區別開來，是很有見地的，既堅持了五四新文化的方向，又體現了實事求是的精神。

　　易竹賢先生的《胡適傳》廣受歡迎的再一個原因，是它在長篇傳記的散文學術性寫作方面提供了重要的經驗。《胡適傳》以年代分章，圍繞重要史實或具有趣味的人生故事，分為 72 節，各節相互勾連照應，順序推進，突出重點，編織起了胡適完整的人生圖景。為了行文的簡潔，作者把大量的資料，包括史料、異聞、掌故，必要的考證辨析及存疑備考的問題，全移在注文裏，

注文豐富，成了這本《胡適傳》的一大特色。這些注文包含了許多重要的信息，是後來治胡適者可以利用的很有學術價值的資料。把大量的史料、重要的考證及存疑處放到注文中，使正文的文字簡潔，主脈清晰，這是一種新的傳記體例，可以為後世所借鑒。

《胡適傳》出版後，好評如潮。大陸這邊，辛之勤在《武漢大學學報》1988 年第 4 期發表《具史家膽識，含風騷神韻》，對其學術成就給予充分肯定。龍泉明在《書刊導報》（1988 年 3 月 3 日）上發文，認為該著有「篳路藍縷，以啟山林」之功，而且「搜索甚勤，取材甚精，判斷也甚謹嚴，具有較高的學術價值。」《人民日報》1988 年 3 月 19 日發表秦志希的文章，指出該著描繪出了胡適「這一個」的獨特個性，「一種強烈的真實感油然而生」。《光明日報》1987 年 7 月 4 日發表《紅旗》雜誌社的周溯源的文章，標題即是「磨就昭昭鏡，功過是非明」。《湖南日報》1987 年 12 月 5 日發表顏雄、舒其惠的書評，認為這是「一部膽識兼備的信史」。蕭思在《博覽群書》1988 年第 2 期發表《我讀〈胡適傳〉》，認為該著的成功，「主要歸因於作者嚴肅認真的治學態度與其對於明確的寫作目標的執著追求」。劉道清在 1988 年 1 月 22 日的《長江日報》上發表《胡適其人和〈胡適傳〉》，強調這是「大陸第一部完整詳盡地傳述和評價胡適一生的專著」，「有助於當代青年認識胡適其人，並進而認識歷史、社會和人生」。程志堅在《湖北社會科學》1989 年第 5 期發表文章，肯定這部《胡適傳》是在「文化歷史座標中重朔胡適形象」。

在海外，臺灣學者呂實強撰三萬餘字的專論，全面評析《胡適傳》，認為：「作者於撰寫過程，確下相當工夫，不僅參閱資料廣泛，架構安排亦頗費心力，文字流利通暢，敘述簡明扼要……於中國大陸上長期清算詆毀胡適之後，能撰成這樣一本具有學術理想與學術水準的專書，已相當難能可貴。」他的結論是《胡適傳》「實具有開拓性的意義。」〔註7〕1988 年 4 月 5 日和 6 日的《澳門日報》發表了譚任傑的《按實而論，秉公直書》，作者聲稱「讀了這部嚴謹的史傳文學作品《胡適傳》，可以看到今天內地的學術研究課程，已經不限於一些專題，議論自由之風氣，也逐漸開展起來了」。歐維之在香港 1988 年 3 月 1 日的《作家月刊》上發表《兩岸書聲鳴不住》，指出易氏的《胡適傳》「力避此前成書的某些傳記的小家子氣，以表現中華學人應有的恢宏氣度自

〔註7〕呂實強：《呂實強評：易竹賢著〈胡適傳〉》，臺灣，國史館印《中國現代史書評選輯》第 7 輯抽印本，第 46、3 頁。

期；同時，作者特別注意彙集傳主那些傳為美談的生活細節，穿插於字裏行間，將中國現代文化史上這位大人物描繪得像一個有血有肉的人。他是想要將胡適作為『國民黨政府領導和影響下的那一批知識分子的一面旗幟』來寫的，粗讀本書，我以為他的這個願望是達到了的。」紐約的《時報週刊》1990年2月24日至3月2日揭載李又寧的文章《胡適先生在大陸》，聲稱易氏的《胡適傳》「在大陸很受重視」，鑒於大陸的情況，「易著是難能可貴的」。印度駐華使館的白春暉1988年9月27日從北京的印度使館致信（英文）易竹賢，自稱不太懂中文，但他寫道：「我是一個中國文化和中國珍貴文化傳統的仰慕者。我有幸曾經作為北大中文系的一個學生，正是1947年至1950年胡適博士任校長的時候。」他在信中說：「我沒有認識您的幸運。但是，我最近偶然讀了您的最優秀的《胡適傳》，特地寫這封信告訴您，我是多麼地讚賞您的書。我很高興您不辭辛苦地搜集和篩選出一切關於胡適博士的有用材料，寫出了他的生平、工作以及他對中國的有益貢獻。我應該祝賀您寫出了這樣一本好書，以一種活潑的文體寫出的一本很好的文獻性的著作。更重要的是，您以一種同情的理解和客觀評價的態度，寫出了胡適的一切。」〔註8〕

三、做學問的態度及治學風格

易竹賢先生多次在其著述的序、跋中聲稱，「平生景仰魯迅先生的硬骨頭精神，也欽慕胡適先生的學問文章，激賞五柳先生不折腰故事」。在《涉足學海，紀歷二三》一文中，他又寫道：「在學術道路上，我所憑藉的仍是農家遺留的一點講究實際和吃苦精神，以及湘人的一點蠻性；在武漢大學中文系『五老八中』一批學富五車的教授們哺育下，也逐漸開闊眼界，得到治學態度與方法的訓練。又頗欽仰己名所涉的魏晉竹林名士，大約也感染些『師心』『使氣』的異端色彩，並與現代的科學和民主思潮相融合，便產生大膽補正與超越前賢的勇氣，有一點點創新的成績。」〔註9〕他的這一番自評，是客觀持平的。

在《涉足學海，紀歷二三》中，他稱做學問第一要注重材料的翔實：「我們涉足學海，做學問，就是要解決問題。而佔有材料便是解決問題的第一步工夫。只有佔有充分翔實的材料，才有解決問題的可能。」他以自己的《評

〔註8〕筆者據英文信譯出。
〔註9〕易竹賢：《涉足學海，紀歷二三》，《第二代中國現代文學學者自述》，陳建功主編，文化藝術出版社2011年版，第383頁。

「五四」文學革命中的胡適》一文為例，指出這是他用具體材料研究問題、解決問題的一次重要實驗：「在文章裏，我首先用胡適自己的《〈吳虞文錄〉序》《易卜生主義》等近十篇文章作材料，證明他最先提出『打孔家店』的口號，及反對封建倫理道德，宣傳自由、平等、人道主義等新思想的革命作用，應該說相當有說服力。其次，用同時代許多倡導者的證詞。陳獨秀、錢玄同、劉半農、周作人、傅斯年等人都熱烈參加討論和實踐，承認胡適在當時的倡導者地位和影響；魯迅到 1927 年還說文學革命是『胡適之先生所倡導的』（《無聲的中國》）。這些都是直接的證人。三是以反對者的抵制和攻擊作證明。如林紓在《新申報》上發表的小說《妖夢》和《荊生》，影射攻擊新文化運動和文學革命，矛頭都指向胡適。稍後，『學衡派』的胡先驌寫《評嘗試集》，『甲寅派』的章士釗寫的《評析文化運動》和《評新文學運動》，也都指名攻擊胡適。復古主義者們不約而同地認胡適為仇讎，不也從反面證明了胡適在文學革命中所處的倡導者地位和他所發揮的革命作用嗎？」〔註 10〕

「做學問講究根底，工夫紮實，主要是指掌握材料應充分、翔實、廣博。治文學和社會科學的人，在佔有材料方面，據我的實際體會，最要緊的是掌握第一手材料。這重要性大家都懂得，實行來卻並不容易；往往會躲懶，走捷徑，用別人的第二手材料，那就只能人云亦云，或跟著別人出差錯。」秉持這樣的理念，他研究胡適時，先花了大量工夫去搜集材料。有第一手材料做依據，比較靠得住，他心裏有底，所以也就不怕別人扣帽子，說他為胡適辯護翻案。〔註 11〕

易竹賢先生做學問所追求的第二個原則，是「努力超越求創新」，但創新是在現有成果基礎上的創新。他說：「人類文化事業像一條奔流不息向前發展的長河……皆因後一代在繼承前代的基礎上，不斷有所超越，不斷積聚這些超越創新所得的成果。……我也因秉承某種『師心』、『使氣』的異端色彩，故每有所論，必定在儘量掌握已有成果的基礎上，充分發揮個人的獨立思考，說一點自己的見解，努力補正超越，有所創新。」〔註 12〕他關於魯迅與進化

〔註10〕易竹賢：《涉足學海，紀歷二三》，《第二代中國現代文學學者自述》，陳建功主編，文化藝術出版社 2011 年版，第 384 頁。

〔註11〕易竹賢：《涉足學海，紀歷二三》，《第二代中國現代文學學者自述》，陳建功主編，文化藝術出版社 2011 年版，第 384、386 頁。

〔註12〕易竹賢：《涉足學海，紀歷二三》，《第二代中國現代文學學者自述》，陳建功主編，文化藝術出版社 2011 年版，第 389 頁。

論關係的研究，關於胡適的研究，包括魯迅與胡適的比較研究，都是循此創新原則而取得的成果。

易竹賢先生做學問所秉持的第三個原則，是「排除干擾求真理」。他介紹自己時常說「為人誠厚耿直，只認真理，不屑逢迎」，這八個字，他自稱「是我人生的態度，也是我治學的態度與品格，而這些又與『誠厚耿直』的個性相關。」〔註13〕這種直率的表白，本身即可以見出他「誠厚耿直」的個性。他說「排除干擾求真理」，首要之點是要有一點懷疑的精神，第二是不趕「風潮」，第三是主觀上要避免武斷和自以為是，要敢於超越自我。他這樣說，也盡力這樣去做的。這使他的論著保持了講真話的特色，不虛飾，不矯情，實事求是，析理居正。

上述三條，是易竹賢先生自己總結的。我在此還想補充三點：

一是他的治學以實證研究為主，但論題的選擇卻表明他非常關注現實，而且具有前瞻的眼光，看問題很尖銳。他關於魯迅和胡適的研究，其實都是聯繫著當時思想解放運動的現實背景的，提出的問題本身即體現了時代的需要。換句話說，這些問題既是學術問題，又是當時思想界亟待解決的實際問題，它們是關係著中國的思想界未來往哪個方向發展的問題。他對這些問題的思考，承擔著某種政治風險，雖然已經進入了新時代，但還是需要一些勇氣和魄力的。正因為這樣，他的一些成果在海內外引起了重大反響，被看作是中國大陸學術界和思想界開始發生變化的某種跡象。

二是他的精益求精、與時俱進，不斷地自我超越。易竹賢先生對他著作中帶著時代印記的一些問題在繼續思考著。他在《胡適傳》出版後，把新的思想所得及新發現的重要史料隨時錄於書中，當再版時以此為基礎做了多處重要的修改。《胡適傳》已經有四個版本，這四個版本對胡適的基本評價始終如一，沒有改變，說明他對胡適的把握與斷識是「據事直書」，經得起檢驗的。但一些修飾性的用語、個別的具體提法，已經做了修改，現在所見的修改後版本顯然減少了初版本的那個時代的色彩，更貼近學術，更貼近胡適的實際，更能顯示胡適作為一個獨立的自由主義知識分子的特點。這種追求學術純真的品格、不斷超越自我的精神，是一個學者所必須具備的。

三是文風樸實，文字暢達。文如其人，易竹先生的治學不僅力行實事求

〔註13〕易竹賢：《涉足學海，紀歷二三》，《第二代中國現代文學學者自述》，陳建功主編，文化藝術出版社2011年版，第396頁。

是的原則，而且力避譁眾取寵、追隨時尚的流風，一切皆以事實為據，以理服人，文風樸實。他自己曾私下表示，他比較滿意的還是自己文字的樸實和暢達。我理解這主要是因為他的文字中有一種樸素的美。

北大中文系溫儒敏教授在易竹賢先生七十華誕時，寫了一首詩表示祝賀：「卓爾易公，七秩仁風。竹籟鳳鳴，賢蘊和忠。文史洞識，力作甚豐。詮評胡魯，五四傳承。桃李珞珈，學界欣榮。古稀俊邁，又開新春。」溫儒敏教授是鑒於易竹賢先生在魯迅研究和胡適研究方面取得的重要成就而對他加以褒獎的，我引用他的這首詩為本文作結，也意在表達我對易竹賢先生的崇敬之情。

載《現代中國文化與文學》第 11 輯，巴蜀書社 2012 年 11 月出版。

追憶王富仁先生，兼論其思想探索

　　王富仁先生離世將近半年了，《重慶評論》要我寫點什麼，我欣然接受，這有一點特殊的原因。1986 年 9 月至次年 7 月，我在福建師範大學的現代文學助教班進修一年。主持進修班的姚春樹先生和汪文頂先生邀請了王瑤、樊駿、楊義先生等十幾位名家來講學。其中講學時間長約半個月的，就有王富仁先生。王富仁先生當時作為中國現代文學專業的第一個博士，好像拿到博士學位才不久。他每天上下午講兩次，學員則輪流整理錄音。這個錄音整理稿，後來他以《中國的文藝復興》的書名由廣西師範大學出版社出版。他在書的前言裏說沒做修改，我對比後發現，確實沒有什麼改動。這樣相處半個月，他的為人、為學給大家留下了很深的印象。我後來到武漢，因為博士生答辯等事，負責做一些事務性的工作，又與他有過多次聯繫。我的瞭解，當然難與其親炙弟子相比，但這並不妨礙我懷著敬仰來說說我所知道的王富仁，一個心地寬厚、個性鮮明，其學識和品格得到不同年齡段同行尊崇的著名學者。

一個雄辯的人

　　說起《中國的文藝復興》這本書，我先要懷著歉意在此作個說明，書中的個別章節次序是弄錯了的。當時的整理，我原與同寢室的唐憲文合作，後來是與李興民分工，而負責文字稿合成的同學忽視了這一變化，仍把我與唐憲文整理的部分編在一起，結果就造成了錯訛。這一問題我是當事者，可能只有我能說清楚，正確的次序應是《中國的文藝復興》第 116 頁，即我署名整理的結束處，接上李興民整理的部分——該著的第 124 頁「從五四時期文

學可以看出對人的科學思考，加強了作家對人的認識……」開始，到第 130 頁第二行「……和五四時期相比，還有一定的差異」。這本是第四講「科學意識是現代思想發展的槓杆」的內容，談的是現代思想中的科學意識問題。其中的第四小節「文學研究中的科學方法論」，是承接第四講的第三小結「科學意識在近代的發展帶來對中國傳統思想觀念的重新審視」，無論思路還是小節的序號，都一脈相承。現在這部分談科學意識的內容錯排到了第五講的「個性意識」部分，就顯得不合邏輯，而且第 128 頁第四小節「文學研究中的科學方法論」部分，與第五講的「個性意識」內容完全沒有關係。這一錯誤打亂了順序，導致了第二處的錯亂，即第 124 頁的第一自然段末「……而且在現代社會是行不通的」後面，本應該承接現在第 130 頁第二自然段的「中國現代文學從五四以後發生了一個大的變化……」開始的部分。我查了打印稿，現在從第 130 頁開始的這部分內容，原是第五講「個性意識是中國現代意識的骨骼」中的第四小節，原小標題是「個性意識在中國現代文學創作和研究中的表現」，與這第五講的第三節小標題「現代社會結構、經濟結構的變化，獨立知識分子階層、自由職業者的形成必然帶來個性意識的增長」，在意義、次序上正好是前後相接的。由於這些誤排，王富仁先生出版時肯定也被搞混了，所以他對相關的小標題做了些調整，顯然沒有發現整個思路的邏輯問題，這個責任要由我們整理者來承擔。

《中國的文藝復興》是一本「講」出來的書。記得王富仁先生每次講課時拿一張紙，是一個簡明的提綱，列一些關鍵詞，作為依據，而具體的內容都是隨口發揮出來的。他給人的印象，是雄辯。立論高，視野開闊，邏輯嚴謹，不糾纏繁瑣的細節，著眼的是宏大的問題。開講就是「我們正處在中國文藝復興運動的歷史長河中」，從文藝復興講起，講到古典主義、啟蒙運動、新古典主義、浪漫主義、現實主義、現代主義，都是緊扣理性與情感的雙重變奏，按照存在決定意識的馬克思主義觀點分析社會歷史變革中的文學思潮的起承轉合。他強調文藝復興是把人性從神性的專斷中解放出來，而但丁又不得不借用中世紀的宗教思維形式，卻在宗教的形式中顛覆了宗教的教義。古典主義的以理抑情是對文藝復興的「復辟」，而隨後啟蒙主義標榜的理性，卻不是抑制人的情感，相反它是為人的解放開闢道路的……。很顯然，王富仁是一個馬克思主義者，堅持從社會歷史的變動中尋找文學思潮變革的依據，但他對一些重大問題的思考明顯又是突破了當年的一些教條，堅持了具體問

題具體分析的態度，經過深入的分析，得出自己的結論。這種著眼於重大問題而訴諸理性剖析的雄辯風格，從他發表於《中國現代文學研究叢刊》1983年第1期的《中國反封建思想革命的鏡子——論〈吶喊〉〈彷徨〉的思想意義》一文中，已經表現得非常鮮明。他在1986年的講課中曾透露，他的博士學位論文選題原是關於現代性為核心的文學思潮歷史演變的方面，但動手時發現這一選題已經不合時宜。考慮到1983年發表的這篇「鏡子」反響不錯，就決定再做這一課題，這才有了後來的博士學位論文《中國反封建思想革命的一面鏡子——〈吶喊〉〈彷徨〉綜論》。從1983年的關於「鏡子」的論文，到後來的博士學位論文，王富仁先生研究的是魯迅，實際卻是對中國現代思想史、政治史和社會史一些重大問題的思考。他提出《吶喊》與《彷徨》的重要性主要地不是反映在政治革命的實踐中，而是一面思想革命的鏡子，在反封建思想革命視野中才能充分彰顯。圍繞這一基本點，他比較政治革命與思想革命在革命的重點、方式以及這一革命所依靠的對象和革命的對象等基本問題上的重大差異，提出中國現代社會的一人特點是思想革命與政治革命交替進行，從而在兩者互動中推進了歷史的進步。他認為在中國最瞭解農民的是毛澤東和魯迅，但兩者對農民的理解角度卻有政治革命與思想革命的區別。這些觀點，都是打破思想禁區，依據馬克思主義存在決定意識的基本原理，聯繫中國現代社會的性質和特點，從文學與社會的深刻關聯中進行獨立的探索和思考，得出來的，表現了一個學者出色的思辨能力，也構成了他論著和講課的雄辯性的學理基礎。這些成果的影響已經超出了魯迅研究的領域，使聽者得以跳出中國現代史的教條主義式理解，從而發現中國社會從新民主主義到社會主義的發展，包含著許多有待於人們去進一步探索和發現的問題。這些新問題有助於人們加深對歷史發展規律的認識。對王富仁先生的這些思想觀點，你可以不同意，甚至表示反對——他的一些研究成果實際上也曾引起爭議，但當你進入思想交鋒的階段，你就會發現你沒法否定他是從你作為反對者也認同的基本原理和嚴謹邏輯中得出的這些結論。這一特點正是這些成果雖曾引起爭議，卻也難以撼動其創新和突破意義的內在原因——當然，是新的時代支持了王富仁的魯迅研究，而他的魯迅研究又構成了新時期思想解放運動的一個部分，即從聯繫於中國現代社會深刻變遷的魯迅研究的方面推動人們以開闊的視野、實事求是的態度研究新問題、提出新觀點，取得思想解放的新成果。

樊俊先生就曾說過，在中國現代文學專業的學者中，王富仁是最具有理論品格的一位。我要補充的一點，則是他其實也具備詩人的氣質。王富仁先生的碩士學位論文《魯迅前期小說與俄羅斯文學》在嚴謹的邏輯基礎上對一些作品的藝術解讀，盡顯他出眾的藝術感悟力。這著重表現在他對作品中一些人物按照論題所規定的視點、基於感同身受的經驗所進行的藝術分析，常常能從人們不經意的一些細節中解讀出作者的內心掙扎和藝術的創意。他的博士學位論文《中國反封建思想革命的一面鏡子——〈吶喊〉〈彷徨〉綜論》中關於悲劇藝術的部分，也是在與魯迅的心靈對話中體悟魯迅內心的焦灼來分析一些人物，如陳士成、單四嫂子、愛姑等人的悲劇心理。正因為有這樣的體悟式的藝術感受，王富仁的雄辯才不是凌空虛蹈的，而是真誠感人，顯示了他是一個富有藝術才華的人。

一個真誠的人

許多人回憶王富仁先生，都講到他的真誠。我直觀地感受到這一點，是在福建師大的助教進修班的時候。他講課，沉浸在思想與激情中，往講臺前一站，帶著招牌笑容，開始侃侃而談。這種瀟灑，並非隨意，而是因為對問題有了深入的思考，成竹在胸，把握重點，明瞭各部分之間的邏輯聯繫，所以能夠收放自如。他的真誠，就表現在他講課時沉浸在思想自由中的那種享受與愜意。後來作為專著出版的《中國的文藝復興》，在講課時用的題目是《現代意識與中國現代文學研究》，其中講到了開放意識、發展觀念、科學意識、個性意識，明顯緊扣改革開放之初的時代主題。但仔細看，不難發現他是有自己的思想背景的。他的思想觀念中吸收了豐富的西方文藝復興以來的現代文明成果，貫穿的一個中心就是人的解放。這個思想背景決定了他思想觀念的啟蒙主義特徵。明白這點，就不難理解他後來在中國現代文學學科格局面臨調整時為什麼要堅守中國現代文學的「五四」起點說，對現代文學界提高「學衡」派等保守主義學派的思想史地位為何不肯輕易贊同〔註1〕。顯而易

〔註1〕 王富仁:「我們常常是帶著一種莫名其妙的類似原罪感的心情！以退縮的方式應付這些挑戰，甚至我們自己就是站在『五四』新文化運動和『五四』新文學運動的『反對黨』的立場上提出問題和解決問題的：在晚清文學與『五四』新文學的關係上，我們愈來愈感到晚清文學的成就是令人驚喜的，越來越感到依照晚清文學發展的自然趨勢中國文學就會走向新生，『五四』新文化運動那種激進的姿態原本不應該有的，這造成了中國文化和中國文學的斷裂。

見，他要捍衛啟蒙主義的原則，對中國現代社會的發展懷著一種深深的憂慮。

王富仁先生的真誠，表現在日常交往中，就是不擺架子。這不是想表現平等的那種客氣，而是從心底裏認為人與人之間的平等，這與他所堅執的啟蒙主義理念是一致的。他自稱是個農村人，許多人也說他有農村人的那種質樸。記得1986年秋他在福州收到從北京郵寄來的剛出版的博士學位論文，是北京師範大學的初版本，他在每一本書上題簽，扛來分給大家，不好意思地笑著說：本來應該贈送的。說話時的那種真誠歉意，好像理當免費贈送，讓大家聽了感到十分開心。《中國的文藝復興》一書的前言中，他特地說明此書是福建師大的姚春樹、汪文頂先生主持進修班，由幾十位學員整理而成。似乎不這樣說明，內心有所不安。

我後來到武漢大學。在武大博士生答辯時，又多次與王富仁先生相遇。武大中國現代文學博士生答辯，有時會安排簡單的舞會，王富仁先生當然會被拉來。他不擅舞技，有時因為隨意，領帶也沒繫正，讓學生拉著下「舞池」，就在人群中踱著方步。這時，他的招牌笑容中往往帶點不好意思，連聲說：不會跳舞，不會跳舞。稍一會，就走到外面抽煙去了。

有一年，答辯後安排了一次面向全校的講座。他原來是第二個講，但被禮讓到第一個發言。他沒帶講稿走上講臺，說今天我講的內容原是一篇文章。文章因故沒有發表，我就在這裡講一下。他從容開講，滔滔不絕，神采飛揚，我依稀想起約二十年前他在福建師大講課時的風采。講著講著，不小心，假牙掉了出來。他撿起來吹了吹，調侃一下，笑著放進嘴裏又繼續講。結束時，

魯迅對晚清『譴責小說』的評價是不公正的，茅盾對鴛鴦蝴蝶派小說的批評也是過於武斷的；在『五四』新文化運動的倡導者與反對者林紓之間，我們對林紓抱有更多的同情，而認為『五四』新文化運動的發起者對林紓的批判是過激的；似乎《荊生》和《妖夢》的作者更加具有中國傳統的寬容精神，而陳獨秀等人對林紓的反駁則有悖於中國的傳統美德——中庸之道；在『學衡派』與胡適等提倡白話文革新的『五四』新文化運動的發起人之間，我們感到反對『五四』新文化運動的『學衡派』倒體現了中國文化發展的正確方向，而胡適等『五四』新文化運動的發起人則是西方殖民主義文化的產物，背離了中華民族的優秀文化傳統……所有這些，都能夠得出這樣一個結論：『五四』新文化運動原本是不應該發生的，或者是不應該由這樣一些人發起的，或者由這些人發起而不應當發表這樣一些激進的言論的。我認為，在這裡，我們實際已經陷入了一個文化的陷阱：表面看來，我們是在『研究』中國現代文學，實際上我們是在『否定』中國現代文學。」（王富仁：《「新國學」與中國現代文學研究》，《文藝研究》2007年第3期，第19～20頁。）

他說：我講的都是胡扯，真正厲害的角色就是下面要講的這位先生。整個教室響起了雷鳴般的鼓掌聲。「我講的都是胡扯」，好像是王富仁先生常掛在嘴邊的話。我感到這是真誠的謙虛，也是真正的自信。只有真正具備自信的人，方能這樣自謙待人。

還有一件事，我印象特別深刻。大概 2011 年，我申報了一個課題，請他作為課題組的成員負責一個子項目，以增加申報分量，他爽快地答應了。後來聽說他受另一位著名學者的邀請，想來合作申報項目，但他為難地說已經答應陳國恩了啊，只能表示遺憾。這讓我真切地感受到了王富仁先生的人格魅力。他是真誠的，平等待人，重視承諾。我想，他對薛綏之先生的感情，他對研究生導師的感情，他對同輩朋友的感情，他對後輩的感情，都有一份這樣真誠的情誼，而他在捍衛自己的信仰時的堅定和不妥協，也就成為這份真誠的另一種表達的形式！

在此，我想引用《中國的文藝復興》一書前言中的一段話，來印證他的這種自信中的自謙以及自信與自謙兼具中的那種真誠：

> 這個內容，都是隨機性的，沒有一個統一的講話，至多臨時寫個提綱（我上課不用講稿，只是隨想隨講）。因此始終只是一些的想法，算不得真正的學術研究，都是講完算完了，沒有整理發表的企圖。當時的計劃是再系統地讀些有關西方文化史和中國文化史的書，把其中的論述搞得系統些、確實些，再寫成一本書。但到了1990年代，我突然感到了這個題目的空虛，雖然對我當時講的也沒有多麼樂觀過，但相對於 1990 年代的我，它還是口氣大得讓我感到羞慚。什麼現代意識，什麼中國的文藝復興，都是 1980 年代像我這樣一些要作學位論文、要寫文章的中國青年知識分子造作出來的一些文化幻象。口頭說說容易的，但到了真實的歷史中，誰知道是怎麼一回事呢？……我就再也沒有勇氣講這個題目了，甚至有點願意忘卻它的意思。更不想再寫成一本書，拿到出版社去出版。〔註2〕

他接著說後來因為有一份錄音整理稿，廣西師範大學出版社剛好來約稿，得到出版社的同意，才把稿子交給了出去。這段話，所謂到 1990 年代，現代意識、中國的文藝復興之類的話題已經過時的說法，並非這些話題真的過時，而是從一個側面反映了 1980 年代的時代特點罷了。他對這種時代變遷所帶來

〔註2〕王富仁：《中國的文藝復興》，廣西師範大學出版社 2003 年版，第 1～2 頁。

的內心感受，表白得相當準確，並且非常的真誠坦率。

一個有信的人

　　王富仁先生的雄辯，有學識和口才作為支持。他的真誠，有人格的基礎。但我認為，這兩者歸根到底是因為他是一個有信仰的人。信仰可以分為不同的層次，有宗教的、思想的、人倫的，我在此想談的是對人之為人，即關於人的信仰。從開始認識王富仁先生起，我就強烈地感到他做人、做學問有自己的原則，那就是踐行人道。我說的人道，並非一般所稱的人道主義，而是天道在人世和社會的具體化，是對人的基本要求。王富仁先生對前輩、朋友、晚輩真誠相待，看重的是這些人值得信賴，而非他們的身份。我想，這是因為他堅守著為人之道，即在他看來，人與人講信義，要對得起內心的情分。1986 年在福建的時候，我第一次聽說他與薛綏之先生不是師生勝似師生的情誼，也第一次強烈地感受到他的重情義。後來讀到他回憶單演義先生的文章，同樣感受到他對導師的深厚情誼。這種情誼，不是見人就好的好人主義，而是對正直為人和追求真理的那種信仰的尊崇。相反，對投機取巧，迎合時俗，他是不肯隨意附和的。對一些涉及人之道的信仰的問題，他常據理力爭，甚至公開辨正，偶而還會拍案而起，而絲毫不在乎自己的進退得失。我認為這是中國有信仰、有良知的知識分子最為可貴的品格，也是中國社會發展不可缺少的正直、敢於鐵肩擔道義的精神。中國當代有不少這樣的知識分子，王富仁先生是其中優秀的一位。

　　對人之道的信仰，必然會轉化為社會的擔當。王富仁先生的研究魯迅，固然有個人的背景和精神的契合，但實際的影響卻是超越了魯迅研究，播撒到了更為廣泛的領域。從他個人的精神需求看，我認為他的人生道路和精神歷程與魯迅時代之魯迅的作為有著彼此呼應的關係。當中國經歷了極左路線的禍害，從社會到人的精神都遭受嚴重摧殘後，是繼續蜷縮在專制迷信的陰影中不能醒悟，還是站起來，按照馬克思主義的觀點，勇敢面對現實的挑戰，思考現實的新問題，尋找中國社會現代化的出路，這是擺在中國知識分子面前的一個重大而嚴峻的課題。王富仁在這一當口，無疑處在思想解放的先鋒行列。他從魯迅研究實現思想突圍，強調此前的魯迅研究只是要證明魯迅在《吶喊》與《彷徨》的時代已經提出並切實解決了中國革命的一些基本問題，比如革命與群眾的關係，革命的領導權問題，而這一切都是魯迅聯繫著辛亥

革命的失敗教訓，以藝術創作證明了中國共產黨人掌握新民主義革命的領導權，走與工農相結合的道路，從而取得了革命的勝利是一個歷史的必然，魯迅因此顯得無與倫比的偉大。但這一思路忽略了一個矛盾：如果魯迅在《呐喊》與《彷徨》的時代都已經解決了中國新民主義革命的這些重大理論問題，那麼毛澤東同志對馬克思主義的創造性發展的歷史功績從何得以體現？我覺得，很可能就是從這一質疑開始，王富仁先生轉而來闡釋一個反封建思想革命家的魯迅形象。這一轉變，是視野的調整，更是思想觀念的突破，是聯繫著此前魯迅研究中某些實用主義的弊端和對新時代思想解放運動的敏銳感應來探索和思考中國問題的一個結果，而其目標則是追求人道和理性的回歸。換言之，是堅持馬克思主義的基本立場，把歷史人物放到歷史的環境中來評價，聯繫歷史經驗來思考中國未來的方向。這樣的轉變和突圍，在當時乍暖還寒的社會氛圍裏是需要勇氣和擔當的。任何打破習慣的創新和突圍之舉，都帶著不確定性和某種危險。如果只考慮個人的得失，大可不必冒此風險。但那是一個思想解放的大時代，有歷史擔當的知識分子以家國情懷，不畏艱險，衝破了種種危害中國發展的現代迷信和極左教條，推動了歷史的進步。

由於魯迅的「形象」是中國現代政治的一個極為重要的文化符號，與政治緊緊地糾纏在一起，魯迅研究方面的突破，無疑具有重大和深遠的意義。《中國反封建思想革命的一面鏡子——〈呐喊〉〈彷徨〉綜論》對啟蒙魯迅形象的闡釋，明顯是以深入認識中國現代社會思想革命與政治革命的規律和各自特點作為前提的。這一研究成果，讓人們認識到從「五四」到新民主義革命的勝利，經歷的不同階段各有其自身的革命對象、依靠的隊伍，面臨著各自的矛盾和挑戰。這是按照新民主義歷史觀對具體的歷史問題深入研究所得到的重要成果，有助於解釋中國現代社會的矛盾運動，有助於加深理解魯迅在其中所扮演的角色和所發揮的歷史作用。從這角度看，魯迅也是利用了他所生活的時代的歷史可能性，承擔起了思想革命的使命，而魯迅的思想和藝術實踐正因此而成了後人認識現代史、思考中國未來道路的重要的思想資源。

回歸「五四」，重塑啟蒙魯迅的形象，既是時代的需要，我想也是王富仁先生內心生活的需求。有學者說過，如果要知道王富仁對某事的態度，只要去研究一下魯迅對這事的態度就行，這似乎是說他與魯迅已經在精神上深度契合。在中國現代文學界，一個研究者與研究對象發生如此深刻的精神契合並不多見，王富仁算是其中突出的一個。但是，與魯迅的精神契合，免不了

會讓人面臨魯迅式的精神困境。我在以前的文章中曾說過，二十世紀末開始高漲的世俗化浪潮有一個社會政治、經濟的背景。在這一世俗化的浪潮中，「魯迅」難以避免被邊緣化的命運，原因不外乎許多人忙於世俗事務，而思想領域的一些敏感問題也不必再像此前要通過魯迅來借題發揮，魯迅研究於是不再成為一般大眾所關心的問題。但不可否認，仍然有人把魯迅研究作為志業，這主要是因為魯迅的精神與這些人的精神生活深刻地聯繫在一起，他們要從魯迅的精神世界中尋找用來解決自身思想和精神所面臨的一些更具普遍性困境的資源〔註3〕。王富仁先生顯然就是這樣的一個人。無論他抱怨1990年代思想界的重心轉移，還是苦苦尋找新的突圍方向，都是心繫中國的當下和未來，期盼中國光明的前景。在那樣的前景中，人們比較普遍地具備主體的自覺，告別了魯迅時代的那種人的愚昧。王富仁先生個人，我想或許也需要從魯迅的精神生活中獲得突破自我困境的思想資源，克服時代轉折所引起的內心矛盾。換言之，他需要一種人之道的哲學抵禦精神生活的平凡和矛盾。我就曾當面聽他說過，思想的問題只能用思想的力量才能解決，思想只能通過思想的力量才能戰勝。很顯然，在這樣的過程中，人是要經歷艱難的選擇和承擔沉重壓力的。

從1980年代初開始研究現代性的問題開始，王富仁先生的學術研究的中心主題是人的解放和覺醒。他強調「開放意識是中國現代意識的第一塊基石」，「發展觀念是中國現代意識的經絡」，「科學意識是中國現代意識發展的槓杆」，「個性意識是中國現代意識的骨骼」，「人的基本價值觀念的變化是中國現代意識的主體內容」〔註4〕，都是圍繞著人的問題、人的現代意識的問題展開的。他對魯迅的研究，同樣如此，而不僅僅是對魯迅的純學術的探討。人的問題，聯繫著中國的歷史與未來。在中國的背景中，這個問題尤其重要，可以說是解釋中國歷史、解決中國現實問題以至決定中國未來發展的一個關鍵。懷著對人之道的信仰來探索人的問題，是一個思想者的莊嚴使命，也是思想者自身安身立命的根本所在。想清楚了這個問題，或者說在這個問題的探索達到了一個時代所允許的水平，對思想者自身無疑是一個安慰，對一個時代也可以說是一個必要的交待。我想，王富仁先生最終以決然的態度為生

〔註3〕陳國恩：《寂寞中的守望——消費時代的魯迅與魯迅研究》，《武漢大學學報》2011年第5期。

〔註4〕王富仁：《中國的文藝復興》，廣西師範大學出版社2003年版。

命劃上句號，沒有猶疑和悲天憫人，很大程度上是因為他想清楚了人之為人的意義。唯如此，才能心安，才能坦然告別，可是這在客觀上卻實現了本來其實就很難圓滿的人生使命。

願以這篇小文，以一個編外的學生，懷著崇敬，來紀念和追思王富仁先生！

載《重慶評論》2017 年第 2 期。

王富仁「魯迅」與 1980 年代思想啟蒙

　　在新時期的魯迅研究者中，王富仁是最有代表性的一位。這並非說他那一代學者的魯迅研究成就難與他比肩，更不是說他的研究水平難以超越，而是說他憑自己的理論準備和敏銳眼光所闡釋的「魯迅」切中了時代症候，提出了新時期社會思想領域中一些的重大問題，成為思想解放運動中的一個突出標誌。王富仁「魯迅」以思想啟蒙者的姿態，直面現實，批判人的愚昧，解剖國民劣根性，從魯迅研究方面推動了新時期的思想解放運動，又因為魯迅在現代史上地位至關重要從而使王富仁的啟蒙「魯迅」成為新時期思想解放運動的一個重要組成部分。

一

　　經典化的「魯迅」是一個文化符號，折射出了 20 世紀不同歷史階段的社會問題和人們的思想狀況。現代作家中沒有一個像魯迅這樣深刻地參與了中國現代歷史的進程，影響了幾代人的思想和心靈，因而魯迅的經典化，是一個重大的「中國」問題，經典化的「魯迅」也就成了研究中國現代文學史、中國現代思想史不可或缺的課題。

　　魯迅的思想探索，代表了一代知識分子的思想發展道路，並因其探索的艱難性、深刻性而彰顯了魯迅式的清醒和堅毅果敢。魯迅去世後，人們研究魯迅，弘揚魯迅精神，構建起了內涵前後有所不同、有時甚至是迥異的魯迅形象，反映了中國社會歷史演進的階段性特點。已經去世的「魯迅」仍然處在社會鬥爭的風口浪尖，折射出民族共同心理的巨大變化。在世俗化思潮風起雲湧的 20 世紀末，魯迅遭遇了冷落，這主要是因為隨著社會經濟、政治、

文化的發展，人們生活方式發生了變化，文化消費的形式也有了重大不同。但是不可否認，即使在這時候，魯迅仍然受到許多人的熱愛和崇敬，特別是與熱愛魯迅、不斷從魯迅那裡汲取精神營養的人們的私生活聯繫在一起，成了這些人追求精神超越的重要的思想資源。

王富仁的「魯迅」，是一個思想啟蒙者的魯迅。王富仁先是在《中國現代文學研究叢刊》1983 年第 1 期發表了《中國反封建思想革命的鏡子——論〈吶喊〉〈彷徨〉的思想意義》，引起很大反響，後來的博士學位論文《中國反封建思想革命的一面鏡子——〈吶喊〉〈彷徨〉綜論》對魯迅進行更為全面和深入的研究。從 1983 年的關於「鏡子」的論文，到後來的博士學位論文，王富仁研究的是魯迅，實際卻是對中國現代文學、現代思想史一些重大問題的思考。他提出《吶喊》與《彷徨》的重要性主要地不是反映在政治革命的實踐中，而是在思想革命的實踐中，是一面中國反封建思想革命的鏡子：「當時的中國思想革命不但在主要對象上有與民主主義政治革命不盡相同的地方，而且兩者的具體任務也有迥然不同的歷史規定。做為政治革命，主要對象和主要任務一般是一致的。中國民主主義政治革命的主要對象是帝國主義和封建主義。它的主要任務就是推翻帝國主義和封建主義的壓迫。但做為思想革命，二者則並不完全契合。當時中國的思想革命，主要對象是封建主義思想，但它的主要任務並不是改造這種思想的制定者、倡導者和自覺維護者的封建地主階級。中國反封建思想革命的任務，始終是為了清除封建思想在廣大人民群眾中的廣泛社會影響。這雖然是一個極其淺顯的道理，但對於分析研究《吶喊》和《彷徨》卻有著十分重要的意義。」〔註1〕

王富仁提出中國現代社會是思想革命與政治革命交替進行，從而在兩者互動中推進了歷史的進步。他認為在中國最瞭解農民的是毛澤東和魯迅，但兩者對農民的理解角度卻有政治革命與思想革命的區別：

> 毛澤東同志以極大的熱情，肯定了中國農民在新民主主義政治革命中的巨大歷史作用，高度評價了中國農民的政治積極性，始終把中國農民階級當做無產階級最可靠的同盟軍、中國民主主義革命的主力軍。中國農民的肯定的方面，在毛澤東同志的著作中得到了最充分、最熱情的表現。而魯迅，卻以自己最富有才華的筆觸，以

〔註1〕 王富仁：《中國反封建思想革命的鏡子——論〈吶喊〉〈彷徨〉的思想意義》，《中國現代文學研究叢刊》1983 年第 1 期。以下未注明出處的，皆引自本文。

自己大部分的藝術力量和最光輝燦爛的藝術篇章，深入地、精細地、並且可以說是無情地解剖著中國農民身上的精神殘疾，他們的愚昧、落後、保守、狹隘等精神弱點，他們的一切應當否定的方面，在魯迅的《吶喊》和《徬徨》中，得到了最大限度的、最深刻的發掘和最痛切、最堅決的否定。

這些觀點，是王富仁依據馬克思主義存在決定意識的基本原理，聯繫中國現代社會的性質和特點，從文學與社會的深刻關聯中進行探索和思考得出來的，形成了自己的一套嚴密的論證體系。也正因為如此，當他的《中國反封建思想革命的鏡子——論〈吶喊〉〈徬徨〉的思想意義》發表後招來了不少批評，不久又煙消雲散，因為王富仁的觀念和方法恰恰是馬克思主義的。他與反對者的區別不是馬克思主義基本觀點的衝突，而是如何運用馬克思主義基本原理探討中國文學、思考中國社會問題上的衝突。這種衝突恰恰反映了相當長一個時期裏，我們一些批評家自信運用馬克思主義的觀點和方法來研究文學，實際卻是採用了教條主義的態度，即不是從中國社會的實際出發，不是深刻地分析中國的問題，而是依據一種自以為是的政治正確，尋找一些馬克思主義經典作家的片言隻語，進行預設了結論的研究。這樣的研究，到了新時期就顯露出了它的脫離社會發展實際的毛病。

王富仁提出「回到魯迅」的口號，意思是要從魯迅生活和戰鬥的時代語境中來理解魯迅。這有兩方面的意義，一是體現馬克思主義的歷史唯物主義的態度，即不是按照今天的要求來評價魯迅、拔高魯迅，而是看魯迅的時代他提供了他之前或者他同時代的人所沒有能夠提供的東西，那就是他開展對封建宗法制度和封建禮教毒害民眾思想的批判，而且以其批判的尖銳性、徹底性而超越了同時代人的思想水平；二是體現學術研究的當代性，即從新時期恢復實事求是思想路線的時代高度出發，通過魯迅的思想探索以及魯迅研究史的曲折起伏，來總結經驗教訓，大力強調中國反封建思想革命的主要任務是清除封建主義思想對人民的毒害，重點是批判舊時代農民思想的落後愚昧，而不是在政治革命觀念中強調那個時代農民的革命要求。這樣的強調，是合乎歷史真實的，又體現了當代意識，是歷史主義觀點與當代意識相統一的一個重要成果。

魯迅研究在魯迅去世後的相當長一個時期裏，始終服從於中國新民主主義革命的歷史主題，為中國新民主主義革命的勝利做出了重大貢獻。然而由

於多種原因，一些研究存在著離開魯迅、或者拔高魯迅以追隨風尚的現象，而且總體看，這個時期的魯迅研究的主旋律是把魯迅置於新民主主義革命語境中來研究，因而改造或者說修改了魯迅生活和戰鬥時期的啟蒙主義的歷史語境。結果是把啟蒙主義內容納入到新民主主義的歷史觀，即以新民主主義歷史觀來肯定五四的歷史地位，肯定魯迅創作的意義。這充分展現了新民主主義理論的歷史高度，但這種從政治革命的視角來研究魯迅，致力於發掘魯迅對於中國新民主主義革命的重大意義，卻不應該掩蓋他自身在五四啟蒙主義語境中的思想與藝術探索，也不應改變他在創作中所取得的屬「人的文學」的劃時代成就。魯迅的思想探索和創作實踐，是從「立人」的啟蒙主義起步，轉向左翼文學後也並沒有拋棄啟蒙主義的思想傳統，而是把啟蒙主義的思想內容提高到了為大眾的左翼文藝的水平。正是這一點，魯迅的思想轉變不是對自我早期的徹底否定，而是一種超越。魯迅的思想發展體現了辯證法的精神，充滿著內在的張力，是一個思想者的合乎歷史邏輯的自然蛻變。

《吶喊》與《彷徨》是中國反封建思想革命的一面鏡子，這突破了相當長一個時期裏簡單地套用文藝與政治關係的觀點來研究魯迅的單一模式，開闢了從新民主主義的五四觀來研究魯迅的新路徑，從而豐富了「魯迅」的內涵——既回歸了五四的「魯迅」，又響應了新時期的改革開放、解放思想的要求。這一切表明，王富仁的「魯迅」是一個更真實的歷史上的魯迅，又是一個體現了新時代精神的啟蒙主義者的嶄新「魯迅」，是魯迅研究中帶有整體性的重大突破的一個成果。

二

王富仁「魯迅」的不同凡響，還在於研究者通過魯迅突破了固化的思想模式。王富仁的研究建立在對 20 世紀中國社會發展的新認知基礎上，從魯迅研究與中國 20 世紀歷史考察的雙重視野中突破教條主義，從現代性的視角提出問題，並給出富有邏輯力量的回答。換言之，他把魯迅置於政治革命與思想革命雙重變奏的歷史基礎上，通過魯迅研究，對中國現代史做出了具有新意的闡釋，而又切合了新時期思想解放運動的時代要求。

王富仁從啟蒙魯迅形象建構的學理需要出發，提出了中國 20 世紀的歷史是一個思想啟蒙與社會革命交替進行的過程——從辛亥革命到五四啟蒙，又從五四啟蒙到中國共產黨領導的新民主主義革命，再從新民主主義革命到新

時期的思想解放運動，從革命與啟蒙的雙重變奏中，沿著現代性方向迂迴前進，經歷了波瀾壯闊的風雲變幻，取得了偉大的成就，也留下了重要的教訓。從這樣的雙重變奏和交替前行的歷史軌跡中，思想啟蒙的意義獲得了與此前政治革命視角中大不相同的呈現，其歷史的合理性和進步性得以更為充分地被確認。因此，王富仁基於魯迅研究的需要，而又通過魯迅研究向讀者展現了中國現代史發展的一種新景觀，呈現了被單一的政治革命視角有所遮蔽的那部分意義——思想啟蒙的意義——這是對五四思想啟蒙的歷史貢獻的再探索，又是對於新時期新思想啟蒙的充滿熱情的呼應。

為了向讀者強調五四啟蒙的意義，王富仁從歷史細節入手，提出中國政治革命的基本任務是反對帝國主義和買辦資產階級，而中國思想革命的基本任務是反對封建主義——《吶喊》《彷徨》中沒有反帝的內容——魯迅所經歷的辛亥革命、五四愛國運動、五卅反帝運動在他的小說中都沒有涉及，僅有《風波》通過七斤的遭遇從側面暗示了張勳的復辟，魯迅小說甚至沒有批判軍閥統治的內容。這種題材上的特點，王富仁認為正好說明魯迅小說針對的是封建禮教對人的思想毒害，承擔的是反封建思想革命的歷史使命：

> 誠然，魯迅沒有創作反帝題材的小說，是有一定程度的偶然性
> 的。可是，就在魯迅這種自然流露的創作傾向之中，卻異常分明地
> 向我們啟示了，中國當時思想革命的對象與中國民主主義政治革命
> 的對象，有著不盡相同的內容。

王富仁認為，這是因為當時資產階級思想不是思想革命的重點對象，它在反封建思想的鬥爭中暫時地還具有進步性。至於帝國主義在華的奴化宣傳，與中國幾千年的封建傳統觀念相比，其影響則是微乎其微的，並且一般與中國封建思想和迷信思想相結合，通過它們而施加自己的影響，所以它一時還難以構成一支獨立的、強大的反動思想力量。

這樣的思路，與魯迅從 20 世紀初開始形成的「立人」思想一脈相承，而又有了五四新文化運動的時代內容。換言之，魯迅小說不是以反對帝國主義的恢宏歷史畫卷著稱，而是以對病態時代病態人們靈魂的犀利解剖而確立了在現代文學史上的無可取代的地位。

魯迅的可貴在於他直面真實的人生，反對「瞞」和「騙」。正是這種清醒的現實主義使他在左翼十年保持了清醒的頭腦。而王富仁的魯迅研究，可貴之處則在於能透過歷史的迷霧，直面魯迅的本真。很長一個時期裏，我們認

為魯迅通過自我的思想改造而為人民的事業作出了重大貢獻，比如稱魯迅通過創作實踐，批判辛亥革命領導者脫離群眾，批判知識分子的動搖性，主張革命者與群眾的結合，認為資產階級難以承擔起中國革命的領導責任——這些需要在中國革命深入過程中由毛澤東同志為首的中國共產黨人通過艱難的探索才從根本上解決好的關於中國革命的重大理論問題和實踐問題，由魯迅在其前期的創作中已經提了出來，並且很好地解決了。這樣的魯迅觀，雖然極大地提高了魯迅在現代文學史、現代思想史上的地位，卻事實上改造了魯迅形象，使這個「魯迅」偏離了歷史的真實。在學術界還流行這樣的魯迅觀時，王富仁說他心目中的「魯迅」並非如此，而是一個思想啟蒙者的魯迅，是中國反封建思想革命的一面鏡子，這需要勇氣，也需要學識。他的勇氣來源於他的學識，來源於他對 20 世紀中國歷史的一種新的把握。因此，他的魯迅研究其實是對中國現代史、現代思想史的一種新的闡釋。他的研究成果，不僅豐富了魯迅形象，而且讓人再次開始認真思考魯迅的時代——從五四到左翼文學運動，思考整個 20 世紀中國歷史的一些重大問題，從而拓展了思想視野，發現了歷史的新的可能性及其意義。

王富仁的魯迅研究，超出了魯迅研究的範圍，深入到了中國 20 世紀的歷史，觸及了在相當長一個時期裏流行的一些觀念——這些觀念並沒有準確地按照新民主主義思想的原則，相反是對新民主主義理論的一種不那麼正確的理解，結果是由狹隘的「政治」來引導魯迅研究，使學術走上了實用主義的庸俗化道路，由此造成的社會心態和價值觀念在新時期嚴重地阻礙了人們思想的解放，因此王富仁的魯迅研究開始時引發了激烈的爭論。一些批評者擔心這樣的「魯迅」顛覆了很長一個時期來人們的思想得以安穩的理論基礎，擔心這樣的重大變動會動搖社會「穩定」的思想基礎。這種爭論，反映了新舊觀念之間的差異乃至直接的衝突——是沿著原來的思想框架和研究模式進行修修補補式的研究，還是根據新時代的要求，按照馬克思主義的基本觀點，從歷史與人的關係入手，對魯迅進行一種新的闡釋，對 20 世紀中國的歷史進程結合魯迅研究給出一個新的解釋，這是一個時代性的課題。顯然，王富仁以其充分的理論準備和嚴謹的邏輯力量，努力地給出了他的回答。那些批評，恰恰說明了王富仁「魯迅」切中社會歷史的重大問題，說明他所建構的「魯迅」，意義不侷限於魯迅研究領域，而是影響到了整個社會，給了人們一個可供參照的新的觀念和看待問題的一種新的方式。

三

「回到魯迅」，那就必然地要回到「五四」。這意味著王富仁要推崇作為反封建思想革命的一面鏡子的魯迅，必然地要堅持啟蒙主義的「五四」觀及其立場。他的魯迅研究的一個重要成果，就是在新時期重申並闡釋了「五四」啟蒙主義的意義及其歷史功績。王富仁「魯迅」是與五四啟蒙主義的思想背景緊密地結合在一起的。

堅持啟蒙主義的「五四」觀，包含著對此後一個相當長歷史時期的經驗教訓的思考與總結，也包含著對中國現代化發展方向的堅持和守護。正是在這樣的意義上，王富仁對於學術界重新評價文化保守主義思潮持謹慎反對的態度，有時甚至是激烈地反對。他說：

> 在晚清文學與「五四」新文學的關係上，我們愈來愈感到晚清文學的成就是令人驚喜的，越來越感到依照晚清文學發展的自然趨勢中國文學就會走向新生，「五四」新文化運動那種激進的姿態原本是不應該有的，這造成了中國文化和中國文學的斷裂。……在「學衡派」與胡適等提倡白話文革新的「五四」新文化運動的發起人之間，我們感到反對「五四」新文化運動的「學衡派」倒體現了中國文化發展的正確方向，而胡適等「五四」新文化運動的發起人則是西方殖民主義文化的產物，背離了中華民族的優秀文化傳統……所有這些，都能夠得出這樣一個結論：「五四」新文化運動原本是不應該發生的，或者是不應該由這樣一些人發起的，或者由這些人發起而不應當發表這樣一些激進的言論的。我認為，在這裡，我們實際已經陷入了一個文化的陷阱：表面看來，我們是在「研究」中國現代文學，實際上我們是在「否定」中國現代文學。〔註2〕

王富仁在新的世紀之交的國學熱大行其道背景中提出「新國學」的概念，我理解就是想在整個文化界保守主義思潮抬頭的背景下，以新的「國學」名義為五四新文化的合法性爭取地位。在國學熱的衝擊下，一方面是對中國傳統文化的張揚，同時也夾雜著一些不和諧的聲音，諸如「弟子規」「女戒」等沉渣泛起，而新文化運動和五四文學革命的反對舊道德、提倡新道德，反對舊文學、提倡新文學反而受到質疑，中國現代文學作為現代性文學的學科性

〔註2〕 王富仁：《「新國學」與中國現代文學研究》，《文藝研究》2007 年第 3 期，第 19～20 頁。

質也隨之受到挑戰，從而造成「研究」中國現代文學、實際卻是在「否定」中國現代文學。王富仁的策略，是把中國現代文學納入整個「國學」的範疇，捍衛中國現代文學作為一種「國學」的正當地位，但又強調它是一種「新」的國學，與傳統的國學有所不同，從而堅定地從思想革命的立場來捍衛五四文學的現代性，堅持五四新文學所開闢的方向。

「五四」的問題，凝聚了自鴉片戰爭以來中國思想界在處理中外關係時必須面對的新舊文化矛盾與中西文化衝突相疊加的極為複雜的局面！晚清思想界的爭論，主要就是圍繞文化的新舊矛盾與中西衝突展開。從「以夷制夷」到「中體西用」，反映了中國人在面臨西方列強侵略要奮起反抗時，不得不學習西方文化、然而這樣的文化引進又不能損害滿清王朝統治基礎的困境。學習西方文化，必然引起新舊文化的矛盾，這種矛盾的背後又存在著中西文化的衝突，牽連到統治階級的利益和下層民眾的民族主義感情。這說明在後發外生型現代化國家要在接受外來文明、促進社會進步與維護社會內部秩序的穩定之間保持某種平衡十分困難。一些先行者想努力達成這種平衡，結果總是落空。每一次平衡的破裂，伴隨著新舊觀念尖銳對立和中西文化的激烈衝突，醞釀著社會的裂變。

五四新文化運動，就是這樣一次文化的裂變。新文化運動的「新」，新在它與此前文化改良運動不反對統治階級的根本利益完全不同。它打起「科學」與「民主」的旗幟，從革命民主主義立場大膽地向西方文明學習，批判封建宗法思想，反對專制與獨裁。這實質是在中國被動納入世界化歷史進程的背景下，突破了此前士大夫階層片面從中國立場看世界的思維侷限，轉而採取了從世界視野，從中國與世界廣泛聯繫的觀點來思考中國社會問題解決辦法的思路。這就與洋務派、改良派解決新舊矛盾與中西對立的調和主義方法，徹底劃清了界線。

文學革命的傑出代表，就是魯迅。魯迅提出「內耀」「立人」，反對「瞞」和「騙」，主張直面真實的人生，正視淋漓的鮮血，實質就是致力於「人」的覺醒，這是一個思想啟蒙的問題。王富仁強調《吶喊》與《彷徨》是「中國反封建思想革命的一面鏡子」，本意就是要回到「魯迅」，繼承魯迅的思想，用啟蒙主義掃蕩封建主義的愚昧。他把五四新文化運動視為中國的文藝復興，認為近代以來的中國處於告別中世紀的歷史長河中〔註 3〕，其基本的訴求就

〔註 3〕參見王富仁的《中國的文藝復興》，廣西師範大學出版社 2003 年版。

是總結歷史教訓，把中國的現代化進程推向一個新階段。而他後來轉而提倡「新國學」，某種程度上也可以說是他面對新啟蒙思潮低落時的一種無奈選擇，明顯地包含著不捨與執著。

要強調的是，王富仁的「回到魯迅」、「回到五四」，並沒有割斷歷史的關聯性。他是按照歷史本身的邏輯，回到「五四」而又從「五四」前進到新民主主義的歷史觀，堅持的是馬克思主義的歷史唯物主義。因此，他的回到「魯迅」與「五四」，並非止於魯迅和對於「五四」啟蒙主義的重複，而是帶著歷史的餘溫，在魯迅研究中注入了豐富的現實內容，具有鮮明的時代意義。

王富仁的魯迅研究，是在中國一個辭舊迎新、承前啟後的極為重要的時刻，通過魯迅研究，張揚人的價值和精神，呼應了思想解放的時代要求。他也因此在這個時代成為中國現代文學研究界的一位傑出代表。

四

王富仁的「魯迅」，既是一個啟蒙主義者的魯迅，又是一個打上了王富仁主觀烙印的新時期的「魯迅」。所謂主觀烙印，主要就是王富仁在魯迅研究中帶著他所理解的啟蒙主義思想立場、馬克思主義基本觀念、思維邏輯與歷史邏輯相統一的治學特色，尤其是體現了他的魯迅研究的理性與感性緊密結合的學術品格。

王富仁的魯迅研究具有強烈的思想衝擊力和藝術感染力。思想衝擊力，前文已有涉及，可以再舉一例——他在《中國反封建思想革命的鏡子——論〈吶喊〉〈彷徨〉的思想意義》一文中談到現代中國最瞭解農民的是毛澤東與魯迅，而兩者又存在不太相同地方時，寫道：

> 農民階級本身具有雙重性，在中國的政治革命和思想革命中，這種雙重性各以其一個側面得到了加強和突出。這就是為什麼毛澤東同志在中國民主主義政治革命的戰略和策略中，特別突出了農民肯定的方面，而魯迅在對中國思想革命的深沉思慮中，重點表現了農民思想弱點的一面。二者都是深刻而精闢的，他們各自以其不同的側面，豐富了我們對中國農民階級的認識。這個結論可以由下列事實予以證明：在我國民主主義政治革命中，我們常常由於忽略了農民的革命性而吃大虧、上大當，而在我們的思想建設中，則常常因忽略了農民思想的落後性而使我們受到損失。

　　這裡，王富仁打破中國知識界長期形成的習慣思維，揭示了舊時代中國農民問題的多面性，確認毛澤東作為偉大的政治家在農民問題上高屋建瓴的戰略遠見，同時又賦予魯迅在農民問題上作為反封建思想革命家的犀利眼光。這後一方面，是王富仁的獨特發現，極大地提高了魯迅在中國現代文學史、中國現代思想史上的地位。你可以不太贊同他的這一見解，但你很難拒絕他的邏輯力量。換言之，王富仁的論證在邏輯上自洽，具有充分的說服力，從而給了你一種思想衝擊力，使你不得不認真地思考他的意見。

　　樊駿曾這樣說：「王富仁有良好的藝術鑒賞能力，但更多地從社會歷史的角度考察問題，他總是對研究對象作高屋建瓴的鳥瞰與整體的把握，並對問題做理論上的思辨。在他那裡，闡釋論證多於實證，一般學術論著中常有的大段引用與詳細注釋，在他那裡卻不多見，而且正在日益減少。他不是以材料，甚至也不是以結論，而是以自己的闡釋論證來說服別人，他的分析富有概括力與穿透力，講究遞進感與邏輯性，由此形成頗有氣勢的理論力量。他的立論，也自說自話是從總體上或者基本方向上，而不是在具體細微處，給人以啟示，使人不得不對他提出的命題與論證過程、方式，作認真的思考，不管最終贊同與否。他是這門學科最具有理論家品格的一位。」〔註4〕這個評價非常精準，但不得不強調，王富仁的邏輯力量是與其「良好的藝術鑒賞能力」緊密地結合在一起的。他在第一本重要著作《魯迅前期小說與俄羅斯文學》從形象入手對魯迅與俄羅斯文學的深層次思想和藝術關聯的分析，精細入微。在《中國反封建思想革命的一面鏡子——〈吶喊〉〈彷徨〉綜論》這本專著中，他對《白光》裏陳士成發瘋時的心理分析，想像陳士成受到幻覺中的白光引導，出走城外，掉進湖裏時垂死掙扎的情形，貫穿了強烈的人道主義同情，意在表明陳士成雖然糊塗，但他本是無辜的。王富仁越是展現陳士成在湖底掙扎，不願死，就越具有控訴科舉制度害死人的批判力量。這樣的文字，展現了雄渾大氣的理性，卻又透露出感同身受、設身處地式的細膩深入，富有文采和強大的藝術感染力。

　　王富仁的魯迅研究在藝術把握方面，服從於揭示魯迅的反封建思想革命的主題，但又反過來豐富這個反封建思想革命的主題，使之具有深邃的內涵、動人的審美力量。他對《藥》裏面的夏瑜的分析，說明了辛亥革命的領導者

〔註4〕樊駿：《我們的學科：已經不再年輕，正在走向成熟》，《中國現代文學研究叢刊》1995年第5期。

不是沒有去宣傳大眾；相反，他們宣傳了——夏瑜向紅眼睛阿義宣傳「大清國是我們的」，然而因為紅眼睛阿義的愚昧，使這樣的宣傳毫無意義。紅眼睛阿義以其愚昧，視夏瑜為精神病，並且把毆打夏瑜的暴行作為壯舉向其狐朋狗友炫耀。這彰顯了魯迅是從思想革命的角度來塑造這些形象的，說明革命者因為民眾的不覺悟，為民眾犧牲，卻不被民眾理解，受到了嚴重的傷害，從而強調了想啟蒙的重要性和緊迫性。

《阿Q正傳》在魯迅的小說中具有特殊的地位。王富仁強調阿Q所想像的革命具有兩面性：他想通過革命改變自己的地位和命運，但他所想像的革命僅僅是舊時代農民的簡單復仇——想像革命成功後他能取趙太爺、錢太爺的地位而代之，而且僅僅因為一點日常的小衝突就要殺掉同是底層貧民的王胡甚至小D，要把秀才娘子的寧式床搬到自己住的土穀祠。更過分的是他想像革命成功後，他看中誰，誰就得給他當老婆。通過這樣的精彩分析，王富仁強調阿Q式的「革命」不過是農民的復仇和財產再分配，不可能創造新的生產關係，不僅毫無進步意義，而且具有強烈的破壞作用。因此他說：「《阿Q正傳》的不朽社會意義之一，在於它從辛亥革命本身的弱點和不覺悟群眾的辯證聯繫中，從二者的對照描寫裏，十分廣闊地總結了辛亥革命失敗的深刻教訓。它與上述幾篇的根本區別在於，它所表現的二者之間的因果聯繫，不是定向的，而是互為因果的。辛亥革命的領導者無視農民的革命要求，不注意發動群眾，向封建勢力妥協，而阿Q也始終處於愚昧落後狀態。」

不難看出，王富仁的魯迅研究，思想發掘與藝術闡釋融為一體，顯示出了他的強大理性、豐富情感和精湛的藝術感悟力——他理解人、尊重人，高揚的是「人」的旗幟。

載《西南民族大學學報》2019年第6期，
原題《王富仁「魯迅」與中國1980年代的思想啟蒙》。

莫言獲諾獎：中國魅力與人類命題

　　2012 年度諾貝爾文學獎公布前幾天，有一家媒體要我預測一下網傳莫言獲獎的可能性。我表示，預測只是民間情緒的一種表達，或許也是媒體炒作的需要。其實獲不獲獎，等幾天不就知曉了？獲獎是好事，沒獲獎也不會影響莫言的文學史地位。我當時的意思，諾貝爾文學獎是水到渠成的事，我們應以平常心視之。

　　說起來，我與莫言還有點淵源：2000 年初，受幾位先生之命，我執筆撰寫一篇商榷性的文章，為莫言的《豐乳肥殿》辯護，文章與易竹賢先生連署發表在《武漢大學學報》2000 年第 5 期。我們的意思，《豐乳肥殿》是一部有特色、有份量的作品，並非「近乎反動的小說」。2003 年，又由我執筆，與易竹賢先生連署，就同一個問題，即從如何評價《豐乳肥臀》而牽扯出來的理論問題進行辨析，強調文學創作中的探索和創新，不管是觀念形態的或者藝術形式上的，對它們都應持一種寬容的態度。在社會發展轉型的背景中，人們的思想觀念和審美標準應跟上前進的時代，在堅持基本原則的前提下大膽探索，推動新時代文藝的繁榮與發展。當時，各種思想觀念的碰撞比較激烈，莫言的《豐乳肥臀》以其新的歷史觀、人性觀和表現技巧，在引起讀者熱烈反應的同時，也招來了一些尖銳的批評，這原是很正常的。我們為莫言所作的辯護，也只是本著我們自己的價值標準和治學態度發言，一家之言，但今天看來，我們的標準和態度還是經得起時間檢驗的。

　　大概就是由於這層關係，媒體才採訪到我。不過，我說要以平常心對待諾貝爾文學獎，並非看低了這個獎項，只是說不能強求。諾貝爾文學獎的份量和影響力，無須強調，眾所周知。因此，當真的傳來莫言榮獲 2012 年度諾

貝爾文學獎的消息，我自是非常高興，並且想到這不僅是莫言的光榮，也是中國文學的光榮，中國作家的光榮，全體中國人的光榮。不過高興之餘，我想到了許多問題，限於時間和篇幅，在此只提出一點來做簡單討論，這也許正是很多人所關心的，即莫言憑什麼獲獎？

莫言獲得諾貝爾文學獎，當然是因為莫言的作品達到了諾貝爾文學獎的標準，所謂「利用魔幻現實主義將民間故事、歷史及當代融合為一體」。不過顯而易見，授獎辭中的「民間故事、歷史及當代融為一體」原本是早就存在的一個事實，現在才授獎給莫言，是不是可以說西方人到現在才讀懂了它，或者說才願意讀懂它？

讀懂一部中國現代作品，對西方人來說，有一些偶然的因素，比如是不是有一個好的譯本，是不是受到西方權威人士的推崇，是不是對上西方讀者的胃口等。好的東西肯定不會被埋沒，是金子總會發光，但更重要的還是時機問題。隨著中國綜合國力的增強，中國國際地位的迅速提升，西方有更多的人願意更多地瞭解中國，瞭解中國社會，瞭解中國文化，包括中國的文學，尤其是反映中國當下社會生活的鮮活的文學。正是在這樣的背景下，西方翻譯家開始主動參與翻譯中國當代小說。由於有這些翻譯家的主動參與，一些中國當代小說才能更好地被西方讀者所理解和接受。這是莫言獲得諾貝爾文學獎的一個重要背景，或者說是國際背景，說明莫言的獲獎不啻是莫言個人的私事，而是一件與中國的國際形象相關的大事。它從一個側面反映了中國當前的國際地位，反映了中國當前文學在世界上的影響力。

當然，西方讀者真正理解和接受這些小說，最主要還是因為這些小說本身具備魅力。在莫言同時代的作家中，達到他的成就和影響力的不在少數，而在這些作家中莫言第一個獲獎，這是值得思考的，我想這首先要從莫言個人的獨特性方面來解釋。

莫言小說的內容，是富有中國色彩的。從《透明的紅蘿蔔》開始，他的作品就注重特異感覺的傳達，這些感覺包含著豐富的中國文化意味和生動的現實內容。他常常基於痛苦的生命體驗，寫弱小者抵抗強力的壓迫，從他們不屈的姿態中升騰起來的精神是感天動地的。他透過感覺的棱鏡，寫出了弱者的頑強，平凡者的偉大，寫出了中國的歷史，寫出了鄉村的精神，也寫出了中國文化的魅力。他的寫作，並不迴避歷史、現實和人性的缺陷，有時甚至把這些缺陷放大。不過他的目的不在於嘲笑，而在於批判，他的批判又是

以一種理想標準為參照的。無論涉及歷史、現實還是人性，這個標準確實存在，只是它表達的形式不那麼簡單，有時還顯得相當的血性和粗厲，人們細心才能透過這樣的形式感受到其內在的批判力量。這些特點，使莫言的小說在中國同時代作家中別具一格，在中國評論界中存在著爭議，而在西方讀者眼中，他也就因此更具有中國魅力。

過去我們常強調文學越是民族的，就越是世界的。這並沒有錯，但如果強調過頭了，也會失去原本的合理性。反映民族的歷史和現實生活，如果只侷限於本民族的審美眼光和價值理想，固然具有民族的特色，但這樣的特色往往不易被世界廣泛地接受。文學要走向世界，除了要有民族的特點，還要有關乎人類共同命題的內容。我認為，莫言最終能獲得諾貝爾文學獎，最關鍵的就是他的小說中包含著容易被世界所接受的關乎人類共同命題的內容。

所謂人類共同的命題，是指人類生存所必須面對的問題以及面對這些問題時人的基本態度，這種態度要有典範意義，能為人類生存和發展提供精神的動力。比如面對死亡威脅、外族入侵、社會不公，你如何行動，這是考驗一個人的意志、展示一個人的精神能量的關鍵時刻。莫言對這些關鍵時刻極為敏感，保持著高度的熱情。他的小說，常常把此類情景用誇張手段推向極致，考驗人的忍受能力，拷打人性的韌度，追問人的道德良心。通過這樣的描寫，來展示人性的豐富和良知的珍貴。這樣的故事及其意義，是民族性的，但又具人類性。準確地說，是在民族的生活內容中傳達出了整個人類都不難理解的一種精神。不管西方還是東方，人們都能夠讀懂它，能夠感到震撼，經歷心靈的洗禮，從而昇華到一個崇高和美的境界。相比這種深刻的東西，「魔幻現實主義」所起的作用我認為倒還是次要的，因為它至多從形式上加強了這種精神的表達效果。當然，「魔幻現實主義」是一個世界已經理解了的、具有廣泛國際影響力的文學元素，莫言受它的影響，在自己的創作實踐中加以化用，使他的小說別具一格，加強了與世界溝通的力量，增加了被世界上處於不同文化背景的讀者理解和接受的可能性。

莫言獲得諾貝爾文學獎的話題才剛剛開始，肯定會持續下去，而且會越來越深入。我期待著行家有更深入全面的研究。

載《武漢大學學報》2013 年第 1 期，
原題《中國魅力與人類命題——有感於莫言榮獲諾貝爾文學獎》。

《豐乳肥臀》是一部
「近乎反動的小說」？

　　何國瑞先生在《武漢大學學報》1999 年第 6 期發表《歌頌革命暴力、愛國主義和國際主義的文藝——社會主義文藝本質論之二》一文，在聯繫當前文藝創作實踐時，嚴厲指責莫言的長篇小說《豐乳肥臀》是一部「近乎反動的作品」。這樣的批評方式，近年已屬罕見。但作為一種曾經廣泛流行過的僵化觀念與方法，如果不加批評，還是有相當危害性的，因而特予以辨析。先引原文如下：

　　　　莫言的《豐乳肥臀》更是顛倒黑白，對革命極盡醜化之能事。共產黨人（魯立人等）、貧農革命功臣（啞巴孫不言等）、人民政府的幹部（上官盼弟等）被描寫得極端殘忍、醜陋。土改時縣長魯立人在坐著轎子下鄉搞土改的「大人物」的示意下，竟把司馬庫的兩個不滿十歲的兒子（引者按：實為雙胞胎的女兒）槍殺了。而地主維持會長（司馬亭）、地主國民黨反動軍官（司馬庫）等則成了仁愛、正直、果敢、英俊的男子漢。啞巴兄弟宰吃了司馬家一頭大騾子，司馬庫反倒獎給五塊大洋。同一母親所生，投奔了革命的五姐的乳房是「兇悍霸蠻」的「宛若兩座墳墓」，「頭髮粗得像馬鬃」；而先與土匪漢奸沙和尚私奔，後與司馬庫私通的大姐的乳房則是「清秀伶俐」的「上等品」，「閃爍著玉一樣的滋潤光澤」。這樣的近乎反動的作品居然得到一些教授、評論家的極力稱讚，在人民大會堂舉行儀式獎給 10 萬元。這真是令人難以理解的咄咄怪事。

　　我們無意對《豐乳肥臀》作全面的評價，也不認為這部小說無可挑剔。

我們只想指出，何先生的立論和判斷基於僵化的觀念，顯示了自己的謬誤。

《豐乳肥臀》的時間跨度近一個世紀，主要故事情節以「母親」為中心展開，從 20 世紀 30 年代末到 90 年代初期，描寫了上官家三代十幾個人在風雲變幻中各自不同的坎坷命運。作者的一個重要意圖，是突破簡單地把人分為好人和壞人、革命者與反革命者的創作模式，充分展示人性的複雜性和具體性，就像作品中後來被打成右派的七姐上官求弟說的：「窮人中有惡棍，富人中有聖徒。」因此，我們看到，很難用好與壞、革命與反革命的框子來套他筆下的人物：沙月亮曾奮勇殺敵，是一個抗日英雄，因為軍事上堅持不住竟投敵當了漢奸，後來又由於要「救」女兒棗花，冒死突入共產黨軍隊的伏擊區當了俘虜，上吊自殺。司馬庫把自家的酒倒在橋頭上放一把火，與日本人狠狠幹了一仗，然後拉起一支隊伍成了國民黨軍隊的一個支隊長。抗戰勝利後，他先是在家鄉繳了共產黨部隊的械，不久又受共產黨軍隊的奇襲被俘獲，在押送途中逃跑，最終聽說他的岳母等人因他而受刑，就毫不猶豫地從藏身處主動投案，被處死。司馬亭當過維持會長，在日寇進入村子前的緊要關頭，他卻登高報信，讓鄉親們趕快逃命。魯立人，知識分子出身，是共產黨軍隊的一個政委，為紀念犧牲的戰友而改姓魯。土改時，貧農徐瞎子為泄私憤，編造人命謊言要挾時任縣長的魯立人槍斃司馬庫不滿 10 歲的雙胞胎女兒，他始則拒絕，繼則為避嫌（他與司馬庫、沙月亮是連襟），違心地下達了執行死刑的命令。解放後，魯立人仕途不順，三年自然災害時已被貶為農場場長，後在洪水中猝死。五姐上官盼弟，在抗戰時期參加革命，曾與丈夫魯立人一起參與捕獲沙月亮、司馬庫的戰鬥。在徐瞎子無理糾纏要槍斃司馬庫的女兒、她的外甥女時，她十分憤怒，但又無能為力。大躍進時期，她與丈夫一起被貶到農場，改名馬瑞蓮，為製造「頭條新聞」，搞起了荒唐的驢豬、馬牛、羊兔的人工雜交試驗。文化大革命中，她受到衝擊，自殺身亡，留下遺言：「我是上官盼弟，不是馬瑞蓮。我參加革命二十多年，到頭來落了個如此下場，我死之後，祈求革命群眾把我的屍體運回大欄鎮，交給我的母親上官魯氏。」母親上官魯氏養了 9 個兒女，她的女婿中有不少風雲人物：敵偽時期沙月亮得勢，國民黨時代司馬庫吃香，共產黨得天下後，魯立人、上官盼弟當了官。三女婿啞巴孫不言也是革命功臣。她的幾個女兒也很不平常，其中大女兒來弟先為反抗包辦婚姻與沙月亮私奔，成了寡婦後幫母親拖兒帶女逃避戰亂，像一頭牛，承受著重負。當魯立人下令槍斃司馬鳳、司馬凰時，她用自己的

軀體擋住孫不言的槍口，企圖拯救孩子。後來，她違心地嫁給載譽歸來卻失去了雙腿的三妹夫孫不言，而又不堪忍受其瘋狂的性虐待，打死了丈夫，被判處死刑。不言而喻，上官魯氏談不上什麼政治覺悟，可她以母親的樸素感情和博大胸懷容納了女兒們的反叛；又常常拒絕女兒們在得勢時的關照，卻在落難時節為她們撐起了一個遮風避雨的「家」。她不是一個完美的人，首先在道德上就不合先賢的遺教（受婆婆和丈夫的折磨，被迫向許多男人「借種」），甚至打死了發瘋的婆婆，可是她的確又是一個不平凡的母親，就像作者在書的封底的題詞中說的：「謹將此書獻給母親與大地。」她像大地一樣樸素無華，像大地一樣受人蹂躪，承受著人間的苦難。

　　介紹這些人物，目的只在於跟何國瑞先生的判斷進行對照，看看他到底出了什麼問題。顯然，莫言寫魯立人、孫不言、上官盼弟，並沒有把他們當作純粹的階級抽象符號來寫，他們是具體的存在，不能簡單地等同於標準意義上的「共產黨人」、「貧農革命功臣」、「人民政府的幹部」。他們參加了革命，立下不少功勞，但也犯過許多錯誤，甚至在人格上存在著或多或少、這樣那樣的缺陷。在特定的歷史條件下，這些缺陷造成了相當嚴重的後果，給革命帶來損失，也給他們自己製造了悲劇。這樣的人，在歷史上是存在過的。上官盼弟式的人物（追求理想，卻在政治運動中自我異化，最終用生命的代價回復到本來的「我」），在建國後，尤其是在文化大革命中難道還少見？他（她）們的命運，反映了中國革命的曲折道路，反映了革命過程中所付出的沉重代價。更不用說有些人格和政治品質極為惡劣的野心家鑽進了共產黨的隊伍，在後來幹下了許多禍國殃民的事情，對這樣一些「共產黨人」，還能說他們是共產黨人？只要是歷史唯物主義者，就應該勇於承認人的複雜性。對於歷史的教訓，遺忘或者採取故意迴避的態度，都是對於歷史的背叛，於當下現代化建設毫無益處。可是，在何先生看來，魯立人就是「共產黨人」，孫不言就是「貧農革命功臣」，上官盼弟就是「人民政府的幹部」，並斷定作者把他們寫得「極端殘忍、醜陋」，為此竟不顧作品其實把魯立人寫得頗為英俊：一個白面書生，連母親上官魯氏都斷定，他的才幹識見遠在沙月亮之上，並以樸素的人生經驗預言沙月亮一定會敗在他的手裏。魯立人下令處死司馬庫的雙胞胎女兒，內心也並非毫無鬥爭，相反，他展開了人情與已被扭曲了的「階級覺悟」之間的尖銳衝突。這一切，只能說明人的複雜性。作為一個革命者，魯立人有比較高的政治覺悟，可是他不可能是一個完人；他有時也無法抗拒

歷史的定命，無法抗拒某種錯誤路線的壓力。只要看看「文革」中出了那麼多大小野心家，那麼多人成為現代迷信的犧牲品，而這些人大都受過黨的教育，經歷了革命戰爭歲月的嚴峻考驗，知道這點，就不難明白人有時真的是一個司芬克斯之迷！同樣的道理，還有啞巴孫不言，先天性的生理缺陷，加上缺少家庭溫暖，從小心理發育不健全，打仗勇敢，可也比較殘忍，而且性變態。這本不奇怪，難道僅僅因為他機緣湊合參加了革命，立了功，就不應該有「這一個」具體的人，就應該把他寫成一個英俊多情的白馬王子？明眼人至此已經可以看出，何先生的意思原來是，「共產黨人」、「貧農革命功臣」、「人民政府的幹部」，一經在作品裏出現，就必須是完美無缺的，否則就是對於共產黨、對革命、對人民政府的惡毒攻擊！在世紀之交的今天，還有這樣的邏輯，倒真的是「令人難以理解的咄咄怪事」！

不過即使是按照何先生的觀點，事情恐怕依然難辦。最主要的一點，就是你很難給這些人劃定成份。母親上官魯氏，是富農，貧農，抗屬，漢奸家屬，革命家的母親，還是大貪污犯的姥姥（她外孫女魯勝利在 20 世紀 90 年代初當上了某市市長，因貪污鉅款而被判處死刑）？魯立人，難道何先生就能保證他沒有歷史問題，說不定他的「殘忍」或者動搖，正是他本性的暴露，那樣一來，不正好是作者揭露了一個暗藏的階級敵人，為「革命」立了一功？五姐上官盼弟，不知何先生應算她受母親的哪一種角色定位的影響，或許她繼承了母親「反動」和「作風不正」的一面，投機革命，那麼，她的乳房像「兩座墳墓」，也無不可！她後來落得個可悲下場，而且向母親表示懺悔，就是她的自我暴露，是不是說明她本來就不配有更好的命運？啞巴孫不言，強姦了三姐，差一點被魯立人槍斃，何先生能不能戴他一頂「壞分子」的帽子，還算不算「貧農革命的功臣」？大姐上官來弟迫於情勢違心嫁給孫不言，受盡殘酷的性虐待，在眼看她心愛的鳥兒韓要被啞巴卡死的緊急關頭，在救助無效的情況下從旁打死了行兇的丈夫，這算不算正當防衛，理該罪減一等？罷，罷！這些都是極無聊的羅織罪名的把戲，是「資產階級的反動血統論」，然而這也正是可以從何先生的邏輯中推導出來的結論。

其實，何先生的理論並不新鮮，不過是「一個階級一個典型」論的沉渣泛起，形而上學的寫「本質」論在當前的復活罷了。按照 20 多年前曾經廣泛流行過的這套理論，文學作品中，人必須截然劃分成好與壞、革命與反革命。革命者高大完美，反革命者要想方設法讓他頭上長瘡腳底流膿。也就是說，

把具體的人抽象化，把作為「全部社會關係的總和」的人，看做是某一階級本質特性的符號，好像古希臘神話中的那張魔床，按照它的尺寸，把活生生的人長的截短，短的拉長，務必使之合乎先驗的標準，似乎唯有這樣，才能充分表現出一個作家嚴正的革命立場。可是這樣寫出的作品成敗如何，相信只要不是患了遺忘症者，就不難從中國現當代文學史中找到答案。

我們還要指出，何先生受這種理論的影響是比較深的。因為他看到莫言把「投奔了革命的五姐的乳房」寫成「兇悍霸蠻」的「兩座墳墓」，而「先與土匪漢奸沙和尚私奔，後與司馬庫私通的大姐的乳房則是『清秀伶俐』的『上等品』」，就感到義憤。這是基於同樣的、但無疑又是更趨極端的邏輯：參加革命的，本應該有上等的乳房；嫁給壞蛋的，乳房必須是「兩座墳墓」。可是，何先生沒有看仔細：大姐與沙和尚私奔時，沙和尚還沒有當漢奸，也不是通常意義上的「土匪」，恰恰相反，他是「黑驢鳥槍隊」──「抗日總隊的別動隊」的頭兒，專打日本人，此前此後還幹過一些轟轟烈烈的事業。正因為他當時是一個男子漢，大姐才抗拒母親的包辦婚姻，死也不肯嫁給啞巴（後由蔣立人取名為孫不言），要跟著他私奔。如果說沙和尚搶來許多珍貴的毛皮大衣送給上官家的女兒，就說他是「土匪」，何先生恐怕也會因此承擔混淆階級陣線的「罪責」。因為很顯然，沙月亮此時所搶的肯定是地主老財的家，這樣的農民革命的「壯舉」，何先生怎能喪失「革命」立場指其為土匪行為？其實，作者寫大姐與五姐的乳房，是從一輩子吊死在女人奶頭上的小弟上官金童的視角出發的，顯示的只是人的個體差異。世上畢竟也不會有「好女人」須有美麗的乳房、「壞女人」只配長醜陋的乳房這樣的道理，更何況大姐與五姐，並非一般意義上的「好女人」與「壞女人」。如若再按照何先生的這套邏輯推論下去，結果可能竟是任何過來人都會感到不寒而慄的，因為他寫道：「這樣的近乎反動的作品居然得到一些教授、評論家的極力稱讚，在人民大會堂舉行儀式獎給 10 萬元。這真是令人難以理解的咄咄怪事！」這無疑是在暗示，這些教授、評論家居然稱讚這樣的「近乎反動」的作品，他們也難辭「近乎反動」之嫌。是不是還要追查一下中央國家機關事務管理部門有沒有暗藏的「近乎反動」分子，因為他們把莊嚴的人民大會堂出租給舉辦者進行頒獎儀式，而且獎金有 10 萬之多！至少他們也要承擔重大的政治責任！

這樣的羅織罪名方式，人們曾經耳熟能詳。所幸它現在已失去了存在的時代條件和社會基礎，否則倒真的會把一大批人置於死地。這說明一個道理：

觀念陳舊，思想僵化，對歷史的進步懷著疑懼和牴觸的情緒，就會導致一個人判斷力的扭曲。

其實，描寫革命戰爭的歷史題材可以有多種寫法。《保衛延安》《紅日》和比較通俗化的《鐵道游擊隊》，建構了一個正面描寫敵我雙方戰鬥，歌頌英雄主義、表現革命豪邁氣概的敘事模式。到新時期的《西線軼事》，有所突破，開始把戰爭作為背景，重點轉向寫戰爭中的平凡戰士的內心世界。事實表明，這些戰士同樣是真正的英雄，是新時期「最可愛的人」。這實際上也是對於20世紀40年代孫犁以《荷花澱》為代表的反映戰爭題材的短篇小說創作風格的繼承和發揚。到李存葆的《高山下的花環》，進一步突破了傳統的關於英雄的固定模式，塑造了梁三喜這樣樸素而偉大的英雄，靳開來這樣沒能評上「英雄」的英雄的光輝形象。莫言的「紅高粱」系列和這部長篇小說《豐乳肥臀》，則走了一條非傳統的寫實路子。他既無意展示戰爭的過程，也不表現傳統意義上的英雄人物。他很大程度上是把創作寓言化了，使生活成為對於人性善惡的一次拷問，來展開我們苦難民族的浸透血淚的歷史。這種關於戰爭題材的創作風格的變遷，這種關於英雄人物的觀念的轉變，是符合現實社會的發展和歷史辯證法的規律的。對歷史題材的把握當然要體現出當代性，反映當代人在現實情勢的制約下對歷史的審視角度和認知結果的獨特性。可資比較的是，中國的這一趨勢與蘇聯文學中關於戰爭題材的描寫是大體一致的。在蘇聯，前有《毀滅》《靜靜的頓河》，後有《這裡的黎明靜悄悄》等。這種變化的實質，是從正面表現戰鬥英雄逐漸過渡到表現人性的豐富性（當然也必然包括人的階級性）；它淡化了硝煙味，卻增加了展示人的內心世界的深刻性。這中間不能說毫無問題，比如莫言的這部《豐乳肥臀》，就寫得粗野一些。這些問題都是可以探討的，但不能重複歷史的錯誤，用政治批判代替學術討論，扣一頂「反動」的政治帽子把作家和作品一棍子打死。如果只允許存在一種戰爭題材的創作模式，即使它絕對地「正確」，我們認為也是要不得的。因為歷史經驗已經證明，一花獨放只能斷送社會主義文藝的前途。

還需要指出的是，莫言的小說至多是不符合何先生的標準，但顯然不能因此就說它不配成為社會主義文學。社會主義文學，應該是風格多樣，生動豐富的。只要有助於人們瞭解歷史，增加對人的認識深度，豐富人的精神生活，淨化人的感情，使人變得高尚起來、成熟起來，哪怕這人一輩子成不了英雄豪傑，只是平頭百姓一個，這文學照樣也有意義，有它存在的理由。另

外，文學的社會作用一般是間接的，它聯繫著作者和讀者，中間有很複雜的心理過程和接受機制。高腔大調未必能激發人的鬥志，傷感的未必使人墮落，歡快的未必深刻，令人痛苦的未必沒有價值。許多時候，情況往往正好相反——人們看過悲劇，熱淚盈眶，內心卻得到了淨化，像一碧萬里的晴空，感到世界的光明，生活的美好，人道和正義的永恆，這只會激勵他為更加美好的未來而奮鬥。換言之，判斷一篇文學作品的價值，應該基於比較寬泛的正義立場和美的標準，考慮到主觀和客觀之間的各種複雜的因素，而不能簡單化、教條化。至此，有必要再引用魯迅在《中國小說的歷史的變遷·第六講清小說之四派及其末流》中的一段話，魯迅說：「至於說到《紅樓夢》的價值，可是在中國底小說中實在是不可多得的。其要點在敢於如實描寫，並無諱飾，和從前的小說敘好人完全是好，壞人完全是壞的，大不相同，所以其中所敘的人物，都是真的人物。總之自有《紅樓夢》出來以後，傳統的思想和寫法都打破了。——它那文章的旖旎和纏綿，倒是還在其次的事。但是反對者卻很多，以為將給青年以不好的影響。這就因為中國人看小說，不能用賞鑒的態度去欣賞它，卻自己鑽入書中，硬去充一個其中的角色。……滿心是利害的打算，別的什麼也看不見了。」〔註1〕《豐乳肥臀》當然不能與《紅樓夢》相提並論，但魯迅指出的「從前」小說的模式化的缺點和《紅樓夢》「如實描寫，並無諱飾」的優點，是很有啟示性的，他對一些中國人「滿心是利害的打算」提出的批評，更值得大家認真反思。

總觀何先生的文章在批評上存在的問題，我們認為，一是主觀性：把具體的人當作某種類型的抽象符號，用先驗的標準要求作品裏的人物，而不是從作品所揭示的客觀社會關係出發分析人，研究人物形象塑造的成敗得失。二是片面性：只根據自己的需要，截取作品里人物的某一階段的表現，把他們與特定的環境割裂開來，與他們的整個人生道路割裂開來，加以曲解。三是教條化：抱著一套20多年前曾經流行的理論，用政治批判代替實事求是的學術批評，甚至上綱上線，把問題簡單化、絕對化。這三個方面的問題又是相互聯繫的，其總的思想根源不外乎一種流行過的文學觀念。這種觀念把人當作實現某種政治目的的手段，抹殺了人的具體性、豐富性和複雜性；同時把文學當作為具體的政治任務服務的工具，抹殺了文學自身的價值和特點。用這種工具論的文學觀來指導創作，毫無疑問，豐富多彩的生活會失去光彩，

〔註1〕魯迅：《魯迅全集》第9卷，人民文學出版社1981年版，第338頁。

活生生的人會變成一些毫無生氣的木偶。在批評中貫徹這種工具論的文學觀，則批評家的理性判斷力和審美判斷力就有可能被扭曲，從而得出違反生活法則和藝術法則的結論。我們欽佩何先生的鑽研精神，他在退休後依然筆耕不輟，時有論著發表，但他對《豐乳肥臀》的批評受這種工具論的文學觀念的影響是比較深的。有鑑於沉痛的歷史教訓，我們覺得對這種理論和思想方法的危害性不可掉以輕心，所以嚴肅地提出來，以期引起人們的重視和思考。

要克服這種理論和思想方法的侷限性，最關鍵的一點是把大家的認識統一到鄧小平的文藝思想上來。鄧小平文藝思想是當代的馬克思主義文藝觀。鄧小平同志在保證文藝的社會主義方向的前提下，強調要「堅持百花齊放、推陳出新、洋為中用、古為今用的方針，在藝術創作上提倡不同形式和風格的自由發展，在藝術理論上提倡不同觀點和學派的自由討論」；作家「寫什麼和怎樣寫」，「不要橫加干涉」；「要防止和克服單調刻板、機械劃一的公式化概念化傾向」〔註2〕。這既繼承了毛澤東同志的《講話》精神，同時又克服了《講話》的某些歷史侷限。今天，我們在文藝創作中提倡主旋律和風格的多樣化，就是在吸取歷史教訓的基礎上自覺貫徹鄧小平文藝思想的結果。拿鄧小平同志的文藝觀點和黨在新時期實行的「兩為」文藝方針，與何國瑞先生對《豐乳肥臀》所作的政治批判式的文藝批評進行對照，何先生在文學觀念和批評方法上存在的問題就比較清楚了。〔註3〕

載《武漢大學學報》2000年第5期，原題《〈豐乳肥臀〉是一部「近乎反動的小說」嗎？——評何國瑞先生文學批評中的觀念與方法》。

〔註2〕鄧小平：《鄧小平選集》第3卷，人民出版社1983年版，第182～185頁。
〔註3〕本文與易竹賢先生合撰。

再評何國瑞先生文學批評的
觀念與方法

何國瑞先生在《武漢大學學報》2002 年第 2 期發表題為《評論〈豐乳肥臀〉的立場、觀點、方法之爭——答易竹賢、陳國恩教授》的文章。我們讀後，覺得該文是對他前文（《歌頌革命、愛國主義和國際主義的文藝》，《武漢大學學報》2000 年第 5 期）中關於《豐乳肥臀》基本觀點的展開，因為闡述得較為系統，所以其中的思想觀念和批評方法上存在的問題也顯得更為清晰，故有再評的必要；同時應該注意的是，何先生為了反證自己的一貫正確，在文章中指責易竹賢的學術觀點前後發生「大變」，他為了坐實這一「大變」，採用段章取義、肢解拼湊的方法歪曲原文，我們認為這是違背基本學術準則的，須用事實加以辯正。

一

何先生是尊奉社會主義現實主義的，但令人遺憾的是，他的文學批評有時連起碼的現實主義精神都沒有，因為他判斷一部寫實作品是否在某個方面真實地反映了社會生活，其標準是他頭腦裏的固定觀念，而不考慮觀念和事實的互動和觀念接受實踐檢驗的問題。他刻意迴避現實的複雜性和種種矛盾，按照固定的觀念在想像中把生活純化，然後拿來對照文學作品的具體描寫，對一切不合這種主觀標準的情節、細節提出嚴厲的指責。顯然，這裡的主要問題是思路的顛倒：只要求文學作品符合固定的觀念，卻不顧及作品的描寫與現實生活的關係；而那一套觀念，其重要的方面又是與現實脫節的。我們批評何先生的思想觀念與方法的教條化，主要依據就在這裡。

　　還是從具體問題說起吧。何先生說《豐乳肥臀》寫的是以司馬庫和魯立人為代表的兩種敵對勢力的矛盾衝突，這不錯。但何先生的真實意思是認為司馬庫等人屬反動派，魯立人等人是革命者、正面人物。他的所有論證都是以這一正反二分的判斷為出發點的，而作出這一判斷的唯一依據就是司馬庫後來參加了國民黨軍隊，魯立人則是共產黨軍隊的一個政委。換言之，何先生這裡的思路是這樣的：司馬庫因為後來參加了國民黨軍隊，所以是反動派，而一旦成為「反動派」，就連成為「反動派」之前他也應該是反動的（因此，司馬庫在加入國民黨軍隊前後的抗日行為在何先生看來是作者對「反動派」的美化，沙月亮在開始時的打日本人和搶富豪財物這種按何先生的理論本應看作是農民階級自發的革命舉動由於他後來當了漢奸，在何先生看來也成了「土匪」行為）；魯立人因為是共產黨軍隊的政委，所以是革命者，而「革命者」就一定是代表先進階級的正面人物。何先生當然沒有直接這樣說，而且他在後來的文章中也反對我們這樣推論，但很顯然，這樣的邏輯是貫穿在何先生文章中的，否則他就沒有理由嚴厲指責作者莫言沒有把司馬庫寫得足夠壞，以顯示反動階級的醜惡本質，沒有把魯立人寫得足夠好，以代表先進階級的革命本質。可是這一思路的重大失誤也是明顯的。第一，它顛倒了認識過程中事實與觀念的關係，即思考問題不是面對事實，讓觀念接受事實的檢驗，而是用先驗的觀念來要求事實。第二，它明顯地掉進了「一個階級一個典型」的老套。本來，這兩個失誤是密切相關的。在文學創作和文學批評中，如果用先驗的觀念來要求事實（現實生活），則必定會犯「一個階級一個典型」的錯誤。原因就在於認識過程一旦變成從觀念到事實的單向度的活動，也即純粹的、自律的單一觀念一旦佔據主導的地位，成了認識活動中制約一切的力量，成為先驗的存在，它就必然會壓制和遮蔽現實的豐富性，會要求現實去迎合觀念，哪怕要因此扭曲現實的真相也罷。我們與何先生的主要分歧在於，我們認為認識活動中觀念與事實是雙向互動的過程，具體到文學批評，應該首先考察作者是如何描寫人物的，從作者的具體描寫中思考作品的實際意義，而不是先確立一套主觀的標準，反過來規範現實生活或替作者進行藝術設計。那麼，具體到《豐乳肥臀》，莫言是如何描寫魯立人（暫且先說魯立人）的呢？很明顯，莫言並沒有把魯立人作為共產黨人的代表來寫，在他的筆下，魯立人既有共產黨人的階級覺悟和對戰友的感情，但在面臨極左勢力逼迫時他也產生了動搖，甚至出賣了良智（土改時，貧農徐瞎子為泄私憤，編造人命謊言要挾時任縣長的魯立人槍斃司

馬庫不滿 10 風的雙胞胎女兒，魯立人始則拒絕，繼則為避嫌疑而違心地下達了執行死刑的命令）。這樣的人在歷史上不是絕無僅有的，作者完全有權寫出他的複雜性。可是何先生卻從自己的主觀出發首先認定魯立人是一個十足意義上的共產黨人，他用一套關於共產黨人的觀念（階級的抽象物）來衡量魯立人，因兩者的出入而認為這是作者對共產黨人的歪曲，是對中國共產黨的惡意攻擊。這樣的判斷，從思維邏輯上說，是推論的小前提不真實：作家本來不是把魯立人當成共產黨人的代表來寫，他卻硬要按照共產黨人的抽象本質指責作家歪曲了這一人物形象，說明他的批判找錯了目標。從思想根源上說，這就是主觀化和教條化所造成的問題了。

當然，何先生的判斷在 20 世紀 50 年代，尤其是在「文革」時期是能獲得人們廣泛「認可」的，因為那時人們達成了一個廣泛的「共識」：在文學作品中，按照典型論的基本原理，一個人，人們首先看重的是他作為階級本質的抽象物而存在，在保證「本質」得到正確表現的前提下，他才作為有個性的人而存在（所謂「政治標準第一，藝術標準第二」）。那麼文學作品中的共產黨員的形象，尤其是黨的領導幹部，哪怕是一個支部書記，他首先是作為共產黨的本質的抽象物而存在。誰要是描寫共產黨人的缺點，尤其是描寫某一級別的共產黨領導人的缺點，他就是攻擊共產黨。同理，國民黨軍人（任何反動派）的形象首先是作為反動派的本質的抽象物而存在，誰要是描寫這些人物的哪怕一點點良善之處，就是階級立場問題，就是對反動派的美化了。從本質上看，何先生的思維邏輯是深受這種理論影響的。但是到了今天，這樣的理論還有多少市場呢？歷史告訴人們，中國共產黨也曾犯過路線錯誤，具體的中國共產黨人是不能和中國共產黨劃等號的。像林彪、「四人幫」之流受共產黨的教育多年，經歷了長期的革命鬥爭考驗，位居最高層，尚且為了個人一己私利和權欲，幹出了許多禍國殃民的勾當，誰敢保證一個普通的共產黨員，比如小小的政委魯立人，就沒有私心和人格上的弱點？作家就不能寫他的缺點，寫他對於共產黨先鋒隊本質的背離？

何先生這種主觀化、教條化的文學觀幾乎貫穿在他對所有人物的評價中。比如他在回答我們的文章中寫道：「作者（莫言）對地主國民黨軍隊，卻是用玫瑰色來加以歌頌。家有短槍隊的大地主、『福生堂』二掌櫃司馬庫在書中一出場就是一個活菩薩。同村的赤貧孫啞巴兄弟五個公然在大街上追殺了他家一頭大騾子，他不但沒說一句狠話，反而賞給了五塊大洋。司馬庫再次亮相

時就是一個抗日英雄了。為了阻擊日寇，他既在蛟龍河拱石橋上大擺火龍陣，又爬上鐵橋鋸斷鋼樑，顛覆了鬼子的軍列。」何先生認為這是《豐乳肥臀》政治上「近乎反動」的重要證據。他的意思，司馬庫是「福生堂」的二掌櫃，就必須以兇神惡煞的面貌出現，就不能有一副「菩薩」心腸，否則就是故意美化。孫啞巴因為其「赤貧」就不能有絲毫的劣跡，否則就是對貧農革命者的污衊。更不可思議的是，司馬庫因為是「地主」，何先生就不許他抗日了。大概何先生不至於認為地主就是漢奸，但他的論述中又分明隱含著這樣的邏輯前提。問題的根源在哪裏？就在他的文學批評不是從作品的具體描寫出發，而是從教條出發，從先設的理念出發。

何先生在他的辯駁文章中還列舉了幾件事實，一是解放後大欄鎮在縣裏指示下搞起了「寡婦改嫁運動」，把所有的寡婦集中起來分配給鎮上的光棍漢；二是鎮政府辦階級教育展覽，被請來控訴還鄉團頭目司馬庫罪行的群眾反而說司馬庫是個講理的人；三是上官想弟（四姐）解放前被迫當妓女掙來的金銀首飾在解放後一回到家鄉就被公社幹部搶了精光。還有改革開放後，大欄市市長魯勝利（魯立人和盼弟的女兒）成了大貪污犯；退伍軍人高大膽在市政府大門前自焚時高叫：「腐敗啊腐敗，比慈禧太后還腐敗」「你們這些坐小車的，都是貪污犯，先槍斃後審判，沒有一個冤枉案。」如此等等，何先生皆認為是作者在惡毒攻擊共產黨。其實，這些倒可以看做是作者莫言在以他自己的方式總結歷史和現實的教訓，因為只要是一個歷史唯物主義者，就不能不承認這些描寫都有現實的依據：類似這樣的事在中國現代史和當代史上還少見嗎？有些事情，比如畝產幾十萬斤糧食、跑步進入共產主義，比如割斷喉管押赴刑場槍斃，一個冤案株連成千上萬人等等，要說現實比想像更荒唐也不為過。至於叫幾句「腐敗啊腐敗」，就說是惡毒攻擊，我們真的要因此懷疑何先生是否一直閉著眼睛在生活。當然，與其說何先生閉起了眼睛，還不如說他死抱住教條，為了「觀念」而不願正視現實。在他那裡，重要的是關於「革命」的抽象概念，而不是歷史的具體真實。從現實出發還是從概念出發，這是我們與他的根本分歧。

何先生一定會接著說：就算這些都是事實，但社會主義的文學必須對事實（素材）進行選擇（典型化）。有些可以寫，有些不能照著寫，重要的是必須透過現象看本質，因為社會主義文學是反映生活本質的。這意思是說《豐乳肥臀》所寫的多是非本質的現象，它充其量只能是一種自然主義的文學！

這裡有幾個問題需要辨明，一是什麼為本質、什麼為非本質，不是何先生或哪個人說了能算數的，它必須經受歷史和民心的檢驗。二是社會主義現實主義（這裡並非說《豐乳肥臀》就是社會主義現實主義文學）從理論上說，可以通過對負面現象進行否定性的描寫來表現歷史主流的向前運動，社會主義現實主義應該具有直面歷史真實的勇氣，應該從歷史的曲折中實事求是地展現生活的進程，而不是用「社會主義」來選擇事實──哪些可以寫，哪些不可以寫，哪些只能這樣寫等等。如果「社會主義」不接受歷史的檢驗，不在實踐中發展，拒絕承認探索過程中的失誤，不敢面對歷史的挫折，只把它當成最高真理的代名詞，當成批評家頭腦裏一成不變的教條，用它橫掃一切，批判一切，文過飾非，那是很可悲的。這樣的「社會主義」指導下的現實主義文藝充其量只是粉飾太平的文藝，甚至會墮落成幫派的文藝。三是──很抱歉，又回到何國瑞先生身上──何先生認為《豐乳肥臀》「徹底歪曲歷史真實」，證據之一是那個大欄市市長魯勝利（魯立人和盼弟的女兒）在改革開放以後成了大貪污犯。可是在何先生認為是給共產黨抹黑的地方，我們卻看到了共產黨的力量──就算作品寫的多是革命過程中的一些負面現象，包括魯勝利墮落為大貪污犯，可是社會在進步，魯勝利最後受到了嚴厲的制裁，被槍決，這豈非正義的力量取得了勝利，說明共產黨的確代表著廣泛的民意，有著深厚的群眾基礎？為什麼同一個事實，我們與何先生會得出截然不同的結論呢？根本的原因，就是何先生認為共產黨員的後代（且本人也是共產黨員）不能成為貪污犯，作者把她寫成貪污犯，就是居心叵測；而我們認為共產黨員也是人，一旦她（他）放鬆了世界觀的改造，她（他）同樣會犯錯誤，而且其地位越高，其所犯錯誤的危害性也越大；作者完全可以寫這樣的事實，關鍵是他通過這樣的事實要表現出真實的歷史動向。究竟是何先生這樣採取「就是好啊就是好」的方法來辯護有利於共產黨和人民的事業，還是我們這樣直面歷史的真實、從曲折的過程中看出歷史發展的方向有利於共產黨和人民的事業，這不是很清楚嗎？說實話，被大量事實所證明了的這樣一個極為淺顯的道理還得花費這麼多的筆墨，我們感到非常悲哀，但是又十分無奈。

與上述「政治上近乎反動」的問題相聯繫的還有《豐乳肥臀》中所謂的「男女淫亂關係的描寫」。事實上，只要仔細讀過作品，就會覺得這主要是一個創作風格的問題，原本不必強求作者一定要按某個人的主觀標準來處理男女兩性關係的。我們這裡想特別指出的是，《豐乳肥臀》中的兩性描寫主要跟

人物性格的刻畫聯繫在一起，是作者塑造人物的一種手段。這本也是莫言許多作品共有的特點，與他的「我爺爺我奶奶」之類的故事是一脈相承的。儘管「我爺爺我奶奶的故事」曾引起爭議，可這事實上並沒有怎麼影響主流社會對莫言創作的評價。我們認為其中的一個重要原因，是莫言並沒有對男女兩性的描寫採取玩味的態度，他的描寫是嚴肅的，因此完全沒有必要過分敏感、甚至義憤填膺，好像社會倫理秩序要就此崩塌了似的。

行文至此，不得不考慮何先生文學批評的目的問題。他指責這裡錯誤，那裡近乎反動，以絕對真理的掌握者自居，設下了許多清規戒律，目的很清楚，是為了保證文藝的「社會主義方向」。我們當然贊成文藝的社會主義方向，但也不諱言反對何先生所採用的教條化方法。何先生雖然自稱在堅持文藝作為「階級鬥爭工具」的同時，「不但沒有抹煞，而且要求充分發揮文藝自身的特點」。但看他實際的文學批評，總是以「左」的政治標準從事批判，把一些屬作家個人風格的問題當成嚴重的政治問題來對待，上綱上線，把文藝的娛樂因素完全放逐。所以不妨說他的「發揮文藝自身的特點」也僅僅是一句空話，他所看重的其實還是「階級鬥爭的工具」，說到底是一種「工具論」的文學觀。上述對於《豐乳肥臀》中的人物的簡單化分析、教條化的批判，其思想根源就是這種「工具論」的文學觀念。因為只有從這樣的文學觀念出發，才會無視作品的具體描寫，才會用教條化的方法對作家進行政治性的批判。何先生反對上個世紀 50 年代有人由於狹隘理解「文藝為政治服務」而提倡「唱中心，演中心」的那種「工具論」，又確認在階級社會裏文藝具有階級鬥爭工具的功能。這在理論上是正確的，但我們認為這種理論的實際運用需要正確的立場和辯證的思維方法做保證。如果運用者自己思想僵化，立場保守，他是完全可能把「階級鬥爭的工具」作用發揮到極致的，最終就會導致何先生本來也表示反對的「唱中心，演中心」的那種「工具論」的實際後果。

二

上面分析的是何先生思想觀念和思想方法上的問題，下文要指出的則是何先生在文學批評中存在著有違基本學術準則（我們固且說是學術準則）的問題。兩者的區別在於，前者至少還具有自己的內在邏輯，後者則連起碼的規範也不要了，僅僅為了證明自己的正確就可以片面截取材料甚至不惜肢解作品。比如在他答覆我們的文章中有這樣一段話：「對兇殘的日本侵略者，《豐》也給

予美化。書中日寇一出場不是殺人，而是救人。正當上官魯氏（母親）臨產幾天幾夜生不下來，母嬰即將雙亡時刻，是日本軍醫救了她母子女三人的命。」這樣的論述是很富有煽動性的——莫言如此美化日本侵略者，而我們又居然大致肯定其描寫，當中的潛臺詞不言自明。可恰恰是何先生自以為得意的地方又暴露出他的嚴重問題。《豐乳肥臀》的確寫了日本軍醫受命來為上官魯氏接生，但正是在接生的過程中日本鬼子槍殺了上官魯氏的丈夫和同樣前來為上官魯氏接生的孫大姑。故意省略後一方面的事實，強調作品是在美化日本侵略者，這幾乎有點為了證明自己的革命正義和對手的「近乎反動」而不擇手段了。當然，如此論證的要害是為了蒙不知底裏的讀者——倘僅看何先生的文章，讀者是會被誤導的。所以我們在這裡特意提供全面的材料，請讀者自己作出判斷。其實，能否寫日本軍醫救中國的難產婦女本不是一個問題，關鍵是看作者如何寫，而且日本人與日本軍國主義也是有區別的。對於研究者來說，重要的是顧及作品的整體描寫，不能用段章取義的方法來概括作品的傾向。而何先生的問題恰恰在於他拒絕具體分析，只信奉教條：凡是共產黨員必定是真正的共產黨人，凡是貧農必是完美的革命者，地主則一定是如狼似虎的反動分子，日本人——當然更不用說了，他的邏輯不是明擺著的嗎？

這種違背基本學術準則的做法在何先生指責易竹賢「觀念、理論大變」的問題上表現得格外明顯。何先生在他的辯駁文章中對易竹賢的這一指責，同樣是建立在他用斷章取義和肢解截取法所做「虛構」的基礎上的。不妨舉例來說，比如關於階級性與人性的關係，易竹賢堅持的是辯證的觀點。他在 20 世紀 80 年代初就認為，魯迅承認文藝「帶有」階級性，但並非「只有」階級性，魯迅事實上也承認「共同的人性」和文學的「普遍性」；鑒於 30 年代文藝鬥爭的實際情形，魯迅著重宣傳了文藝的階級性觀點，但魯迅又明確反對把文學的階級性片面誇大和絕對化的庸俗社會學傾向±1≥（第 237 頁）。何先生引述了易竹賢前面關於階級性的論述，把他引為自己的同道，卻不敢引述後面關於共同人性和文學普遍性的觀點，因為這正好點中了他庸俗社會學的要害。又如關於魯迅與胡適的關係，何先生摘引的是易竹賢對「五四」時期魯迅與胡適進行比較研究的論文。易竹賢在該文中指出，魯迅、胡適「共具愛國主義思想」，曾經「站在同一戰陣裏，向著同一敵人，進行著共同的戰鬥」，又同是「文學革命的倡導者」，在學術研究上也「互相學習借鑒」；當然兩人同中有異，後來便分道揚鑣，走了不同的道路±2≥（第 97～126 頁）。這樣一種實事求是的比較研究

本來就是把魯迅和胡適擺在「同等的高度」來對待的，經過何先生肢解截取，卻面目全非，成了一篇落入俗套的批胡崇魯的文章。有鑑於此，易竹賢覺得有必要在此申明，他關於魯迅與胡適的基本觀點是前後一致的，並不存在何先生所謂的後來胡適從魯迅身上不應有地「分去了一半的崇敬」的問題。何先生使用了評價《豐乳肥臀》同樣的方法，曲解原意，經他一摘引、一拼接，好像真有這樣一回事，可是只要讀者參閱原著，就會發現事實並非如此。何先生的這種做法，我們實在不敢恭維。至於個別觀點或者某些措辭在近20年後有了一些變化，這本屬正常的現象，如易竹賢在《胡適傳》再版時刪去了指胡適為「右翼」的提法。這裡的變化有研究進一步深入的問題，也有新的時代精神產生影響的問題。但令人感到奇怪的，倒是何先生摘引隻言片語與幾十年前的相對照，他的邏輯似乎是要前後一模一樣才好。然而這樣的「一模一樣」到底是他的光榮，還是他的悖時呢？讀何先生的文章，總讓人覺得時間的停止。他用來支持自己論點的基本依據大多是近半個世紀前的流行觀點，比如他認為文學作品中作者所設置的一切都是為體現作者的思想感情服務的，尤其是某些關鍵人物更是作者的代言人，他說：「這一基本理論觀點是在大學一年級的《文學概論》中就給學生講清楚了的，兩位教授（按指易、陳）是應該懂得的。」他的意思是《豐乳肥臀》通過金童的視角表達了作者自己的「近乎反動」的政治傾向。對此我們僅想指出一點，就是何先生所說的大學一年級所學的《文學概論》一定是50年代或60年代出版的，它還沒能涉及視角的時間和空間的複雜因素。何先生按照幾十年前的觀點來答覆我們，也按幾十年前的觀點來批評文學作品，不出現偏差才怪！

何先生在文章中還犯了一些不應犯的錯誤，現僅舉幾例。比如我們反對把人簡單地分成好人和壞人、革命者與反革命者，原意是強調必須聯繫歷史條件對人進行具體分析，文學作品寫人最忌臉譜化、概念化、模式化。何先生卻因此責問：「照這樣的邏輯，社會上所有的人就都成為一鍋粥了，英雄與叛徒、貧農與地主、工人與資本家都失去了固有的界限；汪精衛、蔣介石、希特勒、戈爾巴喬夫等也都不能說是壞人了。」這短短的幾句話其實使何先生觀念上的許多糊塗之處暴露無遺。一是他觀察文學作品中的人物只看重其經濟地位，即貧農與地主、工人與資本家的區別，他是把文學創作視同土改時的劃階級成份了，至於階級身份與人的精神面貌的複雜關係他就不予考慮；二是他的眼中只有「好人」與「壞人」的區別，因此把汪精衛、蔣介石、希特

勒、戈爾巴喬夫一鍋煮，至於這些人的差異就不重要了。照這樣的理論去要
求作家，肯定只有一種結果：把工人、貧農寫成「好人」，把地主、資本家寫
成「壞人」。何先生在這裡不是偶爾失誤，而是他根深蒂固的觀念的反映，是
他教條化地從事文學批評的基本理論依據。而其不妥也是十分明顯的，不說
別的，只看他把汪精衛、蔣介石、希特勒、戈爾巴喬夫放在一起，就顯得不倫
不類：蔣介石至少堅持抗日、反對臺獨，戈爾巴喬夫的遭遇也決不是他個人
的問題。可是這一切差異在何先生眼裏都不重要：因為他們都是「壞人」！
又比如我們在文章中認為用片面的階級論來分析文學作品中的人物是行不通
的，會產生類似「資產階級反動血統論」的荒唐錯誤，其意思是不贊成一段
時期曾經盛行的把一切不好的東西都說成是資產階級本性表現的風氣，我們
給「資產階級反動血統論」打了引號，就是為了強調其缺乏合理性。可是何
先生卻正兒八經地加以糾正說：「所謂『資產階級反動血統論』本身就屬子虛
烏有。歷史上只有地主階級搞血統論，資產階級是反血統論的。這是常識。」
顯然，何先生並沒有真正讀懂我們這段話的意思。不過話說回來，「常識」有
時也並不可靠，就拿血統論來說，地主階級出身的曾國藩曾發表過「王侯將
相本無種」的宣言，他是反對血統論的；被中共中央的決議定性為「資產階
級野心家、陰謀家」的林彪卻堅持「龍生龍，鳳生鳳，老鼠生出打地洞」的反
動血統論，何先生對此心以為然否？

　　總之，我們認為何先生在文學批評中存在的問題暴露了一個過去了的時代
的缺陷，是與當前的時代精神相牴觸的。這樣的觀念和批評方法雖然不再能夠
主宰當前的文壇和 21 世紀人們的思想，但作為一個時代的遺風其影響還是不
能低估的。我們再次著文討論，希望何先生也能由此反思自己的問題。〔註1〕

　　附記：本文凡未標明出處的引文，均引自易竹賢、陳國恩的《〈豐乳肥臀〉
是一部「近乎反動的作品」嗎？——評何國瑞先生文學批評的觀念與方法》（《武
漢大學學報》2000 年第 5 期）、何國瑞的《評論〈豐乳肥臀〉的立場、觀點、方
法之爭——答易竹賢、陳國恩教授》（《武漢大學學報》2002 年第 2 期）

載《武漢大學學報》2003 年第 2 期，

原題《再評何國瑞先生文學批評的觀念與方法》。

〔註1〕本文與易竹賢先生合撰。

討論問題的方法與態度——回應付博士

　　偶然發現付祥喜博士在《華文文學》今年第 4 期發表了一篇文章，是與我商榷的，題目為《文學的身份認同：民族的還是國家的？——與陳國恩教授商榷》。我覺得他提出的問題涉及一些基本概念的理解和治學方法等問題，值得探討，所以寫此短文作為回應。

　　付祥喜博士不同意我提出的海外華文文學不能進入中國現代文學史的觀點，他的理由是「『中國現當代文學』和『海外華文文學』都體現了文學的民族身份認同，而不是國家身份認同」。他特別說明：「中國現當代文學的『中國』是文學的民族身份認同，而非國家身份認同」——「既然海外華文文學屬中華民族文學的一部分，那麼，至少海外華文文學裏面的現當代部分，應屬中國現當代文學的組成部分。」

　　其實，海外華文文學能不能劃到中國現代文學史（原來的「中國現當代文學」）這是可以討論的，我難以贊同的只是兩點，一是付祥喜博士討論問題的方法。他的方法，是先別出心裁地對大家日常使用的一個概念做一番自己的界定，然後在他所界定的意義上來討論問題，從而有別於他人基於這一概念的一般意義所做的研究。付文的關鍵問題，他自己也清楚，就是界定中國現代文學學科中的「中國」是一個民族的身份，而非國別的身份。事實真的如此？答案顯然是否定的。

　　查中華人民共和國國家標準《學科分類與代碼》（GB/T13745-92），中國文學部分，分為「中國古代文學史」、「中國近代文學史」、「中國現代文學史」（包括「當代文學史」）。這個國家標準，同時規定「世界文學」項下分為「俄國文學」、「英國文學」、「法國文學」、「德國文學」等。很明顯，「中國現代

文學史」中的「中國」是國家身份，它與「俄國文學」、「英國文學」、「法國文學」、「德國文學」等國別文學對應，而不是中華民族的民族身份。我搬出國家標準，並非找頂大帽子來壓人，主要還是為了說明一個常識。按常識，現在高校中文專業所開設的基礎課之一「中國現代文學史」，就是國別意義上的文學史，它是與外國文學中的其他國家的文學史相對應的。當然，「中國」的內涵在歷史上有所不同，主要是它的版圖經歷了歷史的變遷，在不同的年代，由於版圖不同，「中國」所包含的地域有很大的差異。但萬變不離其宗，「中國文學」就是指不同年代中國版圖內的文學，「中國作家」是指不同年代中國版圖內的作家。至於臺灣文學，肯定是中國文學的一部分，臺灣方面說這個中國是「中華民國」，大陸方面說這個中國是「中華人民共和國」。怎樣取得共識，有待於時間來解決。不過，兩邊說的「中國」顯然都不是指民族身份上的，而是國別身份。如果一個作家加入了外國國籍，那就是華裔作家，作為華裔作家所創作的作品，我認為寫入國別文學史意義上的中國文學史不妥〔註 1〕。

當然，要寫一部民族身份意義上的中華民族文學史，也未嘗不可；現在還有人試圖寫新漢語文學史——把所有用漢語寫的文學作品都收進來。但我們現在討論的是大家取得共識的國別文學史意義上的中國現代文學史，硬生生的要來說一番這個文學史是族別意義上的，這就難以對話，沒有討論的可能性。

我難以贊同付祥喜博士文章的第二點，就是治學態度問題。我認為他文章中所表現出來的治學態度是不夠嚴謹的。也許是因為自己有了一個明確的意向，沒仔細看別人的文章，先入為主地想當然了。比如他在文章的第二節開頭寫道：「陳國恩教授之所以擔心，把海外華文文學納入中國現當代文學，『可能會引發國家間的政治和文化衝突』，主要因為他以國家身份認同作為界定『海外華文文學』概念的依據。」我什麼時候「以國家身份認同作為界定『海外華文文學』概念的依據」了？我是用國家身份認同來界定中國文學，而且正因為以國家身份認同的標準無法凸顯海外華文文學的獨特性——海外華文文學既不是一般意義上的外國文學，又不是一般意義上的中國文學，因而才認為要超越國別身份認同的觀點，提出一個「海外華文文學」的概念來

〔註 1〕 陳國恩：《海外華文文學不能進入中國現當代文學史》，《中國現代文學研究叢刊》2010 年第 1 期。

加以指稱。所謂「海外華文文學」，其實就是放棄了國別標準，只看重其「華文」的形式（形式中也包含中華民族的文化因素），凡是用華文寫的（一般是華人所寫），就可進入「海外華文文學」。付祥喜博士費了很大力氣，意在提出不同見解，繞回來卻其實是要強調「以華文作為界定『海外華文文學』概念的依據也是必要的」──這不正是我的意思嗎，而且其實也是學術界的一般意見？我的意見是，華文文學作為一個學科要強化其獨特性。海外華文文學，是中國現代文學除外的所有用華文書寫的文學的總稱，它有自己的研究對象、研究重點和研究方法，而不應把它當作中國現代文學來研究〔註2〕。不過，這個概念本身存在一些悖論，比如說是「華文文學」，卻不包含華文文學的主體──中國大陸的文學，用了一個「海外」來限定，所以一些學者後來提出了「漢語新文學」的概念，意謂凡是用漢語寫的新文學，不管中國國內或者國外，均包括在內。「漢語新文學」的概念避免了「海外華文文學」概念的悖論，所指非常明確，並且也是有效的，但它在目前顯然沒有成為大學中文專業的基礎課，只是作為一種文學史書寫的可能性受到了學界的關注。

付祥喜博士的文章可以討論的地方還在於，如果像他說的，「大部分海外華文文學能夠寫進中國現當代文學史」，那麼「海外華文文學」這一概念就基本失去存在的必要了。這一概念，本來就是為了超越國別文學史意義上的中國現代文學不好處理「中國」以外的海外華文文學的困難而提出的，現在既然海外華文文學的大部分都可以寫入中國現當代文學史，不能寫入的僅僅是非華人用華文寫作的作品，那還要這個概念做什麼？

至於說海外華文文學的根仍在「中國」，這毫無問題，原是常識，華文本身已經決定了華文文學與「中國」的深刻聯繫，只是這種聯繫不會妨礙一些國家的華文文學早已開始了它的獨立發展的歷程。海外華文文學與中國的聯繫僅僅是文化上的，而且即使是文化上的，也不能排除我在一些文章中曾經強調過的，一部分海外華文作家不是想葉落歸根，而是有一種由民族身份認同的困境所誘導的「斬草除根」的情結〔註3〕。

有意思的是，付祥喜博士在文章中還寫了下面一段話：

〔註2〕 陳國恩：《3W：華文文學的學科基礎問題》，《貴州社會科學》2009年第2期；中國人民大學《書報複印資料》J3　2009年第6期轉載。
〔註3〕 陳國恩：《從「傳播」到交流──海外華文文學研究模式的選擇》，《華文文學》2009年第1期。

　　　　像白先勇、於梨華、聶華苓、歐陽子、陳若曦、叢甦、吉錚、
張系國、楊牧、許達然、鄭愁予、葉維廉、劉大任、非馬、李黎、
荊棘、王鼎鈞、張秀亞、琦君、平路、趙淑俠、紀弦、瘂弦、洛夫、
保真、顧肇森、周腓力、東方白、李黎、黃娟、鍾曉揚、梁錫華等，
他們的作品無疑是臺灣文學（香港文學）的有機組成部分，但這些
作家長年置身於他們所生活的國度（美國、加拿大為主），並且有許
多人已經加入了外國國籍。按照陳國恩教授的意思，這些人屬海外
華文文學作家，因此不能納入中國現當代文學史，進一步說，這些
人的創作不屬臺港文學。——這種說法，別說這些作家本人及其後
人不會答應，就連臺灣、香港地區的人民恐怕也不同意。

說實話，我對這樣很不嚴肅的強加於人的邏輯感到十分訝異：我什麼時候說
過這些作家的創作「不屬臺港文學」了？這些作家是臺灣作家和香港作家，
當然也是中國作家，他們的文學是中國文學的組成部分；他們如果加入了外
國籍，按我的理解，就不便歸入中國文學史了——但應該寫到他們加入外國
籍為止。當然，這是學術問題，可以討論，我的意見也只是個人觀點。

　　不能不說，付祥喜博士的這篇文章，立論是比較武斷的，一些推論也相
當主觀化。名為商榷，實為自我言說，難以構成真正的對話。

　　中國現代文學學科正處於調整時期，一些學者表現出了無節制擴張學科
邊界的衝動，而且有一種華夏中心主義的傾向，試圖把越來越多的內容整合
到中國現代文學史中來，以為這樣才顯得這個學科重要，我認為這至少缺一
點對海外華裔作家的主體地位的尊重。這意思我在《從「傳播」到交流——
海外華文文學研究模式的選擇》等文章中說過。當然，這還是屬學術問題，
是可以討論的。比如，那些加入了外國籍而主要在中國大陸發表作品，而且
在中國大陸發生影響的作家，像嚴歌苓，怎麼處理，能不能進入中國現代文
學史，的確需要斟酌。照我現在的看法，一部文學史不能持雙重標準——既
然是國別文學史，外國籍的作家就不應進入，哪怕她或他是華人，她或他的
作品是在中國發表，而且影響很大，就像高行健，現在的中國現代文學史一
般都寫到他加入法國籍為止，而沒有把他的獲得諾貝爾文學獎的《靈山》算
做是中國文學——這樣處理，主要不是意識形態的問題，而是堅持國際準則。
而中國作家在國外用英語、日語、法語等寫作的作品則可以進入中國現代文
學史，比如林語堂的許多作品，包括他的《蘇東坡傳》，後來被譯成中文，作

為中國現代傳記文學的一部力作來研究。魯迅、郁達夫等人也用日語寫了一些作品，它們都屬中國現代文學學科的研究對象。當然，嚴歌苓等作家特殊一些，或許美國學者有興趣把她（他）們的小說作為其非本國母語寫作的美國文學作品來研究？而且這樣的作家多了，美國的學者或者更有理由把它作為一種國別文學史意義上的文學傳播現象來考察？我們換位思考，就會發現，我們根本沒有理由反對他們這樣做，他們做的僅僅是在美國文學史的框架中對美國公民的華語書寫進行研究罷了。如果美國的學者沒有這樣的興趣，也不要緊，嚴歌苓的作品絕對是會寫進文學史的，一個現成的辦法，就是寫進海外華文文學史——「海外華文文學」這一概念正好發揮其重要的作用。當然，這仍然是我個人的觀點，還有待以後深入的探討。范伯群先生曾說，寫文學史就是建祠堂，誰能夠進「祠堂」是有講究的。我想補充一句，進這「祠堂」的標準雖有定規，也有例外，怎麼處理，並非易事，所以存在分歧是很正常的。我想，只要不是曲解別人的意思，而且保持對話時所用概念的同一性，任何方式的討論都有益，我隨時準備接受合理的意見。

載《華文文學》2013 年第 6 期，
原題《討論問題的方法與態度——回應付祥喜博士的商榷》。

當代文學史料學及其應用的幾個問題

　　當代文學研究中史料的重要性，已越來越受到重視。但我覺得這一重要性須有一個清晰的定位，史料運用方能夠更科學、更為有效。本文先針對當代文學研究所必然遇到的有關史料運用的問題提出幾點基本看法，然後結合洪子誠的《材料和注釋：1957 年中國作協黨組擴大會議》一文做點具體討論，最後探討依託史料的當代文學研究還可以做些什麼。

一

　　四點基本的看法。

　　一是文學研究對史料的依賴度，取決於研究的對象和所運用的方法。當把當代文學作為史學的一部分來研究時，史料的重要性就格外地突出。比如研究作家的思想發展，撰寫作家的傳記等，離不開史料及對史料的辨析。研究文學運動、作家之間的關係，或者要澄清與作家及其創作有關的某一問題，史料也至為重要。但如果只是對作品進行審美批評，不涉及它與作家的關係，不討論與作品的產生與消費有關的時間性和空間性問題，就並非一定要依賴史料，甚或可以天馬行空地談論對文本的看法。比如研究經過作者修改的郭沫若的《女神》，完全可以離開版本變遷的史料，只評論已明確出版日期的這個版本的思想和藝術。只有當研究工作從審美延伸到郭沫若思想的發展，如要用《女神》來證明郭若沫某一時期的思想狀態，《女神》版本的重要性才會凸顯出來，才需要對版本進行考證，否則你用修改後的版本來說明初版本時期的郭沫若的思想，就會鬧出笑話。

　　二是對史料還原歷史的可能性要有一個包含級差的合理預期。一般地看，在文學史研究中，還原時間、地點或者確認某事有沒有發生，依據可靠的史

料即可做出判斷。但即使如此，研究者所謂「有一分證據，說一分話」，也得對這「一分話」，即你所要得出的結論有一個適當的定位。比如某一事發生於某天、某時，這個時間的準確性你不能用發射衛星的以秒為單位的標準。如果你採用這樣的標準，引用某些史料，如新聞報導，你的證明就不可能準確。而史料一旦涉及對一個時間性和空間性事件的描述，其真實性就要打折扣。這是因為觀察在時空中呈現的事件，不可能做到絕對準確。就算當下正在發生的事，有多少人的記錄就會有多少種版本，各人關注的重點及獲得的印象可能大相徑庭。如果史料涉及某種關係，比如澄清某一事件中相關人士的交涉及其態度，或者史料是對某事的是非判斷，它還原歷史的可能性則會更進一步降低。哪怕第一手資料，比如日記，也不一定能準確記錄作者所看到的人事真相。一方面，這要受人的主觀因素的干擾，另一方面人又難免有認知能力的侷限。換言之，日記或者檢討講的不一定是真話；即使講的真話，受講述者視野的限制和所持立場的侷限，也不一定客觀公正。這說明什麼？要對史料還原歷史真相的可能性有一個合理的包含某種級差的預期，即史料還原歷史真相的可能性因所還原的對象不同而有前面所述的不同。這個預期越是得當，運用史料所要達到的目的越可能實現。如果把運用史料澄清歷史問題，理解為還原歷史真相本身，那結果可能就是研究者因為要對結果的可靠性負責，責任太重而不敢輕易下筆，或者是研究者因為過於自信而傾向於獨斷。

三是史料雖不可能還原絕對意義上的歷史現場，但我們不能不利用可靠的史料來澄清當代文學研究中的一些問題，不過這是在所設定的合理目標意義上的準確，而非追求原初歷史現場意義上的真實。可靠的史料，是對歷史事件的一種客觀記載，而我們在歷史中，比如當代文學史中，經常看到一些明顯的不合乎歷史事實的看法，哪怕剛過去的事件，關於它的一些記載，由於各種各樣的原因，都可能存在明顯的失誤。有把日期、地點、作品的版本弄錯的，有關於事件過程的描述、人事關係的介紹乃至對事件性質的認定與事實不符。當代文學研究中，凡涉及這方面的問題，都要通過對資料的鑒別、考評及史料的相互對照，力求還一個事件比較接近原初狀態的真相。在這樣的研究中，史料的重要性不容懷疑。

四是所謂可靠的史料，其實是一個相對的概念，即相對於不那麼可靠的而言，它是比較可靠。這往往是指第一手資料，比如日記、檢討、回憶錄以及新聞報導等，即接近歷史現場的文字記載。但由於當代中國社會政治運動不

斷，當事者的日記等都難以保證是個人觀點的自由表達，而一些人的檢討、檢舉、思想彙報等，多是政治高壓下的產物，完全可能按照政治正確的標準「言不由衷」，因而不能輕易採信，而要進行具體的分析。歷代都存在這種現象，當代文學的特殊背景，使這一點格外地突出。

二

洪子誠發表於《文學評論》2012 年第 6 期的《材料和注釋：1957 年中國作協黨組擴大會議》一文，約 80% 的篇幅都是第一手材料。作者只是把材料編排起來，加些說明，而由材料本身來相互發明，從而揭示了影響中國當代文壇至為深遠的 1957 年中國作協黨組擴大會議整個過程中的錯綜複雜關係，理出了一些重大矛盾衝突的前因後果。這是史料運用的一次成功實踐，但也彰顯了史料研究所能達到的限度。

洪子誠利用的材料，計有邵荃麟寫於 1966 年 10 月 16 日的《關於 1957 年我在作協整風動員會上擅自宣布摘掉丁陳反黨小集團帽子的罪行》、寫於 1966 年 8 月 19 日的《關於為三十年代王明文藝路線翻案的材料》，馮雪峰寫於 1966 年 8 月 8 日的《有關 1957 年周揚為「國防文學」翻案和「魯迅全集」中一條注釋的材料》，還有林默涵、張光年、郭小川寫於「文革」剛發生時的「檢討」、「交代」以及中國作協 1957 年 9 月內部編印的《對丁、陳反黨集團的批判——中國作協黨組擴大會議的部分發言》。這些材料，是特定背景下的產物，但由於作者當時大多是戴罪的身份，他們基於其所理解的對黨的忠誠，把如實的檢討和交代看成是接受組織考驗的一次機會，憑著這種自覺的黨性，其所寫的材料反而擺脫了平常難以避免的人情世故，沒加絲毫遮蓋和掩飾，直接觸及了問題的核心。如果除去話語的政治修辭成分，特別是他們對一些被檢舉者「罪行」的定性，則其提供的基本事實是相當可信的，而且包含了豐富的細節，對於釐清事件的來龍去脈，遠比官樣文章有價值。

洪子誠的方法就是把這次會議中的某一話題的材料編排起來，形成「對質」，實為材料對刊。他首先澄清了一些歷史事件的發生時間、地點上的錯訛。比如中國作協這次黨組擴大會，一般認為頭三次會議是 6 月 6、7、8 日三天召開，他據郭小川的日記，發現 6 月 8 日召開的是黨組「碰頭會」。郭的日記明確記述這次碰頭會上，與會者一致認為還需要大鳴大放，第三次的黨組擴大會則是 13 日召開。郭小川日記關於會議日期的記載，沒有必要作假，肯定

可靠，這就糾正了一般的訛傳。但郭小川的日記沒有交待 13 日開會的具體時間，所以所能澄清的也只能準確到是 13 日上午。

真正具有重大意義的澄清，是對一些問題的前因後果的清理，比如通過材料的對刊，邵荃麟所稱「1957 年 5 月 26 日，我在作協整風動員會的報告中擅自宣布丁、陳反黨小集團的結論不能成立，是件嚴重的反黨罪行」，其實並不能算「擅自」，而是經過了他與周揚、林默涵等人反覆討論所達成的共識。之所以要對丁、陳案重新做結論，是因為 1956 年毛澤東提出了「雙百」方針，鼓勵人們提意見，幫助黨整風。在整風運動展開後，丁玲、陳企霞對 1955 年把他們打成「反黨集團」提出了平反要求。周揚等人感受到了壓力很大，在小範圍多次討論對策。邵荃麟在交代材料中說：「摘掉丁陳反黨小集團的帽子，重新起草關於丁陳問題的結論這件事情，則是在 1957 年初首先由周揚提出，作協黨組贊同和執行，並經陸定一、張際春的同意。」丁、陳要求徹底平反，周揚則堅持「反黨集團的帽子可以不用，但要有一個恰當的帽子」。據邵荃麟的材料，周揚表示：「如果不用反黨集團的帽子，至少應該是搞黨內宗派活動。他（周揚）說應說明是什麼性質的宗派活動，他提出可以改為『對黨鬧獨立性的宗派結合』。」經多次商討，統一了意見，周揚就安排人與丁、陳談話，但遺憾的是雙方沒有談攏，周揚一度還感到十分被動：「4 月底，中央發布了整風的指示，我（邵荃麟）在 5 月中旬回到北京。我和劉白羽、郭小川到周揚處去商量丁陳問題在整風中怎樣搞法，當時決定專門召開黨組擴大會議，吸收丁、陳及 55 年參加批判的作協黨員參加。關於會議開法，周揚指出要把團結的旗幟主動地掌握在手裏，通過團結—批評—團結的方式來解決問題。如果丁玲、陳企霞願意團結，願意考慮黨組新草案的意見，黨組對於 55 年的批判也可以作適當的自我批評。要是他們堅持，不肯承認一點錯誤，那就是他們自己違反整風指示的精神和團結的原則，我們處於主動了。」周揚的意思很清楚，丁、陳必須有一個「錯誤」，證明 1955 年對他們的鬥爭是必要的。如果丁、陳願意妥協，那麼周揚他們也可以做出讓步，把錯誤的嚴重性降下來。他把這個稱為「通過團結—批評—團結的方式來解決問題」，意味著不管問題解決不解決，解決到什麼程度，周揚他們都是正確的：不僅意見正確，而且態度正確，方法也正確，完全符合黨的政治要求。由此可見，周揚是一個政治上非常成熟的文藝界的領導人，他在相當長的一個時期裏經歷許多政治運動，總是佔據主動地位，能夠敏銳地把握形勢的發展。

正是在那種讓周揚感到比較為難的情境下，邵荃麟才在 5 月 26 日的作協整風動員會的報告中「擅自」宣布「丁、陳反黨小集團的結論不能成立」。他的想法是：「我想到萬一丁玲、陳企霞等不顧黨組的決定，把 1955 年批判丁陳反黨小集團的問題，先在非黨群眾參加的整風會上提出了，進行煽動和攻擊，那時就會打亂黨組的部署，使我們更陷於被動，不如主動地宣布這個結論不能成立，關於丁陳問題的錯誤性質要在黨內平心靜氣坐下來討論，自以為這樣可以避免被動。」可見，所謂「擅自」並非真的「擅自」，而是黨組的集體意見，只是此時「宣布」是他個人的決定。而他之所以在 1968 年寫這份交代時要給自己扣上「擅自」的政治帽子，也不過是他從長期的政治鬥爭中習得的一種經驗——中國共產黨對人民內部矛盾的處理歷來堅持「批評從嚴」、「處分從寬」的方針，因此一些人為了表現政治上的忠誠，往往給自己無限上綱，做「深刻」的檢討，以求得處理時的寬大。

再看邵荃麟，他在交代中接著寫：「到了 6 月 6 日，第一次黨組擴大會上，我又一次宣布丁陳反黨小集團的結論不能成立，要求大家重新來討論丁陳錯誤的性質，得到公平合理的結論，可見絕不是偶然的想法。在這次會上，周揚也作了一次發言，承認 55 年的批判有過火的地方，是有鬥爭無團結，說他要負主要責任。其次是劉白羽，並且也承認 55 年黨組向中央的報告是不慎重的，他要求大家採取嚴肅的態度，辨清是非，增強黨的團結等等。這些發言，當時都有記錄可以查。」洪子誠引證會議記錄，證明邵荃麟這一交代所言不假。

至此，圍繞 1955 年把丁陳打成「反黨小集團」的問題已很清楚，即周揚一方在堅持丁、陳有錯的前提下承認把丁陳問題上升到「反黨」高度有誤，而丁、陳則堅持 55 年周揚向中央做了「假報告」，要周揚等收回錯誤的結論。這是在整風形勢下的一個對峙，但事情很快發生了變化。

1957 年 6 月 8 日，中共中央發出《關於組織力量反擊右派分子進攻的指示》，人民日報發表社論《這是為什麼？》，在全國範圍內開展反右派的鬥爭。中國作協黨組擴大會議休會一個多月後，於 7 月 25 日召開了第四次會議，周揚發言：「上次會開了三次開不下去了，有人將了軍，提出責問，要追究責任，因此我不能不講話了」。「前年對丁陳的鬥爭，包括黨組擴大會，給中央的報告是根據會議的真實情形寫的，會前請示了中央，會後給了中央報告，這完全是合法的」，他講話的調子變得堅定而且嚴厲。為什麼？因為形勢已經變得明朗了。8 月 11 日，《文藝報》發表長篇報導《文藝界反右派鬥爭深入開展，

丁玲、陳企霞反黨集團陰謀敗露》，丁、陳再次遭到了嚴厲的清算。

不過，邵荃麟等人寫的這些材料澄清了一些事情，卻產生了更多、更重要的問題，比如郭小川的日記中提到，第三次會議之後到第四次會議開始反擊丁、陳之間，陸定一與作協黨組相關人員談了丁、陳的問題多次。郭6月8日的日記：「十時半，到白羽處，陸部長找白羽談了話，陸說要有韌性的戰鬥，人家越叫你下去，越不下去！他認為周揚沒有宗派主義，人們太不注意這是一場戰鬥，文藝方向的鬥爭，他認為，丁陳鬥爭要繼續，不要怕亂。」可以肯定，陸定一的這一態度，不純粹是他個人的態度，他應該知道反右鬥爭的部署，但為什麼反右開始了，他就把丁、陳定性為對立面？這是歷史造成的問題，還是他對丁玲個人的思想和作風的一種態度？這中間有多少是更上層的意圖，有多少是他基於政治邏輯所做的個人判斷？是不是僅僅丁陳與周揚們的對立至此必須有一個結論，形勢發展，需要就誰是誰非的問題做一個政治裁決？1955年，把丁、陳打成「反黨小集團」，在中宣部內部本來就有分歧，陸定一與此事是一種什麼關係，是不是影響到了反右開始後他對丁、陳的看法？陸定一的這種態度，又是怎麼形成的，他與哪些人溝通過，是一個什麼樣的決策過程？還有，邵荃麟等人的材料交代了丁玲、陳企霞在作協第三次會議上發言，稱丁、陳很「囂張」，要追究55年那事的「領導的責任」，還鼓動康濯「起義」。那麼，丁玲、陳企霞當時經過了何種思想鬥爭？丁玲有沒有跟康濯私下裏聯絡過？康濯後來態度反覆，不斷的「起義」與檢討，這可以理解，但他是怎麼想的？這些問題，都是構成這些人的個人歷史的重要部分，也是與此時的政治鬥爭緊密相關的。由其中任何一點深入，都可以牽扯出更多的問題。但顯然不可能有明確的答案了，更多的細節已經沉入歷史的深處，再也不可能為人所知曉。

這說明，利用史料來澄清事實，有一個邊界。換言之，研究者只能接近真相，而不可能完全還原歷史本身。當然，這也正是歷史研究的魅力所在。這告訴我們，作為歷史研究的一部分，當代文學史的研究也要確定揭示歷史真相的合理目標。在一個具體的課題中，不能去追求無邊的真相，比如要從周揚等人為了應對丁、陳的反擊而多次商討，追問到他們在這一過程中的思想動態、策劃時的難以避免的思想矛盾，對政治形勢的具體判斷，或者再追問到陸定一身上的問題，甚至陸定一背後的因素。這樣一路下來，是會把人逼瘋的。這說明，研究者利用史料所能達到的目標是有限的。確定合理的目標，集中精力於某個有限問題的解決，或者問題的有限解決，解決到主客觀

條件所能允許的程度，研究才可著手，並可能取得相應的成果。

三

　　用史料澄清事實，而不奢望全面還原歷史的原初狀態，這並不意味著限制了史料應用的範圍。事實可能恰好相反，表明史料的應用大有可為，而關鍵在於你要實現什麼樣的目的。比如，研究者完全可以從史料中發現問題，或者把史料視為一種歷史現場的個人記載，即使作者有意掩蓋和歪曲，後人也可以從其主動或被迫作偽的蛛絲馬蹟中發現問題，研究其動機和手法，並聯繫特定的時代，揭示這個人身上或者這個時代所存在的問題。這實際是從追問歷史的原初狀態，轉向追問歷史現象所構成的意義。這種意義，或也可以說是被扭曲了、而又打上了扭曲它們的時代印記的另一種「原初的歷史」。

　　《材料和注釋：1957 年中國作協黨組擴大會議》一文所引用的大量材料，嚴格地說都是特定時代的產物。這些人寫交代材料時均被認定犯了重大的錯誤，他們自己也是承認的，比如邵荃麟寫的交代材料題目就是《關於 1957 年我在作協整風動員會上擅自宣布摘掉丁陳反黨小集團帽子的罪行》。張光年在他 1966 年 12 月 9 日寫的交代材料《我和周揚的關係》中說：「應該是 1956 年底，右派大舉進攻前，一天晚上，周揚在東總布胡同 22 號召開作協黨組擴大會議，打算跟丁、陳、馮等達成妥協，進行骯髒的政治交易。會上周低聲下氣地檢討了 1955 年對丁陳的批判，說他自己和劉白羽『有缺點』，『有簡單化』……4 月間的一個上午，他特地到編輯部來，督促文藝報放毒，說什麼『放也是錯，不放更是大錯，不如大放』。這次他還要文藝報找丁玲、馮雪峰、陳企霞等寫稿……這是他要利用黨的鳴放政策，利用文藝報的地盤，進行招降納叛的勾當。」這明顯是按反右時的政治正確標準，根據「文革」初期要他揭發周揚的要求寫的，其中對人和事的定性，現在看完全錯誤。而馮雪峰在材料中則說自己是「沒有毛澤東思想、沒有黨性和無產階級立場的人」多達四五次，而涉及要他揭發的周揚，他也按照「文革」的政治標準說：「周揚企圖推翻毛主席關於三十年代文藝的歷史總結和對魯迅的評價，要對魯迅進行反攻倒算，實在是蓄謀已久。」當所有這些人都說著同一個調子的話，而這些話或多或少都是言不由衷的，那麼這些材料就說明了一個可悲的事實：不是這些人思維不正常，而主要是這個時代出了問題。因此，這些材料可以用來研究那個時代帶有普遍性的問題，比如運動中的政治邏輯、被批鬥者的認罪方式、

外在政治規則與內心真實訴求的統一形式，批鬥者和被批鬥者的關係等等。

由於各人的處境和個性不同，「標準」的模式也會有彼此的差異。相對地說，邵荃麟的材料寫得比較實在，或許是因為他在此前提倡「中間人物論」時已受到了批判。林默涵在 1966 年 7 月寫的材料《我的罪行》，則明顯地不那麼配合。這份材料談到《魯迅全集》第六卷的注釋時，他說：「是出版社編輯部按照作協黨組擴大會的調子寫的，還是周揚或我要他們這樣寫的，我也記不清了。」可是，邵荃麟寫的材料及郭小川的日記，都提到了 1957 年反右開始後，他們與林默涵一起商討如何鬥爭馮雪峰，其中說到要馮雪峰來寫魯迅的《答徐懋庸並關於抗日統一戰線問題》一文的注釋，要馮承認 1936 年他執筆寫這篇文章時矇騙了魯迅，因而文章中以魯迅的名義對周揚等人的批評是「誣衊」。魯迅在相當長一個時期裏是政治正確的符號，周揚 50 年代時怎敢說魯迅有錯，所以只能把責任推給馮雪峰和胡風。他們認為最合適按他們的意思說清楚《魯迅全集》中這篇文章之事者，就是馮雪峰。不過馮雪峰寫好這條注釋後，周揚並不滿意。周揚當場口述，由林默涵執筆，擬了一條注釋，派人交出版社排印。林默涵親手改寫了這條注釋，他怎麼在交代中說記不清了？他的這種「不老實」，牛漢在《為馮雪峰辯誣》一文中有說明，牛漢說：1980 年代初在北京召開的馮雪峰學術研究會，「幾個發言對馮雪峰在 30 年代與魯迅的革命情誼作了熱情的讚揚。坐在會場的林默涵舉手插話：『我提個問題，請解答。馮雪峰是《魯迅全集》的主持人和定稿人，在《答徐懋庸並關於抗日統一戰線問題》的注釋中作了歪曲事實的說明，辱沒了魯迅。這則注釋是馮雪峰寫的，這難道是對魯迅友情的忠誠表現嗎？請大家研討。』（憑記憶追記，大意不錯）會場上頓時啞默無聲。這時，我站起來大聲說：『我能解答這個問題。』……我說：『這個問題我以為不應由默涵同志提出，默涵同志應該是能夠解答這個問題的當事者，至少是熟知內情的人。』……讓我失望的是，不論周揚，還是林默涵，對這個事件，一直沒有做出必要的說明和反省。」林默涵的這個態度，應該有其個性的因素，也可能是因為他在「文革」前一直為文藝界當權派中的一員。

馮雪峰的態度，更有意思。他在反右中被打成右派，是由陸定一在首都劇場的大會上宣布的。此前，他已在批判胡風事件中受到連累。1957 年整風時期，周揚等人與丁玲、陳企霞鬥爭趨向白熱化，又把馮雪峰拉進來，立他為重點批判的對象。這其實是緣於三十年代馮從陝北受派到上海，與魯迅一

起提出「民族革命戰爭的大眾文學」，由此引發了與周揚提出的「國防文學」口號的論爭。當魯迅被神化時，周揚因為受到過魯迅的尖銳批評而在頭上始終懸著一把達摩克利斯之劍，他迫切需要有一個人來承擔他與魯迅鬧矛盾的責任。如果馮雪峰成為違反組織原則，矇騙魯迅，與胡風合夥挑起左翼文學內部矛盾的那個人，周揚的問題就解決了。但之所以在 1957 年鬥爭丁玲、陳企霞的時候才把馮雪峰推出來，據前述的郭小川日記，大概是因為周揚發現這時至少陸定一支持他們，而周揚知道，這其實不僅僅是陸定一個人的意見。從這個意義上說，馮雪峰就成了「那個人」，無可逃遁。當然，馮雪峰也作過努力，幻想能留在黨內，所以多次到邵荃麟那裡，希望邵指點他錯誤的重點究竟在現在還是過去，他好來積極地檢討（但在修改魯迅《答徐懋庸並抗日統一戰線問題》注釋的問題上，馮雪峰又堅持底線，在林默涵擬定的稿子上他再次做了修改，強調他是「似稿」，而非「代寫」，又說明當時魯迅在病中，這實際上是要捍衛魯迅，其實也是捍衛他自己）。但邵荃麟對他說：「中宣部已討論過了，多數人都認為你應該開除。要是不開除你，像陳湧那些人怎麼處理，他們比你不嚴重多了。」馮雪峰又去找劉白羽，還是表示想留在黨內，劉對他說：「還是努力改造吧，希望早一天改造好，早一天回到人民隊伍裏來。」馮最終還是被打成右派，開除出黨。因此，1966 年 8 月他寫交代材料時，態度特別「端正」，不僅給自己扣帽子，而且也給這時同樣倒了黴的周揚上綱上線。眾所周知，周揚 1975 年出獄後首先去看望了病危中的馮雪峰，當面表達歉意，這讓馮雪峰非常感動。但如果馮雪峰再多活十年，他是不是還是這種態度？大概不好說了。

依據史料做上述分析，涉及到了複雜的人事關係，雖然從不同材料的對刊中可以把握住一些基本的事實，但明顯地只是一種分析，不宜斷言真相就是如此。但話說回來，這樣的分析還是很有價值的，至少可以作為一種觀點而存在，也有助於人們更好地認識這些人，瞭解那一段歷史。

《材料和注釋：1957 年中國作協黨組擴大會議》一文，還牽扯出了一件頗為蹊蹺而又容易理解的事，即周揚等人要批判馮雪峰，商定由夏衍在會議上做一個報告，著重談三十年代「兩個口號」的論爭中是馮雪峰違反組織原則，與胡風合夥欺騙魯迅，製造了周揚等人與魯迅的衝突。前述幾位當事者的交代及另外一些人後來的回憶，都講到因為夏衍的報告具有爆炸性，場面一度失控，有人甚至痛罵馮雪峰欺騙了大家。其中說到許廣平，則存在幾個

不同的版本。黎辛（當年作協機關黨總支書記，四十多年後的回憶）：「這時，許廣平忽然站起來，指著馮雪峰大聲斥責：『馮雪峰，看你把魯迅搞成什麼樣子了？！騙子！你是一個大騙子！』這一棍劈頭蓋臉地打過來，打得馮雪峰暈了，蒙了，呆然木立，不知所措。丁玲也不再咽泣，默默靜聽。會場的空氣緊張而寂靜……爆炸性的插言，如炮彈一發一發，周揚也插言，他站起來質問馮雪峰，是對他們進行『政治迫害』」（《我也說說「不應該發生的故事」》，《新文學史料》1995 年第 1 期）。黎之（李曙光，當年中宣部文藝處幹部，四十多年後的回憶）：「她（許廣平）站起來走到馮雪峰面前，流著淚說：『今天把一切不符合事實的情況，完全安到魯迅頭上。』『這篇文章，我已送到魯迅博物館，同志們可以找來看看。』『魯迅不同意怎麼發表了？！』後面許也講了一些馮雪峰當年思想消沉、苦悶。」（《文壇風雲錄》第 110～111 頁，河南人民出版社 1998 年版）。馮雪峰自己在 1966 年 8 月 8 日寫的材料中說：「散會後，周揚立即留下我們幾個人（林默涵、夏衍、我、劉白羽、嚴文井、郭小川等），又開了一次小會。周揚對夏衍發言覺得很好，當面還稱讚了他，對許廣平的發言，周揚有些沉悶，似乎不願意去評論。大家議論的也不多，只是夏衍辯解了幾句。」郭小川在「文革」的檢討中說：「在這個會議期間，我還犯了一個嚴重錯誤，即：由我主持編印的內部材料《對丁、陳反黨集團的批判——中國作家協會黨組擴大會議上的發言》中，沒有編選許廣平同志反擊夏衍、周揚的發言（即第二次發言），而編印了她批判丁玲的發言（即她的第一次發言）。」（《郭小川全集》第 12 卷，第 98 頁）。這幾個版本，都是對同一事件的記述，比較起來，黎辛的文章強調許廣平痛責馮雪峰，似欠準確。黎之的文章強調許廣平對夏衍報告及其他人發言中把「不符合事實的情況，完全安到魯迅頭上」表示不滿，我看這比較準確。不僅因為這與馮雪峰、郭小川在「文革」中交代的內容吻合，而且這也更符合許廣平的身份。許廣平更關心魯迅的形象，哪怕魯迅是被馮雪峰、胡風矇騙的，也有損魯迅的英名，所以她於情於理都不會只痛斥馮雪峰，而要重點強調魯迅不會被矇騙，所以她才不滿周揚等人的言論。憑許廣平當時作為魯迅夫人的身份，她完全可以在批評馮雪峰的同時表達對周揚的不滿，這恐怕正是馮在交代材料中說「周揚有些沉悶，似乎不願意去評論（許廣平）」的主要原因。周揚急著把三十年代的問題推給別人，這很容易給人一種他是在說魯迅有錯的印象——魯迅怎麼有錯呢？說魯迅有錯，在當時是犯大忌的。當然，這只能說是一種分析，

即使比較接近真相，也不好說一定就是真相。

同樣很有意思的是，從邵荃麟這些人的交代材料中還可以發現，一般人心目中影響到個人的命運甚至歷史發展的重大事件，原來只是由幾個人掌控的。比如，據郭小川「文革」期間的交代：「我發言，是 8 月 17 日上午由周揚、林默涵、邵荃麟、劉白羽決定的；我在發言中引用胡風的供詞，也是他們決定的；胡風供詞是林默涵給我的；我的發言的重要觀點，也是從夏衍、馮雪峰、陳荒煤等人的謠言和讕言中形成和引申出來的。」（《郭小川全集》第 12 卷「外編」第 97 頁）郭小川說的是不是完全屬實，要分析，至少他扣上「謠言」、「讕言」的帽子有所不妥，但他描述的安排鬥爭會的過程，對我們瞭解那個時代政治鬥爭的方式及其特點，是很寶貴的材料。

具有想像空間的遠不止這些，比如邵荃麟等人的交代材料中都提到在整風運動的背景中，作協黨組擴大會議的頭三次會議，丁玲、陳企霞要求對他們在 1955 年被打成「反黨集團」給予平反，周揚等人感受到了很大的壓力，提出只要丁玲、陳企霞承認「對黨鬧獨立性的宗派結合」的錯誤，他們也可以退一步，抹去其「反黨集團」的罪名。可是丁玲沒有妥協，「錯過」了這一機會，而在隨後的「反右」中被徹底打倒。如果丁、陳知道這一後果，或者他們瞭解政治的規則——替他們平反，也就意味著周揚甚至周揚上面的人要對 55 年的事件承擔政治責任——明白這一點，而按周揚的意見及時檢討了，會不會改寫他們個人後來的歷史？那又是什麼因素使丁玲如此堅持，從而付出了沉重的代價？是她沒有改造好的「小資產階級」習性，還是她自恃的資歷及與高層的革命情誼，以為毛澤東會像延安整風中為她說話那樣再幫她一把？這些當然都只是想像，但這樣由想像提出問題卻並非沒有意義。

總而言之，與任何歷史科學一樣，史料是研究當代文學史的重要材料，但對史料還原歷史的功能及其所能達到的限度要有一個清醒的認識。只有自覺地形成這樣的觀念，方能在研究中佔據主動，少走彎路，甚至激發出更強的研究能力，取得更好的研究成果。

附記：本文所引的材料，凡加引號的，皆出自洪子誠的《材料和注釋：1957 年中國作協黨組擴大會議》，刊於《文學評論》2012 年第 6 期。

載《中國文學研究》2017 年第 4 期。

附　錄

陳國恩學術年譜

　　陳國恩，1956 年 5 月 19 日出生於浙江省寧波市奉化縣縣城。5 歲，隨祖母回祖籍浙江省鄞縣龍觀公社（鄉）大路大隊（村）生活並上小學。1969 年 9 月，上龍觀公社雪嶴大隊小學的戴帽初中觀嶺中學讀書。這個「中學」是教學革命的產物：兩個年級，一個班級（複式班），總共不到二十個學生，兩位教師分教語文和數學。一年半後的 1971 年 2 月，受教學革命形勢的促進，該初中讓學生提前畢業。父親感覺不妥，轉學到戶籍所在地奉化縣第一中學讀完兩年制初中的最後一個學期。初中畢業，因母亡、父病重，經濟困難，急於就業，遂放棄升學。在家待業一年餘，1972 年 12 月 31 日進奉化第二農機廠（後改為奉化石油機械廠）當工人。

　　1977 年恢復高考，因為沒有高中學歷，雖初中時偏愛理科，卻只能報考文科一試，結果有點意外地被浙江師範學院寧波分校（後改為寧波師範學院，1998 年與寧波大學合併）中文系錄取。1978 年 2 月入學（按政策，五年工齡，享受帶薪上學的待遇）。1982 年 2 月從寧波師範學院畢業，獲學士學位。留寧波師院中文系任教，開始了中國現當代文學教學與研究的職業生涯。

　　1994 年春，學校領導從學科建設考慮，調整政策，鼓勵青年教師在職讀研究生，遂報考武漢大學，錄取。1994 年 9 月，師從易竹賢先生攻讀中國現當代文學博士學位。1997 年 7 月畢業，獲文學博士學位。

　　1998 年 9 月，開始在武漢大學中文系任教，2000 年晉升教授，2001 年獲博士生導師資格。2004 年至 2012 年任武漢大學文學院副院長，分管科研、外事及學科建設等，兼中文系主任。現兼任中國聞一多研究會會長、中國魯迅研究會副會長、海峽兩岸梁實秋研究會副會長、中國現代文學研究會常務

理事，受聘浙江師範大學人文學院客座教授與新疆大學人文學院「天山學者」崗位。

1973～1977 年，17～21 歲

元旦前一天，即 1972 年 12 月 31 日，進奉化縣第二農機廠（後改名為石油機械廠）當工人。先當大爐工——每當開爐澆鑄，火花四濺，站在爐前捅鐵水，頗有些意氣風發的感覺。這是重體力活，要揮舞 18 磅大鐵錘把報廢的大鑄件敲成 20 公分見方的鐵塊，方便回爐熔化，這才體會到鐵打的傢伙原來也經不起重錘的不斷敲打。不久因病轉為油漆工，給刨床噴漆。1973 年底，又轉為銑床工。銑工，要計算參數，頗合我當時的心意，同時也為後來高考複習提供了一點小小的方便，也即在銑床自動走刀時可以在工具箱上用粉筆做做數學練習題。

下班，常得三四好友聚眾而談，海闊天空，吵得鄰居時有意見，不過由此鑄就的友誼延至今日。空閒時喜歡讀《航空知識》《兵器知識》《船艦知識》，看天文星圖，看《參考消息》，對世界充滿好奇，然不求甚解。也曾自學半導體技術，用油漆在貼銅的底板上描好電路，經化學腐蝕，製成電路板，打孔，焊上三極管、二極管、電容、電阻之類，裝了個四管來復式收音機，能出聲。

小時習過毛筆字，讀初中也學著報紙上的口氣寫作文。這些「特長」被廠裏發現，結果承包了石油機械廠的「大批判」專欄，從寫文稿、用毛筆抄寫，到畫粉彩的報頭，不亦樂乎，在幹中學習。

高考消息傳來，喜憂參半。喜的是，這是一個機會。憂的是，從小喜歡數理化，可沒上過高中，考不了喜歡的專業。最終決定報考大學文科，開始著手準備。一位同車間的朋友借給我她的全套高中數學課本和數學作業本，感謝她的作業本幾乎全對，可以據以弄懂計算規則。期間又去蹭了曾讀過半年初中的奉化一中辦的補習班，因為是初中生而被勸出教室，好像站在教室外聽了幾次課，知道了一些「冗」字頭上沒一點之類的速成知識。

亂七八糟的經歷，後來竟有些用處。比如高考政史卷有一題是關於中東亂局的，我從閱讀《參考消息》的經驗知道這與地緣政治、宗教、石油問題相關，所以答題時竊喜。再如地理卷中有一題是要求指出長江口的崇明島，沒學過地理，但從老人們在夏天星空下納涼的閒談中聽說過「塌東京、漲崇明」的八卦（至今不知道塌的什麼「東京」），猜想這個長江口的島，就是崇明島。

錄取通知書比別人晚幾天收到。當時正準備第二年報考理科，收到錄取

通知書反而開始糾結：上不上中文系呢？一個老師傅說，你今年不去，明年一定會被取消報考資格了。於是──「去」，時在 1978 年初。

1978～1981 年，22～25 歲

1978 年 2 月，入學寧波師院中文系，第一周即出洋相。當個小組長，政治學習讀報紙，讀得抑揚頓挫。讀完，一杭州女同學滿臉茫然，問：你讀的什麼意思？突然明白，我用的是寧波話。時空錯位，反映出身份的尷尬，但這也是進步的契機──在寧波的範圍裏曾是值得自豪的「才華」，擴大到包括杭州的圈子就成笑話。明白了是笑話，就有了新的方向。

上大學第一次課程考試，是現代漢語，得了全年級兩個滿分中的一個。關鍵是「短兵相接」這個詞老師在課堂上特別強調過，我感覺她有所暗示，特別地用心記住這個「兵」不是指士兵，是指兵器，結果答對了。

專心聽老師講課，並非一定是優點，尤其是人文科學。保持這樣的學習態度，既有時代因素，也有我個人的問題。

時代的因素，可以從上大學的第一次作文中看到一些端倪。作文題目是「H 主席送我們上大學」，這題目實際上已經規定好了主題和套路，寫得好的同學是玩技巧、編故事，比如說報到的路上碰到一個賣雞蛋的老大娘，大娘問：你們幹什麼去啊？回答：上大學。大娘笑呵呵地說，你們碰到好時代了，好好努力吧。改變這種套話習慣，面向實際的問題，要費不小的勁。

我個人的問題，主要是因為偏愛數理化而形成了理科的思維習慣。理科思維，在中學階段，就是追求答案的準確性。課堂上，標準的答案在哪裏？在老師那裡。上大學後打破這種封閉式的思維，是一次古代文學課的考試。試卷裏有道題，是分析柳宗元《小石潭記》的思想和藝術。課堂上沒講過，只能依感覺胡扯，結果得了高分。突然明白，古代文學乃至人文科學，是應該直面對象，或者直指本心，可以「胡扯」的。從此，由追求答案的標準化而轉向從不同角度尋找和追問意義的多樣的可能性。觀念的轉變和思想的解放，經過了一個比較長的過程，包括受惠於 1978 年 5 月開始的關於真理標準問題的大討論和 1981 年 6 月中國共產黨第十一屆六中全會通過的《關於建國以來黨的若干歷史問題的決議》的學習和討論。

1982～1984 年，26～28 歲

1982 年初從寧波師範學院畢業，留中文系當教師。我期待分到現代漢語

教研室，或者文藝學教研室。現代漢語，是中文專業中最具邏輯嚴謹性的，合乎我的偏愛。文藝學，則是側重學理的探討，我本科學位論文選的就是美學的題目。可是，我被分到了中國現代文學專業，大失所望。然而今天回想起來，感覺領導看問題高人一等，有先見之明。當年我若去了現代漢語專業，憑我的寧波牌普通話，想在專業上有所作為，一個「難」字。

於是，開始系統性地學習中國現代文學史，備課、上課。逐漸喜歡上中國現代文學，是因為發現中國現代文學與人的關係特別密切，但要真正瞭解人，並非易事。

1985 年，29 歲

1984 年，寧波師院中文系舉辦全國性的巴人學術研討會。我利用奉化圖書館藏的兩冊《新奉化》雜誌，撰寫《巴人與剡社及〈新奉化〉》，發表於《寧波師院學報》1985 年第 1 期。

1986 年，30 歲

《論應修人詩的牧歌風味》，發表在《寧波師革命院學報》1986 年第 2 期。

《巴人鄉土小說探析》，發表在《寧波師院學報》1986 年第 3 期。

9 月，經考試，進福建師範大學中文系中國現代文學助教進修班學習，為期一年（1986 年 9 月～1987 年 6 月）。主持進修班的姚春樹、汪文頂先生邀請王瑤、肖乾、樊駿、馬良春、倪蕊琴、王富仁、楊義、莊鍾慶、陳孝全等來做為期三天或半月的專題講座。這些系統性的講座中，既有老一代學者的嚴謹和深邃，又有當年還是意氣風發的青壯年學者的犀利和敏銳，讓人大開眼界，受益匪淺。

為完成進修班的課程作業，開始研究郁達夫、屠格涅夫，寫成的論文後來發表在中國社科院主辦的《外國文學評論》等刊物。

1987 年，31 歲

《從蘇曼殊到郁達夫——現代浪漫抒情小說發展的一個側面》，《寧波師院學報》1987 年第 4 期。中國人民大學《複印報刊資料》（J3）1988 年第 3 期全文轉載。後入選《中外郁達夫研究文選》（浙江大學出版社 2006 年 12 月出版）。

1988 年，32 歲

《心有靈犀一點通——屠格涅夫對郁達夫小說的影響》，《外國文學評論》

1988 年第 3 期。1990 年獲浙江省社會科學優秀論文三等獎，後入選《文學傳播與接受論叢》第 2 輯（中華書局 2007 年出版）。

《郁達夫小說抒情風格的演變》，《寧波師院學報》1988 年第 5 期。

1989 年，33 歲

《「五四」文學的文化品格》，《寧波師院學報》1989 年第 2 期。

1990 年，34 歲

《關於鴉片戰爭以後文學史分期問題——與近現代文學合併說商榷》，《寧波師院學報》1990 年第 3 期。

1991 年，35 歲

《巴人作品中的寧波方言》，全國第三屆巴人學術討論會論文。

1992 年，36 歲

《魯迅〈狂人日記〉新論》，《寧波師院學報》1992 年第 1 期。

1993 年，37 歲

《魯迅〈狂人日記〉的結構藝術》，《教學與研究》1993 年第 1 期。

《關於〈沈光文與晚明易學〉一文史料失實及沈光文祖籍問題》，《寧波師院學報》1993 年第 3 期。

《〈柔石小傳〉補正兩則》，《魯迅研究月刊》1993 年第 4 期。

《論五四文學的自我表現特徵》，《學術論壇》1993 年第 5 期。

1994 年，38 歲

《論現代浙江作家群的崛起》，《寧波師院學報》1994 年第 1 期。中國人民大學《複印報刊資料》（J3）1994 年第 5 期全文轉載。

《論「自我表現」的多重涵義》，《廣西民族學院學報》1994 年第 1 期。

《巴人作品使用寧波方言得失略論》，《寧波師院學報》1994 年第 4 期。

9 月，考入武漢大學，師從易竹賢先生攻讀中國現代文學博士學位。

1995 年，39 歲

《與方方池莉談創作》，《閱讀與寫作》1995 年第 1 期。

《新文學的民族化和大眾化問題》，《廣西民族學院學報》1995 年增刊。

《張承志的文學和宗教》，《文學評論》1995 年第 5 期，中國人民大學《複印報刊資料》（J3）1995 年第 12 期全文轉載。1996 年獲浙江省教委社會科學

優秀成果三等獎，2001 年獲湖北省第二屆社會科學優秀成果獎三等獎。

1996 年，40 歲

《文學的民族化方向與外國文學的影響》，《寧波師院學報》1996 年第 1 期。

《中國現代主義詩歌及其研究的反思‧對人性的探索》，《中州學刊》1996 年第 2 期，中國人民大學《複印報刊資料》（J3）1996 年第 6 期全文轉載。

《自由主義文學與啟蒙思潮》，《中文自學指導》1996 年第 4 期。

《論婉約詞對新月「詩人」的影響》，《武漢大學學報》1996 年第 4 期，《新華文摘》1996 年第 11 期摘錄。

《巴人作品寧波方言詞語釋義》，《寧波師院學報》1996 年第 4 期。

1997 年，41 歲

《整體世界史觀與文學的民族化》，《寧波師院學報》1997 年第 3 期。

《論中國「自由」派文學》，《貴州社會科學》1997 年第 4 期，《新華文摘》1997 年第 10 期全文轉載。1998 年獲浙江省教委社會科學優秀成果二等獎。

《中國現代文學為何較少深刻性》，《探索與爭鳴》1997 年第 12 期。

《當代文學的文化地理圖志——評樊星的〈當代文學與地域文化〉》，《作家報》1997 年 11 月 20 日第 2 版。

1998 年，42 歲

《五四浪漫主義的侷限與衰落》，《寧波大學學報》1998 年第 2 期。

《「男性的音調」：論郭沫若的〈女神〉》，《中國新詩研究》1998 年第 2 期。

《社會革命與浪漫主義的調適》，《浙江社會科學》1998 年第 4 期。

《廢名小說的禪意與佛性》，《重慶三峽學院學報》1998 年第 3 期。

序《易氏作家群論》，《武陵學刊》1998 年第 2 期。

《社會革命與浪漫主義的調適》，《浙江社會科學》1998 年第 4 期。

1999 年，43 歲

《30 年代的「最後一個浪漫派」——歷史與現實交匯點中的沈從文小說》，《武漢大學學報》1999 年第 4 期，《新華文摘》1999 年第 12 期摘錄。

《浪漫的傳奇——論抗戰時期的新浪漫派小說》，《江漢論壇》1999 年第 8 期，中國人民大學《複印報刊資料》（J3）1999 年第 11 期全文轉載。

《20 世紀中國浪漫主義文學思潮回顧與反思》，《社會科學輯刊》1999 年

第 4 期。

《在歷史與現實的交匯點上——論郭沫若 40 年代的歷史劇》,《貴州社會科學》1999 年第 4 期。

《人生邊緣的牧歌——論 30 年代的浪漫主義思潮》,《學習與探索》1999 年第 6 期。

《「感傷的行旅」——論五四浪漫抒情小說》,《寧波大學學報》1999 年第 4 期。

《閃光的浪漫主義流星——論新時期的知青小說》,《文學評論》1999 年青年學者專號。

《新詩源頭的一座豐碑——郭沫若〈女神〉綜論》,《常德師範學院學報》1999 年第 6 期。

《世紀初的啟蒙與中國現代浪漫主義文藝觀的萌芽》,《魯迅研究月刊》1999 年第 12 期。

專著《中國現代浪漫主義文學思潮》(浙江省社科基金項目「中國現代浪漫主義文學思潮研究」結項成果,16 萬字),中國文聯出版社 1999 年 12 月出版。

參與籌辦「1999 聞一多國際學術研討會」,研討會 1999 年 9 月 18〜19 日在武漢大學舉辦。《聞一多國際學術研討會論文選》,陸耀東、趙慧、陳國恩主編,武漢大學出版社 2002 年 1 月出版。

2000 年,44 歲

《〈豐乳肥臀〉是一部「近乎反動的小說」嗎?——評何國瑞先生文學批評中的觀念與方法》(與易竹賢先生合作),《武漢大學學報》2000 年第 5 期,收入《來自東方的視角——莫言小說研究論文集》(中國社會科學出版社 2014 年 1 月出版)。

《民族傳統文化信息對中國現代浪漫主義文學的潛在影響》,《中國現代文學研究叢刊》2000 年第 2 期。

《民族精神的延續與新生——論中國傳統文化土壤中的現代浪漫主義思潮》,《人文論叢》2000 年卷(武漢大學出版社出版)。

《文學思潮變遷與聞一多的新詩創作》,《四川三峽學院學報》2000 年第 2 期,收入《聞一多國際學術研討會論文選》(武漢大學出版社 2002 年 1 月出版)。

專著《浪漫主義與 20 世紀中國文學》（博士學位論文，30 萬字），安徽教育出版社 2000 年 10 月出版。2001 年獲安徽省政府優秀圖書獎一等獎（嚴家炎先生主編的整套叢書），2003 年 12 月獲湖北省文學獎提名獎。

2001 年，45 歲

《廢名小說與禪佛精神》，《貴州社會科學》2001 年第 1 期。

《回歸、新變與泛化——論 20 世紀 40 年代浪漫主義思潮》，《學習與探索》2001 年第 1 期。

《中國現代浪漫主義文學與宗教》，《江漢論壇》2001 年第 3 期。

《周作人思想蛻變問題的再檢討》，《武漢大學學報》2001 年第 4 期。

《「歷史反思」應該具有歷史感》，《文學評論叢刊》第 4 卷（2001 年）第 1 期。

《關於流行文化的對話》，《深圳特區報》2001 年 8 月 6 日第 B3 版。

《現代派文學背景中的 20 世紀中國浪漫主義思潮》，《洛陽師院學報》2001 年第 6 期。

11 月 12 日、14 日，先後在湖南文理學院、岳陽師範學院做「關於 20 世紀浪漫主義文學思潮的幾個問題」的學術報告。

2002 年，46 歲

《論浪漫主義的自由本質——兼及 20 世紀中國浪漫主義文學思潮的流變》，《長江學術》第 2 輯（2002 年）。

《激情的寫作理性的堅守——陸卓寧文學評論的風格》，收入《悄然崛起的相思湖作家群》（廣西民族出版社 2002 年 5 月出版）。

《沈從文的湘西小說與道家藝術精神》，《學習與探索》2002 年第 4 期，中國人民大學《複印報刊資料》（J3）2002 年 12 期全文轉載，收入《傳承與創新》（武漢大學出版社 2006 年 12 月出版）。

《〈堂·吉訶德〉與 20 世紀中國文學》，《外國文學研究》2002 年第 3 期。

《論沈從文湘西小說的道家色彩》，《文學評論》2002 年專號。

《陽明心學與梁啟超的文學改良觀》（與朱華陽合作），《武漢大學學報》2002 年第 6 期，中國人民大學《複印報刊資料》（中國古代近代文學）2003 年 3 期轉載。

《不慮勝而先慮敗——回憶我自己參加高考的日子》，《湖北招生考試》

2002 年 11 月號。

2003 年，47 歲

《中國新詩知性品格的建構》（與左敏合作），《寧波大學學報》2003 年第 1 期。

《小說稿費制與清末民初的文學變革》（與左敏合作），《西南師範大學學報》2003 年第 5 期，《高等學校文科學術文摘》2003 年第 6 期摘錄。

《再評何國瑞先生文學批評的觀念與方法》（與易竹賢先生合作），《武漢大學學報》2003 年第 2 期。

《知青小說：浪漫主義思潮的回歸與泛化》，《學習與探索》2003 年第 6 期，中國人民大學《複印報刊資料》（J3）2004 年第 2 期全文轉載。

《世俗認同與身份焦慮——池莉創作簡論》，〔香港〕《新亞論叢》2003 年第 3 期。

《新月派詩與婉約派詞》，《重慶三峽學院學報》2003 年第 6 期。

10 月 17 日，在井岡山學院做「現代派文學背景中的中國現代浪漫主義文學思潮」的學術報告。

2004 年，48 歲

《論池莉的小說創作》（與王豔合作），《江漢論壇》2004 年第 6 期，收入《全球化語境下的中國現當代文學國際學術研討會論文集》（汕頭大學出版社 2004 年 10 月出版）。

《論 20 世紀中國浪漫主義文學思潮》（上），《四川外語學院學報》2004 年第 3 期。

《論 20 世紀中國浪漫主義文學思潮》（下），《四川外語學院學報》2004 年第 6 期。

《周作人與「江戶情趣」——兼與永井荷風比較》（與孫德高合作），《武漢大學學報》2004 年第 4 期。

《論聞一多的「文化國家主義」》（與孫德高合作），《聞一多研究集刊》第 9 輯（武漢出版社 2004 年出版）。

《情感的矛盾與藝術的超越——論聞一多的愛情詩》（與魏家文合作），《聞一多研究集刊》第 9 輯（武漢出版社 2004 年出版）。

《論俄蘇文學對 20 世紀中國文學的影響》，《外國文學研究》2004 年第

2 期。

《蕭紅的小說與「五四」文學傳統》（與任秀霞合作），《北方論叢》2004
年第 3 期。

《論馮至敘事詩中的現代意識》（與劉悠揚合作），《長江學術第》6 輯
（2004 年），中國人民大學《複印報刊資料》（J3）2004 年第 7 期全文轉載。

《「拉普」和中國左翼文學批評的歷史反思》，《重慶三峽學院學報》2004
年 5 期。

《遊走於多重文學思潮之間——論林徽因的詩歌道路》（與王一珂合作），
《創作評譚》2004 年第 4 期。

《中國鄉土知識分子的心路歷程——〈浮躁〉〈廢都〉〈高老莊〉的精神
症候分析》（與王俊合作），《文藝評論》2004 年第 5 期。

專著《20 世紀中國文學與中外文化》（22.4 萬字），長江文藝出版社 2004
年 7 月出版。

教材《中國現代話劇名作導讀》（36 萬字），主編，長江文藝出版社 2004
年 8 月出版。

主持教育部「211」重點項目子項目：「中外文學交流與比較研究」和「俄
蘇文學在中國的傳播與接受」。

主持湖北省教改項目：「中國現代話劇名作教學匯演的研究與實踐」。

5 月 15 日，在重慶涪陵師範學院做「沈從文與中國現代浪漫主義文學思
潮」的學術講座。

10 月 29 日，在新疆塔里木大學做「新時期浪漫主義思潮的幾個問題」的
學術講座。

11 月 9 日，在陝西師範大學文學院為研究生做「學術研究的有關問題」
的學術講座。

11 月 10 日，在陝西師範大學長安大講堂做「沈從文與中國浪漫主義文
學」的學術講座。

12 月 11 日，在聊城大學做「中國現代浪漫主義文學思潮在 30 年代的轉
型」的學術講座。

參與籌辦「聞一多國際學術研討會」，研討會 2004 年 8 月 21～23 日在武
漢大學舉辦。《2004 聞一多國際學術研討會論文選》，陸耀東、陳國恩主編，
武漢大學出版社 2005 年 12 月出版。

2005 年，49 歲

《透射理性之光的浪漫情懷——論蕭紅小說創作風格》（與萬娟合作），《創作評譚》2005 年第 2 期。

《龍泉明教授與中國現代文學研究》，《中國現代文學研究叢刊》2005 年第 4 期。

《還原歷史的真相——關於舒蕪和七月派的幾個問題》（與朱華陽合作），《西南師範大學學報》2005 年第 5 期，中國人民大學《複印報刊資料》（J3）2005 年第 12 期全文轉載，《新華文摘》2006 年第 3 期全文轉載，2009 年獲湖北省第六屆社會科學優秀成果獎二等獎。

《香港電影的後現代性流變》（與魏家文合作），《中國電影年鑒》（2005 年）。

《經典作品與文學審美教育——陳國恩教授訪談錄》，《文學教育》2005 —07（下）。《易竹賢先生的「魯迅研究」與「胡適研究」》，《中國文學研究》2005 年第 3 期。

《「拉普」與中國左翼文學批評》，《中國現代文學的歷史與文化透視》（武漢大學出版社 2005 年出版）。

《愛情的想像與戀愛的告白——「湖畔」與「新月」情詩比較論》，《忻州師範學院學報》2005 年第 6 期。

《文本的裂隙與風格的成熟——論巴金的〈寒夜〉》，《西南民族大學學報》2005 年第 11 期。

《心中有良知彩筆寫春秋——評龍志毅的長篇小說〈政界〉》，《貴州作家》第 1 輯。

專著《中國現代文學的歷史與文化透視》（25 萬字），武漢大學出版社 2005 年 4 月出版。

由國家社會科學基金辦公室批准，承接原來由龍泉明教授主持的國家社科基金重點項目「中國 20 世紀文學與外國文學關係研究」。

主持湖北省精品課程「中國現當代文學史」建設。

「拓展教學空間，構造多維平臺，綜合提高學生人文素質——中國現當代文學素質教育教學改革實踐」，獲湖北省優秀教學成果獎一等獎（2）。

以武漢大學中國現當代文學博士點的創點導師為依託，策劃並主辦武漢大學、北京大學合作發起的「中國現當代文學博士生培養國際學術研討會」，

邀請國內設有博士點的各高校博士生導師代表以及國外的博士生導師總計四十餘人，到武漢大學共同會商博士研究生培養的問題，《學習時報》以整版篇幅報導了會議研討的內容。

10 月 26 日、11 月 9 日、10 日，先後為湖北省作協講習班、淮南師範學院和阜陽師範學院學生做「魯迅和茅盾小說創作與時代精神」的學術講座。

獲「寶鋼優秀教師獎」。

2006 年，50 歲

《論聞一多的生命詩學觀》，《文學評論》2006 年第 6 期。後譯成俄文，發表於《東方學、非洲學與聖彼得堡——俄羅斯和歐洲大學紀念東方系 150 週年國際學術研討會論文集》第三卷，聖彼得堡大學出版社 2008 年出版。2009 年獲湖北省第六屆社會科學優秀成果獎三等獎。

《魯迅和茅盾的小說創作與時代精神》，《襄樊學院學報》2006 年第 1 期，收入《魯迅廈門與世界》（廈門大學出版社 2008 年 6 月出版）。

《〈故事新編〉的「油滑」與現代歷史小說的文體自覺》（與權繪錦合作），《長江學術》2006 年第 2 期，收入《紀念魯迅誕辰 125 週年國際學術研討會論文集》（《遠東文學研究》，俄羅斯聖彼得堡大學出版社 2006 年出版）。

《一世珍藏的散文 130 篇・序》，《寫作》2006 年第 2 期。

《略論章太炎的民族主義》（與莊桂成合作），《光明日報》2006 年 4 月 4 日第 11 版理論週刊。

《文學的審美泛化》（與莊桂成合作），《人民日報》2006 年 4 月 20 日第九版。

《〈堂・吉訶德〉在中國的傳播與接受》，《文學傳播與接受論叢》（中華書局 2006 年 4 月出版）。

《巴赫金接受中的主體性問題與巴赫金形象》（與雍青合作），《文學傳播與接受論叢》（中華書局 2006 年 4 月出版）。

《啟蒙神話、命運悖論與現代知識分子的遭遇——關於〈傷逝〉與〈寒夜〉的筆談》，《海南師範學院學報》2006 年第 6 期。

《〈蕭蕭〉〈丈夫〉〈三三〉〈貴生〉的版本問題》（與孫霞合作），《中山大學學報》2006 年第 5 期，中國人民大學《複印報刊資料》（J3）2007 年第 1 期。

《文學傳播與接受論叢》第 1 輯，副主編，中華書局 2006 年 4 月出版。

《一世珍藏的美文 130 篇》，主編，長江文藝出版社 2006 年 6 月出版。

參與籌辦「聞一多殉難 60 週年紀念暨國際學術研討會」，會議論文編為《聞一多殉難 60 週年紀念暨國際學術研討會論文集》，陸耀東、李少雲、陳國恩主編，武漢大學出版社 2007 年 3 月出版。

與俄羅斯聖彼得堡大學東方系合作籌劃「紀念魯迅誕辰 125 週年暨遠東文學國際研討會」。研討會 2006 年 6 月 27 日至 7 月 1 日在俄羅斯聖彼得堡大學舉辦，武漢大學、華中科技大學、上海師範大學、華南師範大學等高校二十餘學者與會。《紀念魯迅誕辰 125 週年國際學術研討會論文集》（《遠東文學研究》），俄羅斯聖彼得堡大學出版社 2006 年出版。

2007 年，51 歲

《俄蘇文學在二十世紀中國的傳播與接受》，《文學傳播與接受論叢》第二輯（中華書局 2007 年出版）。

《市民世態歷史文化欲望敘事—— 九十年代城市小說的三種表述》（與吳矛合作），《福建論壇》2006 年第 5 期，中國人民大學《複印報刊資料》（J3）2006 年第 8 期全文轉載。

《論張承志小說中的男權意識》（與王淼怡合作），《江漢論壇》2006 年第 6 期。

《書信中所呈現的聞一多人格》，《江漢論壇》2006 年第 11 期，中國人民大學《複印報刊資料》（J3）2007 年第 4 期全文轉載。

《浪漫主義的田園牧歌——論沈從文的湘西題材小說》，《珞珈講壇》第 2 輯（武漢大學出版社 2007 年 1 月出版）。

《新的開拓新的挑戰——聞一多殉難 60 週年紀念暨國際學術研討會閉幕詞》，《聞一多殉難 60 週年紀念暨國際學術研討會論文集》（武漢大學出版社 2007 年 3 月出版）。

《中國現代浪漫小說的懷鄉意識》（與張健合作），《廣西民族大學學報》2007 年第 1 期。

《文學革命：新文學歷史的原點》，《社會科學輯刊》2007 年第 1 期。

《論張愛玲小說的藝術聯想》，《貴州社會科學》2007 年第 2 期。

《20 世紀中國文學接受外來影響及其經驗》，《福建論壇》2007 年第 5 期。

《澳門新移民文學的語境及發展前景》，《中國文學研究》2007 年第 3 期，〔美國〕《紅杉林》2008—09 冬春季合刊。

《近年來武漢大學的中國現當代文學教學》，《中國現代文學研究叢刊》

2007 年第 4 期。

《「兩個口號」論爭與俄蘇文學文論傳播中的期刊》（與孫霞合作），《重慶師範大學學報》2007 年第 4 期，收入《文學傳播與接受論叢》第四輯（中華書局 2019 年 12 月出版）。

《中國鄉土小說論稿（陳昭明）序》，《長江學術》2007 年第 3 期。

《商品拜物教與作家的創作心態》，《文藝爭鳴》2007 年第 10 期。

《受虐傾向與權力欲望——余華早期小說人物心理分析及其他》（與王鍾屏合作），《理論與創作》2007 年第 5 期。

《論魯迅啟蒙主義觀的轉變——從〈祝福〉說起》，《南京師範大學文學院學報》2007 年第 4 期。

序權繪錦著《轉型與嬗變——中國現代歷史小說研究》，光明日報出版社 2007 年 7 月出版。

序魏洪丘著《中國現當代文學經典論》，重慶出版社 2007 年 10 月出版。

《沈從文小說〈靜〉的空間形式》（與吳翔宇合作），《名作欣賞》2007 年第 11 期。

《微型小說的文體特點和構思方式》（《一世珍藏的微型小說 130 篇·卷首語》），《寫作》2007 年第 12 期。

《「左聯」十年論爭與俄蘇文學文論傳播中的期刊》，［韓］《韓中言語文化研究》2007 年第 13 輯。

《文學傳播與接受論叢》第 2 輯，合作主編，中華書局 2007 年 4 月出版。

《博士原創學術論叢》（7 種），唐金海、陳國恩主編，光明日報出版社 2007 年 7 月出版。

主持教育部人文社會科學研究規劃基金項目：「現代中國自由主義文學思潮研究」。

4 月 16 日，在安徽師範大學做「關於學術創新幾個問題」的學術報告。

11 月 10 日，在吉林大學文學院為研究生做「革命現代性與中國左翼文學」的學術講座。

12 月 7 日，在寧波大學文學院做題為「國學熱：中國現當代文學所面臨的壓力與機遇」學術報告。

2008 年，52 歲

《掙扎在欲望與救贖之間——論西方人性觀的演變》（與楊永明合作），

《徐州師範大學學報》2008 年第 1 期,《新華文摘》2008 年第 8 期摘錄。

《關於文藝學知識依據的對話》,《長江學術》2008 年第 1 期。

《〈紅日〉的「紅色狂歡」敘事與革命戰爭想像》(與吳翔宇合作),《襄樊學院學報》2008 年第 1 期。

《1950 年代文藝論爭與蘇聯文論傳播中的〈文藝報〉》(與祝學劍合作),《江漢論壇》2008 年第 2 期,中國人民大學《複印報刊資料》(J3)2008 年第 9 期全文轉載。

《國學熱與中國現當代文學研究》,《福建論壇》2008 年第 2 期,《新華文摘》2008 年第 11 期摘錄,《光明日報》2007 年 8 月 24 日用 300 字的篇幅重點介紹了本文的主要觀點。

《遷徙的經驗與現代化的夢想——從知青下鄉到民工進城的文學敘事》,《廣東社會科學》2008 年第 2 期。

《〈張默詩選〉:從狂野回歸澄明》,《華文文學》2008 年第 2 期。

《革命現代性與中國左翼文學》,《學習與探索》2008 年第 3 期,《新華文摘》2008 年第 17 期摘錄,*Revolutionary Modernity and Chinese Left-Wing Literature*,《紀念中國南宋偉大文學家陸游去世 800 週年國際學術研討會論文集》(《遠東文學研究》2010 卷(2),俄羅斯聖彼得堡大學出版社 2010 年出版)。

《1928 年至 1934 年文學論爭與俄蘇文學文論傳播中的期刊》(與孫霞合作),《湘潭大學學報》2008 年第 3 期,收入《魯迅與「左聯」——中國魯迅研究會理事會 2010 年年會論文集》(湖南師範大學出版社 2011 年 11 月出版)、《文學傳播與接受論叢》第三輯(中華書局 2011 年 12 月出版)。

《論《長明燈》的空間形式與意義生成》(與吳翔宇合作),《中國文學研究》2008 年第 3 期。

《接受與過濾:中國先鋒批評與俄國形式主義》(與雍青合作),《長江學術》2008 第 3 期。

《論汪曾祺小說的悲劇意味》(與婁琪合作),《黃岡師範學院學報》2008 年第 4 期。

《女人的命運與政治——論畢飛宇的〈玉米〉》(與婁光輝合作),《淮南師範學院學報》2008 年第 4 期。

序雍青著《尋找一種言說的方式——1990 年代文學批評話語轉型研究》,

光明日報出版社 2008 年 4 月出版，《紅岩》（理論版）2009 年第 1 期。

序孫德高著《唯美的選擇與轉換——日本文學與中國現代唯美主義思潮》，光明日報出版社 2008 年 4 月出版，《燕趙學術》2010 年（春之卷）。

序朱華陽著《屈原與中國現代文學》，光明日報出版社 2008 年 4 月出版，後以《古今文學關係研究的新開拓——讀朱華陽的〈屈原與中國現代文學〉》發表於《三峽大學學報》2010 年第 5 期。

《武漢大學〈中國現當代文學史〉》，《中國高校國家精品課程》2008（中冊），北京大學出版社 2009 年 9 月出版。

《純文學究竟是什麼？》，《學術月刊》2008 年第 9 期。

《論〈野草〉的時間意識》（與吳翔宇合作），《貴州社會科學》2008 第 9 期。

《中國現代文學研究的歷史意識與學術創新：兼答俞兆平先生》，《襄樊學院學報》2008 年第 10 期。

《文章之美與人格修養——序《中國百年美文選·閒情雅趣卷》，《寫作》2008 年第 12 期。

《在商品大潮中尋找文學的夢想——「80 後」博士談文學》，《海南師範學院學報》2008 年第 6 期。

專著《俄蘇文學在中國的傳播與接受》（45.3 萬字），中國社會科學出版社 2009 年 8 月出版，錄入《中國比較文學年鑒》（2009）。

《博士原創學術論叢》第 2 輯（7 種），唐金海、陳國恩主編，光明日報出版社 2008 年 10 月出版。

《一世珍藏的散文 130 篇》，陳國恩、張健主編，長江文藝出版社 2008 年 4 月出版。

《一世珍藏的微型小說 130 篇》，陳國恩、祝學劍、吳翔宇主編，長江文藝出版社 2008 年 5 月出版。

《武漢大學中文學科九十年論文集粹》（負責文學卷），武漢大學出版社 2008 年 9 月出版。

《中國高校國家精品課程》中冊（文學類副主編），北京大學出版社 2009 年 9 月出版。

主持教育部三期「211」項目子課題：「建構現代的文化傳統——中國左翼文學與自由主義文學的衝突與互動」。

主持湖北省教育廳項目：「啟蒙主義的中國現代文學史觀理論與實踐」。

主持「985 工程」二期拓展項目：「文學經典闡釋與當代文化創新」。

主持國家精品課程「中國現代文學史」建設。

3 月 20 日，為武漢大學學生做題為「革命現代性與中國左翼文學」的學術講座。

4 月 12 日，在黃岡師範學院文學院做「聞一多的詩學思想」的學術報告。

4 月 17 日，在中南民族大學做「啟蒙主義與中國現代文學」的學術報告。

6 月 19 日，在湖北師範學院做「中國現代文學史學科的反思和前景」的學術報告。

12 月 7 日，在咸寧學院做「中國現代浪漫主義思潮在二三十年代的探索及轉型」的學術講座。

12 月 8 日，在江漢大學做「現代文學的研究方法問題」的學術講座。

2009 年，53 歲

《華文文學學科建設的三個基本問題》，《南方論壇》2009 年第 1 期。

《從「傳播」到「交流」——海外華文文學研究基本模式的選擇》，《華文文學》2009 年第 1 期，收入《跨越時空——中國文學的傳授與接受（現當代卷）》，Pepustakaan Negara Malaysia Cataloguing-in-Publication Data 2009 年 8 月出版。

《3W：華文文學的學科基礎問題》，《貴州社會科學》2009 年第 2 期，中國人民大學《書報複印資料》（J3）2009 年第 6 期全文轉載。

《百年後學科架構的多維思考——關於中國現代文學史起點問題的對話》，《學術月刊》2009 年第 3 期，《新華文摘》2009 年第 11 期全文轉載，收入《民國文學討論集》（李怡等主編），中國社會科學出版社 2014 年 4 月出版。

《中國現代文學的起點在哪裏？》，《中國現代文學研究叢刊》2009 年第 3 期。

《嬗變與建構的當代意義——論五四文學傳統》，《福建論壇》2009 年第 5 期。

《論啟蒙主義的中國現代文學史觀》，《廣東社會科學》2009 年第 4 期。

《陸耀東教授的學術道路和治學風格》，《文學評論》2009 年第 4 期。

《評范伯群先生的〈中國現代通俗文學史〉》《中國文學研究》2009 年第 3 期。

《通向故鄉的朝聖之路——評葉永剛教授的詩集〈故鄉的小河〉》，《江漢大學學報》2009 年第 4 期。

《時勢變遷與現代的古典詩詞入史問題》，《博覽群書》2009 年第 5 期。

《文學批評的狀態和批評家的角色》，《文藝研究》2009 年第 8 期，中國人民大學《書報複印資料》（文藝理論）2010 年第 1 期全文轉載。2011 年獲第七屆湖北文藝論文獎三等獎。

《依託導師組集體智慧錘鍊博士生科研能力——中國現當代文學博士生研討課的設計與實踐》，《中國大學教學》2009 年第 8 期，2012 年獲得湖北省第七次研究生教育優秀成果二等獎。

《反思五四應堅持現代性的根本立場》，《孝感學院學報》2009 年第 4 期。

《如何「現代」，怎樣「中國」？——新保守主義與全球化語境中的中國現代性問題》（與王俊合作），《江漢論壇》2009 年第 11 期，中國人民大學《複印報刊資料》（哲學原理）2010 年第 3 期轉載。

《海外華文文學不宜進入中國現代文學史》，《三峽論壇》2009 年第 11～12 合刊。

《評〈「兩浙」作家與中國新文學〉》，《當代文學前沿》2009 年第 1 期。

專著《跨文化的傳播與接受——20 世紀中國文學與外國文學的關係》（國家社科基金重點項目「中國 20 世紀文學與外國文學關係研究」的結項成果，57 萬字），龍泉明、陳國恩等主編，人民文學出版社 2010 年 7 月出版。

《博士原創學術論叢》第 3 輯（8 種），唐金海、陳國恩等主編，光明日報出版社 2009 年出版。

作為主要成員參與劉中樹先生主持的教育部重大攻關項目「馬工程首批高等學校哲學社會科學重點教材」《二十世紀中國文學史》的編寫。

主持中央廣播電視大學西部地區特色課程項目：「當代西部小說與地域文化」。

主辦「聞一多誕辰 110 週年紀念暨國際學術研討會」。研討會 2009 年 11 月 20～21 日在武漢大學舉辦。《聞一多誕辰 110 週年紀念暨國際學術研討會論文集》，主編，武漢大學出版社 2011 年 5 月出版。

代表武漢大學文學院與馬來亞大學中文系合作發起「中國文學傳播與接受國際研討會」，研討會 2009 年 8 月 8～9 日在馬來西亞吉隆坡舉辦。

3 月 13 日，為武漢大學醫學院學生做題為「文學革命傳統的建構及其意

義」的學術報告。

5月13日，在三峽大學文學院做「五四文學傳統的建構及當下審視」的學術講座。

6月8日～15日，在新疆大學人文學院做學術講座，題為：1、嬗變、建構及其當代意義：論五四文學的傳統；2、中國現代文學的學科獨立與「雙翼」舞動；3、新世紀：文學批評的狀態和批評家的角色；4、華文文學學科的三個基本問題；5、新保守主義與全球化語境中的中國現代性問題；6、革命現代性與中國左翼文學。

12月10日，為武漢大學大太陽雨文學社做「京派文學的時代性與超越性」的學術講座。

12月25日，在九江學院做「京派文學的時代性和超越性」的學術報告。

2010年，54歲

《海外華文文學不能進入中國現當代文學史》，《中國現代文學研究叢刊》2010年第1期。

《武漢大學「魯迅」教學和研究的世紀回顧》，《長江學術》2010年第2期，收入《2010年魯迅研究年鑒》（中國社會科學出版社2011年12出版）。

《論聞一多的信仰者心理》，《西南大學學報》2010年第2期，收入《聞一多誕辰110週年紀念暨國際學術研討會論文集》（武漢大學出版社2010年5月出版）。

《倫理革命的困境和傳統文化的綿延——從魯迅的〈傷逝〉到巴金的〈寒夜〉》，《貴州社會科學》2010年第3期。

《論京派文學的時代性與超越性》，《福建論壇》2010年第3期。

《少數民族文學怎樣「入史」？》，《北方民族大學學報》2010年第3期。

《中國現代文學史教材編寫的幾個問題》，《襄樊學院學報》2010年第4期。

《國學熱：中國現當代文學所面臨的壓力與機遇》，《珞珈講壇》第五輯（2010年）。

《尋根文學的尋根之失》（與吳矛合作），《江漢論壇》2010年第9期。

《世俗時尚中的審美逍遙和自我拯救》，《文藝報》2010年9月22日，第8版。

《能夠寫出一部什麼樣的中國現代文學史？——關於「重寫文學史」的

再思考》（與王俊合作），《中山大學學報》2010 年第 5 期。

《魯迅的經典意義與中國形象問題》，《學術月刊》2010 年第 11 期，中國人民大學《複印報刊資料》（J3）2011 年第 2 期轉載，收入《忘卻與紀念：魯迅研究六十年（1959～2015）》（上海人民出版社 2016 年 11 月出版）。

《論魯迅小說的時間意識》（與吳翔宇合作），《魯迅研究月刊》2010 年第 10 期。

《陸耀東先生與他的〈中國新詩史（1917～1949）〉》，《中國現代文學研究叢刊》2010 年第 5 期。

《暗夜裏的生命「交響曲」──論〈原野〉的戲劇音響》，《徐州師範大學學報》2010 年第 6 期。

《防止學科本位主義的傾向──關於現當代文學與海外華文文學關係的一點思考》，《中國現代文學論叢》第五卷第 1 期（2010 年）。

《「革命文學」論爭與俄蘇文學文論傳播中的期刊》（與孫霞合作），《現代中國文化與文學》第 8 輯（2010 年）。

《學科調整期的中國現代文學史教材編寫問題》，《中國大學教學》2010 年第 12 期，收入《高等教育理論與實踐研究探索集》（武漢大學出版社 2012 年 7 月出版）。

序魏家文著《民族國家視野下的現代鄉土小說》，光明日報出版社 2010 年出版。

序楊永明著《士者何為：近三十年來知識分子題材小說研究》，光明日報出版社 2010 年 1 月出版。

序吳翔宇著《魯迅時間意識的文學建構與嬗變》，中國社會科學出版社 2010 年 12 月出版。

《中國近 30 年聞一多研究的成就和發展前景》，［日本］《神話與詩》第九號（2010 年 12 月）。

《聞一多誕辰 110 週年紀念暨國際學術研討會閉幕式致辭》，收入《聞一多誕辰 110 週年紀念暨國際學術研討會論文集》（武漢大學出版社 2010 年 5 月出版）。

教材《中國現代文學》（33 萬字），主編，北京大學出版社 2010 年 9 月出版。

《百年美文·閒情雅趣卷》共二冊，主編，百花文藝出版社 2010 年 1 月

出版。

主持湖北省教改項目：「文學類公選課體驗式教學法研究及實踐」。

6 月 5 日，在中山市中山圖書館香山講壇做「遷徙的經驗與現代化的夢想──從知青下鄉到民工進城的文學敘事」的學術報告。

9 月 13 日，為武大學生會做題為「經典闡釋與新世紀的『魯迅』及魯迅研究」的學術報告。

9 月 29 日，為武漢大學中國現當代文學專業研究生做題為「左翼文學經典意義的變遷及相關問題」的學術講座。

12 月 4 日、8 日，在日本早稻田大學、二松學舍大學先後做「近 30 年聞一多研究的成就和發展前景」的學術講座。

12 月 9 日，在紹興文理學院「風則江大講堂」做學術報告，講題：中國現代浪漫主義文學思潮的幾個問題。

2011 年，55 歲

《「漢語新文學」的功能優勢及研究方法》，《中國文學研究》2011 年第 1 期，收入《「漢語新文學」倡言》（朱壽桐主編），中國社會科學出版社 2011 年 12 月出版。

《知青作家的草原小說與內蒙地域文化》，《福建論壇》2011 年第 1 期。

《識見‧才氣‧文采──關於〈海涵寧波〉的隨想》，《寧波通訊》2011 年第 2 期。

《再談現代舊體詩詞慎入現代文學史的問題──兼答王國欽先生》，《中國韻文學刊》2011 年第 2 期。

《近 30 年聞一多研究的成就與發展前景》，《長江學術》2011 年第 3 期。

《經典闡釋與當前中學魯迅作品教學》，《徐州師範大學學報》2011 年第 3 期。

《一本具有新意的專著──評李樂平的〈聞一多論稿〉》，《廣東海洋大學學報》2011 年第 4 期。

《以心度心品華章──學術文章的一種寫法》，《寫作》2011 年第 7～8 合刊。

序郭懷玉著《遊走在曹禺研究的邊緣》，新華出版社 2011 年 6 月出版。

《民國文學與現代文學》，《鄭州大學學報》2011 年第 5 期，《人大複印報刊資料》（J3）2011 年第 11 期，收入《民國文學討論集》（李怡等主編），中

國社會科學出版社 2014 年 4 月出版。

《詩歌的前途與詩人的使命》，《新聞天地》2011 年第 4 期（下半月刊）。

《「魯迅」的意義及當下的價值》，《文藝報》2011 年 9 月 16 日第 6 版。

《寂寞中的守望——消費時代的魯迅與魯迅研究》，《武漢大學學報》2011 年第 5 期。收入《經典與現實：紀念魯迅誕辰 130 週年國際學術研討會論文集》，西泠印出版社 2012 年 3 月出版，《反思與突破：在經典與現實中走向縱深的魯迅研究》，安徽文藝出版社 2013 年 2 月出版。

《文學革命傳統的建構及其意義》，《珞珈講壇》第六輯（武漢大學出版社 2011 年出版）。

《20 世紀 40 年代左翼期刊譯介俄蘇文學文論的流派特色》（與孫霞合作），《江漢論壇》2011 年第 10 期。

《加強文學批評主體性建設》，《中國社會科學報》2011 年 11 月 15 日第 11 版。

《2010 年海峽兩岸蘇雪林學術研討會綜述》，《中國文學年鑒》（2011 年）。

《40 年代左翼期刊譯介俄蘇文學文論的時代特色》（與孫霞合作），《湘潭大學學報》2011 年第 6 期。

《「魯迅」經典意義的嬗變》，《孝感學院學報》2011 年第 6 期。

《「魯迅是誰？」：當前魯迅研究的幾點思考》，《理論月刊》2011 年第 11 期，收入《「魯迅精神價值與作品重讀」學術研討會論文集》（田建民等主編），河北大學出版社 2014 年 2 月出版。

《活力·才情：黃曼君先生的魅力》，《黃曼君學術與人生》（華中師範大學出版社 2011 年 12 月出版）。

專著《圖本胡適傳》（30 萬字），易竹賢、陳國恩著，長春出版社 2011 年 1 月出版。2012 年獲湖北省文學獎。

《文學批評與思想爭鳴》（35 萬），中國社會科學出版社 2011 年 6 月出版。

《俄羅斯人文思想與中國》（第五章 10 萬字），重慶出版社 2011 年 10 月出版。

教材《中國現當代文學史》上冊（38.3 萬字），主編，武漢大學出版社 2011 年 9 月出版，2013 年獲中南地區大學出版社 2011～2012 年度優秀教材二等獎。

《蘇雪林面面觀：2010 年海峽兩岸蘇雪林學術研討會論文集》，主編，黑龍江人民出版社 2011 年 8 月出版。

《文學傳播與接受論叢》第 3 輯，副主編，中華書局 2011 年 12 月出版。

主持國家社科基金重點項目：「魯迅與二十世紀中國研究」。

主持武漢大學的「湖北專項」：「建設聞一多品牌工程提升湖北文化影響力」。

5 月 24 日，在西南大學新詩研究所做「文學批評：問題意識與新的角度」的學術講座。

6 月 3 日，在山東師範大學文學院做「關於中國現代文學學科的調整問題」的學術講座。

6 月 22 日，在武漢大學質量學院研修班上做「文學欣賞：思想啟迪人心」的學術報告。

11 月 26 日，在河南大學文學院做「新世紀文學批評的狀況及批評家的角色」的學術報告。

2012 年，56 歲

《〈狼圖騰〉與「中國」形象問題》，《天津社會科學》2012 年第 2 期，收入《文化轉型與百年文學「中國形象」的塑造》（浙江工業大學出版社 2011 年 10 月出版）。

《讓人性之光溫暖蒼涼的人生——論沈虹光話劇的美學風格》，《戲劇之家》2012 年第 5 期，收入《沈虹光劇作論集》（武漢大學出版社 2011 年 11 月出版）。

《中國現代文學的學科獨立與「雙翼」舞動》，《武漢大學學報》2012 年第 5 期。

《在生命律動捕捉詩美：關於新詩「變」與「常」關係的一點思考》，《西南大學學報》2012 年第 1 期。

《「個人性」與「階級性」：重審梁實秋與左翼的文學論爭》，《貴州社會科學》2012 年第 6 期。

《神話的破滅——「韓寒」現象批判》，《新文學視野》2012 年第 9 期，收入《郭敬明韓寒等 80 後創作問題批判》（李斌編），湖南大學出版社 2015 年 2 月出版。

《韓寒現象反思》，《文學教育》2013 年第 3 期（上）。

《中國現代舊體詩詞的「入史」問題》（筆談），《中國文學研究》2012年第4期。

《「跨界」視角下的雙重面孔——〈無出路咖啡館〉中的美國人形象》，《華文文學》2012年第5期。

《中國魅力與人類命題》，《粵海風》2012年第6期。

《莫言獲諾獎得益於中國魅力與人類命題》，《紅岩》2012年第4期。

《學堂樂歌與中國新詩的發生》（與禹權恒合作），《海南師範大學學報》2012年第9期。

《易竹賢先生的學術道路及治學風格》，《現代中國文化與文學》第11輯（巴蜀書社2012年11月出版）。

《公共領域的突破與主流話語的悖逆——論1980年代後半期的文學公共領域與創作》（與楊永明合作），《求索》2012年12期。

專著《中國現代文學的觀念與方法》（27萬字），臺灣秀威信息科技股份有限公司2012年6月出版。

《學科觀念與文學史建構》（30萬字），中國社會科學出版社2012年10月出版。

《依託導師組集體智慧錘鍊博士生科研能力——中國現當代文學博士生研討課的設計與實踐》，獲湖北省第七次優秀高等教育研究成果獎二等獎。

武漢大學文學院與哈佛大學東亞語言與文明系合作主辦「『現當代中國文學史收發室的反思與重構』國際高端學術論壇」。學術論壇2012年12月7～8日在武漢大學召開，國內外百餘學者與會。《武大·哈佛「現當代中國文學史書寫的反思與重構」國際高端學術論壇論文集》，陳國恩、王德威主編，中國社會科學出版社2014年10月出版。

代表武漢大學文學院與韓國嶺南大學人文研究院合作主辦「中國語言文學研究國際學術研討會」，研討會2012年10月28～29日在韓國的大邱召開。

4月14日，在高等教學會議中心的「現當代文學創新教學及人才培養」論壇上做題為「中國現代文學教學當前面臨的問題及革新的思考」的學術報告。

10月17日，在湖北大學知行學院做「文學批評與問題意識」的學術報告。

2013年，57歲

《中國魅力與人類命題——有感於莫言榮獲諾貝爾文學獎》，《武漢大學學報》2013年第1期，收入《莫言：全球視野與本土經驗》（張志忠、賀立華

編），山東大學出版社 2014 年 9 月出版。

《反觀與重構——「民國文學史」的意義、限度及其可能性》（與禹權恒合作），《蘭州學刊》2013 年第 2 期，收入《民國文學討論集》（李怡等編），中國社會科學出版社 2014 年 4 月出版。

《文學類公選課的教學原則之管見》，《中國大學教學》2013 年第 5 期。

《從「游民」左翼作家——論艾蕪 20 世紀 30 年代的創作》（與陳昶合作），《江漢論壇》2013 年第 4 期。

《「他者」眼中的魯迅形象——以夏志清、司馬長風、顧彬為考察中心》（與禹權恒合作），《魯迅研究月刊》2013 年第 4 期。

《〈野草〉：焦慮及反抗哲學的實現形式》（與任毅合作），《中國現代文學研究叢刊》2013 年第 8 期。

《從生命體驗到反抗哲學——論魯迅〈野草〉哲理內涵的實現方式》，《海南師範大學學報》2013 年第 8 期。

《政治規訓與形象書寫——1950 年代新文學史著中的魯迅》（與禹權恒合作），《山西師範大學學報》2013 年第 3 期。

《政治認同與文學建構——1950 年代新文學史著中的魯迅形象》（與禹權恒合作），《湖南師範大學學報》2013 年第 4 期，收入《文化經典與精神象徵：「魯迅與 20 世紀中國」國際學術研討會論文集》（譚桂林等編），南京師範大學出版社 2013 年 12 月出版。

《討論問題的方法與態度——回應付祥喜博士的商榷》，《華文文學》2013 年第 6 期。

《怎樣評價文化守成主義？》，《荊楚學刊》2013 年第 1 期。

《「文化守成主義與中國現當代文學」筆談》，《海南師範大學學報》2013 年第 6 期。

《抗日神劇傳播了錯誤的價值觀》，《文學教育》2013 年第 10 期（上）。

《語文改革的核心是老師——武漢大學教授陳國恩訪談》，《寧波晚報》2013 年 11 月 17 日「三江人文訪談」。

專著《走向自由之維——20 世紀中國浪漫主義文學思潮》（29 萬字），臺灣秀威信息科技股份有限公司 2013 年 5 月出版。

教材《中國當代西部小說與地域文化專題研究》（28 萬字），主編陳國恩，副主編汪宏，中央廣播電視大學出版社 2013 年 4 月出版。

《新語文經典讀本》（一至九年級上冊），主編，湖南教育出版社 2013 年 9 月出版。

11 月 9 日，在寧波鄞州圖書館做「思考中國：現代文學經典的一種讀法」的學術報告。

12 月 27 日，在贛南師院做題為「歷史與文化視角中的魯迅與魯迅研究」的學術報告。

2014 年，58 歲

《政治附魅與形象書寫——1950 年代新文學史著中的胡適》（與禹權恒合作），《廊坊師範學院學報》2014 年第 1 期。

《論魯迅作品中的流氓形象》（與禹權恒合作），《魯迅研究月刊》2014 年第 3 期。

《遷徙的經驗與現代化的夢想：從知青下鄉到民工進城的文學敘事》，《珞珈講壇》第七輯（武漢大學出版社 2014 年 4 月出版）。

《當代中國西部小說中的地域文化價值》，《荊楚理工學院學報》2014 年第 3 期，收入《2014 年中國西部文學與地域文化國際高端論壇論文選》，暨南大學出版社 2015 年 10 月出版。

The Spread and Reception of Don Quixote in China, *Advances in Literary Study (ALS). Vol02. No02. Apr2014. pp47-73*

《克服思維定勢講好魯迅作品》，《魯迅研究月刊》2014 年第 9 期。

《從救贖到飛昇——談蕭紅與左翼文學的契合與疏離》（與崔璨合作），《江淮論壇》2014 年第 6 期，中國人民大學《複印報刊資料》（J3）2015 年第 1 期全文轉載。

《「我是誰？」——范小青新世紀小說中的身份焦慮問題》（與畢盛群合作），《文學教育》2014 年第 12 期（上）。

《上海時期魯迅形象的多維建構》（與禹權恒合作），《勵耘學刊·文學卷》2014 年第 1 輯。

《「從北美華文文學看中國」專題研究》（主持人），《湘潭大學學報》2014 年第 6 期。

《世俗化思潮中的文學及文學批評》（筆談），《中國現代文學論叢》第九卷第 2 期（2014 年）。

《「魯迅」：從新啟蒙到世俗化》，《福建論壇》2015 年第 6 期。

專著《中國「自由」派文學的流變》（教育部人文社會科學研究規劃基金項目「現代中國自由主義文學思潮研究」結項成果，32 萬字），陳國恩、張森、王俊著，中國社會科學出版社 2014 年 1 月出版。2016 年 12 月獲湖北省第十屆社科優秀成果獎三等獎。

《民國文學與浙江作家》（上下兩冊，35 萬字），臺灣花木蘭文化出版社 2014 年 9 月出版。

《新語文經典讀本》（一至九年級下冊），主編，湖南教育出版社 2014 年 1 月出版。

參與籌辦易竹賢先生八十壽辰紀念。4 月 14 日，「易竹賢先生八十壽辰紀念暨學術研討會」在武漢大學文學院隆重舉行。《易竹賢先生八十壽辰紀念文集》，陳國恩、劉川鄂、黃獻文主編，武漢大學出版社 2014 年 3 月出版。

主持教育部大學課程建設項目：「MOOC 文學欣賞與批評」。

作為教育部的項目，支教新疆大學，策劃並主辦由新疆大學人文學院和中國社科院文學研究所、俄羅斯聖彼得大學東方系等單位合作發起的「中國西部文學與地域文化國際高端論壇」。論壇 2014 年 6 月 13～14 日在新疆大學舉辦。《2014 年中國西部文學與地域文化國際高端論壇論文選》，陳國恩、馮冠軍、和談主編，暨南大學出版社 2015 年 10 月出版。

6 月 6 日，在伊犁師院文學院做「學術創新與問題意識」的學術講座。

6 月 16 日～20 日，在喀什師院中文系做系列學術講座：1、中學魯迅作品教學的問題；2、魯迅是誰？3、經典的闡釋與中學魯迅作品的教學；4、文學批評的雙翼：問題意識與藝術想像；5、中國浪漫主義文學思潮轉型中的沈從文。

8 月 28 日，在辛亥革命博物館為武昌區宣傳部組織的培訓班做題為「郁達夫：浪漫與愛國」的學術報告。

12 月 5 日，在浙江師範大學人文學院做「研究性學習中的問題意識」的學術講座。

2015 年，59 歲

《一個版本的「消隱」：關於連環畫的文化思考》（與馬靜合作），《現代中國文化與文學》第 15 輯（2015 年）。

《20 世紀 80 年代中國留美學生文學中的「美國形象」》（與孫霞合作），《武漢大學學報》2015 年第 3 期。

《突變觀與漸變觀的較量：〈新青年〉的進化論思想實踐及歷史影響》，《華南師範大學學報》2015 年第 3 期，中國人民大學《複印報刊資料》（文化研究）2015 年第 11 期全文轉載。

《信息時代高校人文類課程的考試形式及應用》，《中國大學教學》2015 年第 6 期。

《〈色‧戒〉的敘述話語轉換——比較張愛玲與李安的闡釋模式》，（與馬靜合作），《海南師範大學學報》2015 年第 2 期。

《〈青年雜誌〉刊發舊體詩現象新論》，（與宋聲泉合作），《長江學術》2015 年第 1 期。

《中國死磕律師的功過及其社會影響》，［日本］《移民報》第 2 期第 23 版（2015 年 8 月 7 日）。

《新疆當代文學建構的歷史還原》，《新疆經濟報》2015 年 6 月 12 日。

《城與人的偶合：淪陷區上海與張愛玲的創作》（與陳昶合作），《貴州社會科學》2015 年第 7 期。

《文學社會學視角中的現代文學經典》，《現代中國文化與文學》第 17 輯（2015 年）。

主持湖北省教改項目：「大學通識課程對人文慕課的利用及其研究」。

榮獲「2014～2015 中國大學 MOOC 優秀教師」稱號。

4 月 10，在湖北工業大學做「文學啟迪人心」的學術報告。

2016 年，60 歲

《論鐵凝的超性別文學敘事》（與曹露丹合作），《湖北工程學院學報》2016 年第 1 期。

《世俗語境下影視改編的困境與出路——以張藝謀的電影為例》（與王小燕合作），《長江叢刊》2016 年 3 月。

《作為歷史鏡象的「五四」及其意義》，《中文論壇》第 3 輯（2016 年 4 月）。

《世紀焦慮與歷史邏輯：林語堂論中國文化的幾點啟示》，《華中學術》2016 年第 1 期，收入《語堂智慧智慧語堂》（福建教育出版社 2016 年 9 月出版）。

《林語堂西方視角從中國傳統發現新意義》，《臺聲》2015 年第 20 期。

《大學課堂對慕課的利用：關於 SPOC 的探討》，《中國大學教學》2016

年第 7 期。

《論聞一多早期的「純詩」觀》（與李海燕合作），《中國文學研究》2016年第 3 期。

《中蘇意識形態論爭中的「魯迅」》（與任毅合作），《魯迅研究月刊》2016年第 8 期，收入《福建省現代文學研究 2016 年學術年會論文集》（光明日報出版社 2018 年 8 月出版）。

《現代性的歷史演進與「魯迅」形象》，《學習與探索》2016 年第 11 期，《中國社會科學文摘》2017 年第 4 期轉摘 3000 字，收入上海魯迅紀念館編《紀念魯迅誕辰一百三十週年、逝世八十週年學術研討會論文集》（上海文化出版社 2017 年 6 月出版）。

序吳翔宇著《魯迅小說的中國形象研究》，九州出版社 2016 年出版。

教材《文學欣賞與批評》（25.2 萬），高等教學出版社 2016 年 2 月出版，2021 年獲武漢大學優秀教材獎。

《中華經典詩詞楹聯讀本》（小學三年級至高二，共 18 本），主編，湖南教育出版社 2016 年 2 月、9 月出版。

主持建設的國家級精品資源共享課《中國現當代文學》在「愛課程」平臺上線。

主辦「2016 聞一多國際學術研討會」，研討會 2016 年 10 月 22～23 日在武漢大學召開。《2016 聞一多國際學術研討會論文集》，主編，中國社會科學出版社 2018 年 3 月出版。

榮獲「2016 年度中國大學 MOOC 優秀老師」稱號。

5 月 14 日，在信陽學院做「21 世紀視野中的「五四」：歷史的挑戰與思想的出路」的學術報告。

12 月 15 日，在浙江師範大學人文學院做「文學社會學與中國現代文學研究」的學術講座。

2017 年，61 歲

《立足中國情境的文學形象學研究——評〈魯迅小說的中國形象研究〉》，《人民日報》2017 年 2 月 28 日第 24 版。

《懷舊與時尚：新世紀的舊體詩詞熱》，《長江文藝》2017 年第 3 期，收入《中華詩詞研究》第 3 輯（東方出版中心 2017 年 11 月出版）。

《從「純詩」突圍而來的現實主義——論聞一多後期詩學觀》（與李海燕

合作），《江漢論壇》2017 年第 4 期，收入《2016 聞一多國際學術研討會論文集》（中國社會科學出版社 2018 年 3 月出版）。

《當代文學史料應用的科學性問題——兼評吳秀明主編的〈中國當代文學史料問題研究〉》，《南方文壇》2017 年第 3 期。

《悲憫天地間的「殘忍」——論〈雷雨〉的逆向構思》，《文學評論》2017 年第 4 期，《新華文摘》2018 年第 1 期全文轉載，2020 年獲第十二屆湖北省社科優秀成果三等獎。

《阿來：經由視界融合而走向世界》，《西藏文學》2017 年第 5 期。

《〈東亞電影導論〉：一部拓荒性的史論力作》，《長江文藝評論》2017 年第 5 期。

《當代文學史料學及其應用的幾個問題》，《中國文學研究》2017 年第 4 期。

《視界融合：助推西藏文學發展》，《西藏大學學報》2017 年第 4 期。

《追憶王富仁先生兼論其思想探索》，《重慶評論》2017 年第 2 期，收入《在辰星大地之間——王富仁先生紀念文集》（汕頭大學文學院主編），上海三聯書店 2019 年 5 月出版。

《時空裂隙中的藝術與歷史的對話——論〈軟埋〉》，《廣播電視大學學報》2017 年第 4 期。

序祝學劍著《浴火新生——20 世紀 40 年代作家遷徙與文學研究》，中國社會科學出版社 2017 年 12 月出版。

主持湖北省教改項目：「《文學欣賞與批評》混合式教學的模式創新」。

主講的「MOOC」《文學欣賞與批評》被教育部認定為國家級精品在線開放課程，在「愛課程」平臺上向社會開放。

《SPOC 方案，優勢互補：大學課堂對慕課的利用》，獲「2016 年度優秀案例獎」（中國高等教育學會）。

3 月 17 日，在浙江師範大學人文學院做「當代文學史料學及其應用的幾個問題」的學術報告。

7 月 6 日，在浠水青年幹部班做「聞一多的信仰人格與其精神遺產」的學術報告。

10 月 18 日，為武漢大學中國現當代文學專業博士生做題為「新形勢對中國現代文學研究的影響及相關的問題」學術講座。

2018 年，62 歲

《〈軟埋〉：時空裂際中的藝術與歷史的對話》，《南京師範大學文學院學報》2018 年第 1 期。

《2016 聞一多國際學術研討會學術總結》，《2016 聞一多國際學術研討會論文集》，中國社會科學出版社 2018 年 3 月出版。

《作為歷史鏡象的「魯迅」研究及其方法論意義》，《文藝報》2018 年 4 月 20 日。

《在邁向「人民文藝的途中」：曹禺現象新論》（與章濤合作），《江漢論壇》2018 年第 7 期。

《〈無性別的神〉：神國沒落與西藏新生的歷史敘事》（與黃夢婷合作），《阿來研究》第 8 輯（2018 年）。

序周建華《新時期以來小說暴力敘事研究》，中國社會科學出版社 2018 年 9 月出版。

《尋根：是一場追尋生命和文化根源的苦旅》，《中國社會科學報》2018 年 11 月 9 日第 6 版。

《現實主義從「教科書」向魅力型轉化》，《長篇小說選刊》2018 年第 6 期。

《評李修文的〈山河袈裟〉與張執浩的〈高原上的野花〉》，《長江叢刊》2018 年 11 月／上旬。

「SPOC 的創新：大學課堂對慕課的利用」，獲湖北省優秀教學成果獎一等獎（1）。

5 月 5 日，在高教中心的「通識教育背景下的大學語文與寫作教學」論壇上做「通識教學：大學語文與寫作教學的一條新路」的學術報告。

5 月 16 日，在武漢體院做「狼圖騰與『中國』形象問題」的學術報告。

10 月 31 日，為武漢大學中國現當代文學專業博士生做「新時代與新挑戰：中國現代文學研究的動態分析」的學術報告。

2019 年，63 歲

《林紓、蔡元培公開信中的文化衝突及其歷史邏輯》，《德州學院學報》2019 年第 1 期。

《基於詩本體觀的新詩詩美問題》，《貴州社會科學》2019 年第 3 期。

《王富仁「魯迅」與中國 1980 年代的思想啟蒙》，《西南民族大學學報》

2019 年第 6 期。

《通識教學是大學語文課的發展方向》，《中國大學教學》2019 年第 9 期。

《革命現代性與中國左翼文學》，《廣東社會科學》2019 年第 5 期。

《新舊蛻變中聞一多的詩藝探索和創新》（《聞一多頌：浠水縣紀念聞一多先生誕辰 120 週年紀念詩詞作品集‧代序》），中國詩詞楹聯出版社 2019 年 10 出版。

序《聞一多教育思想研究文集》，湖北人民出版社 2019 年 10 月出版。

《守正拓新相得益彰——評「魯迅與 20 世紀中國研究叢書」》，《中國新聞出版廣電報》2019 年 7 月 19 日綜合書評版。

序莊桂成著《自由主義文學研究》，中國社會科學出版社 2019 年 10 月出版。

序王俊著《四十年代自由主義文學研究》，中國社會科學出版社 2019 年 3 月版。

序禹權恒著《上海魯迅：形象建構與多維透視（1927～1936）》，中國社會科學出版社 2019 年 3 月出版。

主持國家社科基金重大項目「魯迅的文化選擇對百年中國新文學的影響研究」（張福貴教授）的子項目：「魯迅的文化選擇對百年中國新文學的影響研究」。

主辦「紀念聞一多誕辰 120 週年學術研討會」，研討會 2019 年 11 月 9～10 日在黃岡師範學院召開。《紀念聞一多誕辰 120 週年學術研討會論文集》，主編，武漢大學出版社 2021 年 1 月出版。

3 月 30 日，在高教會議中心南京研討班上做學術講座，講題：大學課堂對慕課的利用——SPOC 方案的創新。

4 月 12 日，在重慶郵大移通學院做「悲憫天地間的殘忍：《雷雨》的逆向構思」的學術報告。

4 月 23 日，在深圳職業技術學院做學術講座，題為「《狼圖騰》與中國想像」。

12 月 27 日，為武漢大學學生做學術講座，講題：從問題到結果——還原《原野》逆向構思的路徑。

2020 年，64 歲

《論新時期魯迅研究從「思想」向「精神」的轉變——以王富仁的〈中

國反封建思想革命的一面鏡子〉為中心》（與王健合作），《文藝理論研究》2020年第 2 期。

《〈邊城〉的靈性與沈從文的童心》，《吉首大學學報》2020 年第 2 期。

《為了極致的戲劇效果——論〈原野〉的逆向性構思》，《中國文學批評》2020 年第 2 期。

《〈南行記〉的孤獨意識及其審美超越》（與岐尚鮮合作），《重慶評論》2020 年第 2 期。

《在歷史維度中進行文學的審美研究——陳國恩教授訪談》（與楊逸雲合作），《社會科學動態》2020 年第 6 期。

《人文社 2005 年版〈魯迅全集〉第 5 卷〈花邊文學〉校誤》（與葉吉娜合作），《魯迅研究月刊》2020 年第 8 期。

《論中國現代文學史觀的未來性問題》，《福建論壇》2020 年第 11 期，《新華文摘》2021 年第 6 期摘錄。

《新文化運動百年紛爭中的新舊矛盾與中西衝突》，《廣東社會科學》2020 年第 6 期。

專著《現代性與中國現代文學》（26 萬字），中國社會科學出版社 2019 年 3 月出版。

11 月，主講的《文學欣賞與批評》被教育部批准為「線上國家一流本科課程」和「線上線下混合式國家一流本科課程」。

3 月 21 日、6 月 24 日、7 月 1 日，8 月 14 日，為新疆大學人文學院研究生先後做遠程在線學術講座，講題：1、為了極致的戲劇效果——《原野》的逆向性構思；2、聞一多歷史地位、人格類型和精神遺產；3、《雷雨》中的「太太」哪裏去了？——關於作家創作的構思與風格問題；4、歷史與未來對話中的五四傳統。

5 月 18 日，為溫州大學做遠程在線學術講座，題目：曹禺的《原野》等戲作的逆向性構思問題。

5 月 19 日，為高等教學出版社「極簡通識」直播講堂做學術報告，講題：對話文學經典——中國現代文學經典賞析與批評實踐。

6 月 28 日，為黑龍江大學文學院做遠程在線學術講座，講題：《原野》的詩性效果與逆向構思。

10 月 5 日、12 日，為武漢大學研究生做題為「新文化運動百年紛爭中的

新舊矛盾與中西衝突」的學術講座。

12 月 28 日，在江西師範大學做題為「從歷史維度進行文學的審美研究——以《雷雨》《原野》《寒夜》為例」的學術報告。

獲「武漢大學教學名師」榮譽稱號。

2021 年，65 歲

《南行的豐碑——論艾蕪〈南行記〉的文學史地位》（與黃子琪合作），《江漢論壇》2021 年第 4 期。

《俄國文論與中國現代文論的發展——評莊桂成的〈中國接受俄國文論研究〉》，《社會科學動態》2021 年第 2 期。

《人文類通識課翻轉課堂的探索創新——以「文學欣賞與批評」課程為例》，《中國大學教學》2021 年第 3 期。

《當前中學語文教學的問題以及努力方向》（訪談，與劉曉寧合作），《中學語文教學》2021 年 4 月（上）。

《人民性與個性化融通的文學批評的當代性》，《粵港澳大灣區文學評論》2021 年第 3 期。

《架起古今融通橋樑的中華詩詞研究》，《心潮詩詞》2021 年第 8 期。

《〈花邊文學〉初刊本與初版本中的時局與語言問題》（與葉吉娜合作），《現代中文學刊》2021 年第 9 期。

《紀念聞一多誕辰 120 週年學術研討會學術總結》《紀念聞一多誕辰 120 週年學術研討會論文集》，2021 年 1 月武漢大學出版社出版。

專著《經典「魯迅」——歷史的鏡象》（國家社科基金重點項目「魯迅與二十世紀中國研究」的續期成果，30 萬字），商務印書館 2021 年 1 月出版。

3 月 24 日，為武漢大學寫作學博士生做學術講座，講題：文學批評——在尋找詩性存在的路上。

4 月 1 日，在湖北大學文學院為師範專業研究生做講座，講題：以人為本的語文觀及其實踐問題。

4 月 20 日，為浙江師範大學做遠程在線學術講座，講題：歷史與未來對話中的五四傳統。

5 月 15 日，為武漢大學文學院研究生做學術講座，題為：從歷史維度進行文學的審美研究——教研室師友以及已經各有成就的部分學生從外地返回武漢大學慶賀我將榮休。於可訓先生賀墨寶《賀國恩榮休——和金教授打油》：

「蔣氏貌輸雄，骨相數陳公。珞珈蹓愛犬，寧波唱大風。」金宏宇教授原韻：「貌似蔣介石，其實魯迅風，筆耕珞珈久，蹓犬上山峰。」

附記：

感謝斛建軍先生的美意，給了我這麼一個十分寶貴的清理自己學習和研究過程的機會。本應寫出與「年譜」要求相符的我對一些重要問題思考的契機以及心得，寫出我所關注的學術重點轉移的內在脈絡，但是一者因為我的思考不能妄稱「重要」，更談不上有「重要」的經驗，二者因為動手整理材料時已經離交稿時間不遠了──這當然是我的責任，作為取巧的辦法，除了開頭部分對一些背景有所交待，留下了當年工作和學習時的一點內心軌跡和時代影子，後面所做的就只是資料的彙編了，而且因為時間緊，檢查不嚴密，說不定還有錯訛。在此做一說明，表示歉意，並希望以後有適當的機會再來補正和充實，特請學界師友批評。

載《名作欣賞》2021 年第 9 期。

不合時宜的人——老友陳國恩

王毅〔註1〕

我跟陳國恩是老朋友了。究竟有多「老」？我從來沒有真正想過這個問題。如果這是罪愆，那麼我犯的罪，也是所有老朋友們最容易犯的罪——仗著友誼天長地久般的「老」，也就由來忽視它，因為它總在那裡，近乎日用而不知，像每一口的空氣和一日三餐。如果有人突然問我：陳國恩是個什麼樣的人？我也許一時之間會瞠目結舌：「瞠目」，是因為這居然可以是個問題；「結舌」，是因為實則我自己也一時找不出個合適的詞語。

如果一定要找個詞語，能找的大概是——「不合時宜」，但我不會讓這個詞語脫口而出，我會緊緊捂住它。單單是想到這個詞語，就已經把我自己也給嚇了一大跳。我能夠想像到的情景，大致是如此，所有熟悉或者哪怕不那麼熟悉而僅僅是知道他的人，都會微笑著搖頭反對：這完全不可能。國恩形象溫文爾雅莊重大方，做事不急不躁穩妥利索，對人笑臉相迎友善和藹，何來一絲一毫的「不合」？

我還是想清理一下自己為何會有如此古怪的念頭。

27年前的秋季，武漢大學中文系現當代文學專業入學的博士生新生一共有五人，國恩、川鄂跟著易竹賢先生，箭飛、韓國前來留學的韓相德和我跟著陸耀東先生。雖然其時已是90年代中期，但之前的1980年代十年，是一個對文學有著狂熱信仰的變態年代。十年間產出了大批文學青年，正在成長為以後各個時代的「遺老」。辨識的標配大致就是抽煙喝酒踢球打架以及談文學追女人。比我們都年長的國恩同學，在這種時代的氛圍中顯得格格不入，雖然他對誰都很真誠友善。

〔註1〕 王毅，華中科技大學人文學院教授。

　　我跟國恩是外地來漢者，統一住進湖濱宿舍，且同居一室。對門住著同樣外地來漢的高一屆攸欣師兄。湖濱宿舍，離武漢大學凌波門大約不如一個標準操場的跑道長，門外即是偌大的東湖。「湖濱」聽起來詩情畫意，但其時聞起來可是另外一種味道。梅雨時節，高溫、悶熱之下，湖裏的傻白鰱或者蠢鯽魚會時不時在各處浮頭，有學生就拿著塑料袋，沿著湖邊尋機捕撈，全然不顧死魚爛蝦的腥臭。到了秋末，湖邊滿地搖蚊密密麻麻，空中的漫天飛舞。它們沉默著生死，並不聚蚊如雷。從湖濱宿舍到凌波門外的東湖邊散步，必然穿過厚實的空中屏障，如同嶗山道士穿牆而過。

　　這還不算什麼。宿舍空間狹小，環境逼窄，不像韓相德一家所在的楓園留學生公寓，那裡門禁森嚴，「外人禁止入內」。我在宿舍房間吞雲吐霧，國恩因為不抽煙，大致是在對過默默忍受。煙霧繚繞之下，不知道他究竟是如何度過那水深火熱的一年。多年以後，每次見面，我都為此深感抱愧。他則總是一副不以為然的樣子，半開玩笑半認真地說，沒事兒沒事兒，我不花一分錢，就吸了不少煙香，也是賺了！半點責備的意思都沒有，甚至還進一步幫助我回憶和總結戒煙的基本規律：首先發誓這次真的要戒了。然後非常堅決地將煙和打火機從二樓的窗戶直接扔出去。同時順便瞟著究竟扔到哪裏了。最後，一般不會超過前後一個整天，再下樓把它們撿回來。一而再，再而三，三而未竭，如此反覆以至於今，終於成為每次聚會時候的笑談。

　　他不抽煙，不鬥酒，不打架只勸架，不像我一樣每天踢球，不像川鄂每晚看球還寫足球評論，甚至也不招蜂引蝶，空費了那麼一副帥氣的外表，我們常常這樣開玩笑的方式激將他，但卻似乎沒有什麼效果。除了文學是我們的專業，自不待言，國恩真正擅長的，往往是文學青年不擅長的。也許因為他曾經在工廠做過工，他對各類機械有著迷之自信。從自行車到各類家用電器，從槍支彈藥到兩岸關係，從各國時政到世界局勢，大概沒有他不知道的。我甚至至今仍然相信，如果有足夠的零件，他絕對能夠自己組裝一臺汽車，而絕大多數文學青年想到這就感覺頭大。

　　於是，得知他的博士學位論文要做中國現代浪漫主義文學研究，我猜所有的人都大吃一驚。我們看不出來國恩跟浪漫主義文學之間的關係，從他的導師易竹賢先生那裡也看不出來。那時我們有一個博士生指導小組負責博士生們的學習，除了陸老師、易老師兩位先生以外，還有其他幾位先生一起組成七人指導小組：孫黨伯、陳美蘭、黎山堯、於可訓、龍泉明。雖然指導小組

的教授們學識聲名上甚是豪橫，但對我們這些學生都親善得有些過分。我們既可在導師陸耀東先生家裏混吃混喝，也可以到國恩、川鄂導師易竹賢先生家裏蹭飯。印象比較深的一次是易先生不知道哪里弄來一袋重慶火鍋底料，易先生和師母忙前忙後在自己家裏做火鍋請同學們。火鍋在當時甚是稀罕，1990 年代還沒有「吃貨」一說。重慶火鍋、重慶小麵還主要是重慶人的日常飲食。眼看鍋裏清水翻滾，易先生從一袋火鍋底料中小心翼翼掰下一小塊兒，又掰下一小塊兒，不停地扭頭詢問我這重慶人：「夠了吧？這下夠了吧？」我估摸著他是將火鍋底料包當成深水炸彈了，要不斷測試這玩意兒的威力，這大概正是從杜威、胡適一路過來的實證主義態度。我的內心是崩潰的，即刻就想告訴他，不是這麼一點點的往裏面掰，而是整袋往鍋裏丟。求學過程中，易老師不斷警告我們的，正是掰火鍋料般的「有一分證據說一分話」。這真的非常不浪漫，但絕對嚴謹。

更要命的是，雖然身處浪漫文學時代的夕照，但浪漫主義文學已經不再時髦。1990 年中期已經很少有人再談論浪漫主義這個話題了，它顯然不是時代所需，也不是時代風尚所在。正如國恩清醒地意識到的那樣，在很長時段中，由於政治意識形態的原因，浪漫主義一直被視為小資產階級文學現象，且被判定早在 1920 年代末期就業已消亡，後來的學界更是出於對偽浪漫主義的極端厭惡，大多對浪漫主義採取不屑一顧的否定態度。「總體上看，對浪漫主義，尤其是對作為一種思潮的浪漫主義的研究仍然顯得冷清，不能跟它在文學史上曾一度與現實主義平分秋色的重要地位相稱。」（《浪漫主義與 20 世紀中國文學》後記）那個時候學界盛行的是現代主義甚至後現代主義。川鄂和我的博士論文選題分別是自由主義文學和現代主義詩歌，我們理所當然覺得這是時代或者時尚賦予我們的權利，卻被國恩輕易地讓渡了。

事實上，我們最後走到了一起。國恩最終將浪漫主義指認為人類文明史上自由精神普遍深入到情感領域時的產物。自由精神在中國現實社會中的地位及其變化，制約著浪漫主義思潮的歷史發展形態和形態轉換，也決定了它在新時期的最後消亡。因為此時期原本處在浪漫主義層面的自由原則已不再是解放意義上的自由，而是存在意義上的思考，被賦予了現代主義哲學有關存在本身的色彩。於是，殊途同歸。國恩在博士論文中精彩的論證，當時就得到了張炯、錢理群、黃曼君、王先霈諸位前輩的高度讚揚。華中師範大學黃曼君先生為此專門著文，稱讚其「既有理論深度，又有情感張力，做到了

理性與感性的統一，歷史評價與審美評價的相互交融」，「是一部富有創見和文采的優秀著作，把中國現代浪漫主義思潮的研究推向了一個新的理論層次」（《一部富有創見和文采的新著——評〈浪漫主義與 20 世紀中國文學〉》）。人民日報、文藝報、中華讀書報等報刊另發表書評 8 篇，肯定其學術創新。

其實，在這之前我們就見識過國恩的優秀。博士生入學之時，他就已經有著深厚的學術積累和長時間的高校教學經驗。我們還在埋頭讀書，來不及寫作刊物論文的時候，他讀博期間很快就在《文學評論》等重要刊物上發表了好幾篇學術研究論文，雖然他自己從來沒有提及論文發表情形，但無形中對同屆同學都產生了巨大壓力。每次不管在哪裏偶遇我自己的導師陸耀東教授，老先生總會笑眯眯且意味十足地問起：最近寫了什麼？我知道他的標準是國恩，嚇得我曾經半夜夢中驚醒，真正體會垂死夢中驚坐起的滋味。

畢業以後，國恩從原來任教的寧波調入武漢大學。我後來也從重慶的大學調到武漢，再度同城。這期間參加過他主持籌辦的多種大小型會議，看到他依然彬彬有禮地招待各方與會者。再往後，武漢大學門前的八一路，在市政的道路建設中進一步延伸，其延長線就幾乎伸到華中科技大學所在的喻家山腳。珞珈山和喻家山就這樣相看兩不厭。不過，我跟國恩之間的聯繫並未因此更頻繁，雖然在各種會議中也偶爾相見，繼續邊開玩笑邊總結我戒煙的規律。記得有一年，國恩要我們再續前緣，說約上川鄂，大家一起擴展、修訂之前的博士論文，分別將自由主義、浪漫主義與現代主義的話題擴展，往前推進。我沒有答應。客觀上講我身在國外，資料難齊；從主觀上講，我對主義已經逐漸喪失了當初的興趣和熱情。也正是這種喪失，我也正是自己從當初的選題中，領悟到陳國恩當初選題時候的與眾不同。如果說川鄂跟我的選題明顯具有時代特殊的氣息，那也是我們的權利，而國恩的選題則暗含了他的人生智慧。他沒有像我們這樣積極地投身於最熱鬧的話題領域，而是轉身投向一個看似早已過時的、時隱時現的思潮。他沒有像追逐時代的浪潮，而是在這熱鬧之外保持著某種冷靜和清醒。當然，回顧這些年的學術研究，追問這種研究的意義，也許會發現，學術與時代的關聯中，「自由」依然只是願景，「現代」不過是標籤——多少不同時代的人生活在眼下這同一時代？而「浪漫」剩下的是越來越盲目的狂熱。說到底，如果可以借用同城詩人張執浩的說法——「我靠敗筆為生，居然樂此不疲」。這大概是唯一可以聊以自慰的說法了。

　　隨著信息技術的突飛猛進，我們更多的聯繫還是來自微信朋友圈。在這個意義上，我們天天「見面」。國恩是少數幾個願意發送各方面信息的朋友。信息來自方方面面，可見他是以此坦誠相見的人，也是一個願意發表意見的人——他不但轉而且說，發表自己的看法。這一點在今天這個時代似乎再度確證了，國恩真的是一個不合時宜的人。在這個混亂的世界，唯一明智的做法是隱藏自己。他不這樣，反其道而行之，大概絕不願意把世界讓渡給那些胡說八道。

　　這時，陳國恩比以往任何時候都更像一個浪漫主義者，使得我越來越相信他的人生智慧。的確，任何一個時代肯定都不是想像的那麼好，也不是想像的那麼壞。疫情期間，我被隔離在故鄉的賓館，遠離被病毒圍困的武漢。那一時間，各種壞消息充斥著朋友圈。我們迎面撞上疫情，各種猜測、算計、譴責、憤怒、意義、價值，驚恐萬狀有如過山車。其時，至少對我而言，最有價值的信息正好是來自這個老友的微信圖片：空曠的武大校園中，國恩時不時曬出遛狗的場景，小狗多多不看手機、不看微信微博，不關心時事新聞，對疫情一無所知。這裡聞聞那裡嗅嗅，看起來跟平日的溜達沒什麼兩樣，其間甚至還私奔了一次。武漢圍城解封以後，多多生下三隻小狗。我家領養了一隻，取名Nicky，約定等到校園開放，歲月靜好的那一天，要帶回去讓母子團聚。

　　寫到這裡，我發現自己是對的：國恩從來就不合時宜，或者更準確的表述也許應該是，「時宜」不宜，他因此不合時宜。

載《名作欣賞》2021年第9期。

陳國恩教授的治學方法與品格
——以其「魯迅研究」為中心發微

吳翔宇〔註1〕

　　一般而論，研究對象自身的深淺在很大程度上決定了其研究到底有多大的可能性。在當前學界，魯迅研究是一門顯學。魯迅以其「文」和「人」的格調而成為研究者熱衷關注的對象，魯迅研究所取得的成就與「魯學」研究者的學術耕耘密不可分，湧現了一大批享譽國內外的專家學者。在這個「擁擠」的研究大軍中，武漢大學陳國恩教授的魯迅研究可謂自成一格，其研究著力於在「歷史」的語境下找尋魯迅傳統的延傳及魯迅形象的構建，從而在歷史與現實的關聯中「回到魯迅」的本體。這種基於古今對話及語境轉換而開展的魯迅研究，將魯迅這一研究對象視為一個「歷史生成」的存在物，超越了那種絕對化、先驗性的價值判斷，體現了在複雜的歷史中觀照複雜魯迅的創新意識。陳國恩教授這種治學方法不僅於魯迅研究有效，而且對於其他門類的文學研究同樣有著重要的啟發意義。

一、著力於「歷史的魯迅」與「魯迅的歷史」的辯證

　　魯迅的定位是一個關乎中國文化進程及評價的根本性問題。關於這一點，陳國恩教授始終把握「魯迅是誰」這一核心點來開展研究。「魯迅是誰」的提出原本是魯迅後人對於學界誤讀魯迅而發出的質疑，但也成為關聯魯迅傳統與評價的基本問題。立足於動態歷史語境和古今對話的平臺，我們可以進一步叩問：魯迅到底是一個怎樣的人、魯迅傳統是怎樣生成的、魯迅形象如何

〔註1〕吳翔宇，浙江師範大學人文學院教授、博士生導師。

在歷史的譜系中來評價、對於魯迅的評價是基於怎樣的立場？這些問題的提出實質上就是陳國恩教授「魯迅歷史化」〔註2〕的具體表現方式。對於「魯迅歷史化」的具體研究，陳國恩教授的基本思路是歸併「歷史的魯迅」和「魯迅的歷史」這兩大板塊的內容。「歷史的魯迅」就是在歷史的線性鏈條中觀照魯迅傳統的生成過程；「魯迅的歷史」則是將魯迅視為歷史文化中的傳統，以魯迅這一「現代中國人」的現代沉思來折射中國的現代化之旅。究其實，兩者互為表裏、彼此關聯，有效地將動態的歷史和變動的魯迅傳統融為一體。這樣一來，百年中國的社會文化史與魯迅的精神生活史就在這種融合中勾連起來了。

對於文學研究而言，把握住研究對象在歷史進程中的位置、作用至關重要。因為研究對象的文學活動和意義得以生成的空間是歷史賦予的。當然，這種歷史賦予的力量不是隨意的，而是有賴於動態語境的塑形作用。這正是陳國恩教授魯迅研究突出的治學理念。面對著魯迅研究重要理論問題的論爭，陳國恩教授不迴避歷史，主張在時間的三個縱向發展的路向中開啟對話，以實現文學研究「思想邏輯與真實歷史的辯證統一」〔註3〕。基於此，歷史情境下魯迅的文學活動及所形成的傳統沒有被條塊分割，而是在整體的歷史中相互關聯並構成清晰的譜系。這種洞見突破了將魯迅定格於具體歷史階段的偏狹，在很大程度上將「前魯迅」「成為魯迅」這兩個階段不斷擴充，從而使得其與「後魯迅」這一階段有效接續，完整地呈現了動態歷史語境下「魯迅」本身的豐富性和開放性。魯迅如此，其他現當代文學作家也是如此。

為了整體性地研究魯迅，陳國恩教授始終緊扣「歷史」「歷史化」等關鍵詞來考察動態語境下「魯迅」的本體，及之於現代中國文化建設的意義。由於魯迅的文學活動及自身的形象深刻地影響了百年中國文學（文化）的進程，這就意味著不能離棄「魯迅與百年中國」這一現代課題，將魯迅視為一個切入點來思考新文化人的文學想像及話語實踐。陳國恩教授獲批的國家社科基金重點項目「魯迅與二十世紀中國」就是上述議題的具體實踐。在課題的設計中，陳國恩教授將「魯迅」視為一個卡里斯瑪形象，其形象塑造是在歷史中完成的，但又不侷限於此，他特別注重魯迅「自塑」形象的能動性及侷限。

〔註2〕陳國恩：《經典「魯迅」：歷史的鏡象》，商務印書館2021年版，第30頁。
〔註3〕陳國恩：《論中國現代文學史觀的未來性問題》，《福建論壇》（人文社會科學版）2020年第11期。

因之，在「自塑」與「他塑」的關係網絡中，魯迅不是被動的、靜止的、孤立的存在，而是一位立於現代中國情境下的精神符碼。這其中，現代性的歷史文化語境與魯迅的關係是陳國恩教授關注的重心。他沒有將魯迅窄化為「啟蒙現代性」的集大成者，也沒有將此作為魯迅思想質變的唯一推力〔註4〕，而是在「啟蒙現代性」與「革命現代性」轉換互動的關係中審視魯迅的精神姿態。這無疑將魯迅思想畛域從啟蒙延展至左翼運動的闊大歷史時空，魯迅思想也因集結著對現代性的不同理解而呈現出嬗變性和多元性。於是，在此基礎上審思世俗化潮流對於魯迅的消解就具有了歷史的「前因」，由此獲取了整體現代性推演的理論邏輯。從革命、政治語境下魯迅的「熾熱」到世俗文化語境下魯迅的「寂寞」〔註5〕，既體現了魯迅形象的嬗變，也彰明了語境轉換所衍生的文化價值的漲落與差異。陳國恩教授從魯迅與百年中國之間「互視」所得出的結論，遵循的是歷史唯物主義和辯證唯物主義的方法，也是「回歸魯迅」行之有效的方略。

在歷史中看魯迅，「魯迅是誰」實際上依然是一個歷史化、經典化的問題。對於這個學界論之較多的領域，陳國恩教授更強調魯迅研究的當下性、未來性。即從文化建設和中華文化傳統的高點著眼，以個案透析社會結構的方法來審思魯迅精神傳統的延續和反思。應該說，缺失了魯迅對於當下文化的影響和反思的魯迅研究是有缺憾的，這種析離「後魯迅」階段魯迅傳統作用力的看法，盲視了魯迅超越時代的特性及時代文化的同一性命題，也掐斷了魯迅傳統生成發展的完整脈息。對此，陳國恩教授將魯迅研究視為一種知識化生產而切入時代，從王富仁等先輩學人的魯迅研究中發掘中國文化建設的未來思考。陳國恩教授認為，王富仁的魯迅研究是從中國政治革命與中國思想革命的分野上來界定的思想啟蒙者的魯迅，與 1980 年代的思想啟蒙有著內在的關聯，「給了人們可供參照的一個新觀念和看待問題的一種新方式」〔註6〕。立於「思想」和「精神」的起點來看待魯迅，王富仁的《中國反對封建思想革命的一面鏡子》也就成為「後來走向個體化、走向啟蒙的魯迅研

〔註4〕 陳國恩：《現代性的歷史演進與「魯迅」形象》，《學習與探索》2016 年第 11 期。

〔註5〕 陳國恩：《寂寞中的守望——消費時代的魯迅和魯迅研究》，《武漢大學學報》（人文科學版）2011 年第 5 期。

〔註6〕 陳國恩：《王富仁「魯迅」與中國 1980 年代的思想啟蒙》，《西南民族大學學報》（人文社科版）2019 年第 6 期。

究的起點」〔註7〕。這無疑切中肯綮。魯迅研究不僅是一種學理層面的學術研究，也是一種表徵社會文化症候的切入點。如果能從魯迅研究的出發點、過程、方法、立場來窺測研究者所處的歷史文化語境，這勢必會超越以往以「合目的性」為主旨的研究套路，在本質化的概括和研究外開拓出一種更為切近歷史和魯迅的研究方法。而這種從內而外的理論探索正是陳國恩教授魯迅研究的新的切入點。

沿著這種思路，陳國恩教授的魯迅研究從「文本」「歷史」和「人」的三維結構中探析了現代中國人的生存境遇和精神生命。這種看似屬外部研究的方法也因沒有繞開魯迅傳統的內核，而更加切近現代中國的真實。這樣一來，文本不是純粹的筆墨遊戲，而是銘刻了時代、文化與人的濃厚印記。進一步說，魯迅所寫進文學故事中的人和事也不是子虛烏有的，即使如《故事新編》這類小說也因「新編」而產生了古今推演的話語邏輯。陳國恩教授將「魯迅與二十世紀中國」議題理解為魯迅歷史化、經典化的展開過程，勢必要穿透歷史時空來看魯迅，並且在這過程中反觀現代中國的發展過程，從而使得魯迅及魯迅闡釋夯實於中外文化交流的「大傳統」中。拋開古今中外互視何為第一性的問題，不難發現：魯迅與百年中國之間滲透著中國文化的古今新變及中外文化的傳播接受。這也是陳國恩教授中國現當代文學研究的重要方法，這並不侷限於魯迅研究，其《俄蘇文學在中國的傳播與接受》即是前述問題的展開，從「世界性」和「民族性」兩個維度來思考中外文學的「旅行」，這並非「越位」，而是一種「本位」的堅守〔註8〕。以此反觀陳國恩教授的魯迅研究，給我們的重要啟示是牢牢把握現代中國和魯迅本身的雙重複雜性，在人與歷史的框架結構中作雙向考察和透析，在「回歸魯迅」「回歸學術」「回歸歷史」的系統中把握魯迅的深刻性、豐富性與複雜性。

二、聚焦於「魯迅形象」與「中國形象」的雙向互動

從魯迅與百年中國的關係來看，兩者具有同構性。即魯迅與現代中國不是分離的，而是共構的。魯迅以文人之筆對「現代中國問題」進行了重構與表述。無論是倫理問題、父子問題，還是經濟問題、政治問題，都能在魯迅的

〔註7〕王健、陳國恩：《論新時期魯迅研究從「思想」向「精神」的轉變》，《文藝理論研究》2020 年第 2 期。

〔註8〕吳翔宇：《「導師」與「朋友」的影響——評〈俄蘇文學在中國的傳播與接受〉》，《人民日報》2010 年 1 月 20 日。

文學故事中找到線索。更準確的說，魯迅的思想啟蒙和文化改造就是針對「中國問題」所提出來的。從這一角度看，魯迅對於「中國形象」建構是付諸了努力的，尤其是對於「老中國」形象的藝術塑形及批評，更是入木三分和發人深省。陳國恩教授認為，魯迅作品的經典意義與「中國形象」具有深刻的締結。在不同時代，魯迅意義的游移、偏轉，都反映著「中國形象」嬗變，也反映著中國社會的深層次變動〔註9〕。「中國形象」借助文學敘事得以重構，這深刻地體現了現代知識分子參與現代中國社會化進程的努力。在這方面，魯迅的塑造之功不容忽略。為此，陳國恩教授指出：「魯迅是最有資格承擔起通過對其創作的研究來審視中國問題的作家」〔註10〕。筆者認為陳國恩教授的概括是非常中肯的。對於「中國」的描摹，魯迅的文學想像可謂力透紙背，寫活了新舊之際國人的生存境遇和精神痼疾。魯迅非常強調要立足中國本土文化語境來表述中國，他提醒國人不要只注意「世界之外」的問題，而要更注目於社會上的「實際問題」。這種落腳於中國實際問題的文學書寫揭示了作為「歷史中間物」的文化心理和精神危機，為我們解讀中國的現代化危機提供了生動的注腳。

　　魯迅「中國形象」的書寫所持守的標尺是「現代的」，這是陳國恩教授此類研究的一個價值基點。儘管魯迅的文學世界中彌散著「黑暗」與「絕望」，但這並不意味著魯迅沒有追求「光明」與「現代」的精神。相反，唯有洞見了「老中國」形象的陳舊、衰敗，才能在重構「現代中國」形象時表達出超出一般人的思想深刻。這種新舊之際的彷徨與追索體現為一種深刻的時空意識。在陳國恩教授這裡，無論是魯迅筆下知識分子的「繞圈」軌跡，還是底層民眾的時空「逃遁」，都體現了魯迅重建現代中國人思維觀念的哲學思考〔註11〕。一旦國人開啟了現代時間和空間，其思維和行為必定會導入現代文化的潮流中來。對此，陳國恩教授並沒有一味地高揚魯迅現代思想的追索精神，而是將魯迅置於自我與他者合謀的體系中，深刻地開掘了作為新文化人所糾纏的新舊蛻變的痛苦。可以說，這種豐富的痛苦是「魯迅形象」最為吸引人的地

〔註9〕　陳國恩：《魯迅的經典意義與中國形象問題》，《學術月刊》2010 年第 11 期。

〔註10〕　陳國恩：《立足中國情境的文學形象學研究——評〈魯迅小說的中國形象研究〉》，《人民日報》2017 年 2 月 28 日。

〔註11〕　參見吳翔宇、陳國恩：《論〈野草〉的時間意識》，《貴州社會科學》2008 年第 9 期；吳翔宇、陳國恩：《魯迅小說的時間想像》，《魯迅研究月刊》2010 年第 10 期。

方，折射了一代知識分子「痛苦靈魂」的悸動、猶疑與掙扎。正是基於這種認
識，陳國恩教授才能從魯迅的《野草》等作品中洞見其「抉心自食」的自我批
判意識，而這種「自戕」是貼近中國文化和文化反抗者改造中國社會的現實
的，進而濃縮為一種「焦慮體驗的哲理化」形象〔註12〕。顯然，這種「魯迅
形象」與魯迅塑造的「中國形象」具有同向性，兩者是互相印證的。

總體來看，「魯迅形象」與「中國形象」都是「文學形象學」研究的範圍。
文學形象學研究離不開文學社會學的方法論指導。陳國恩教授不認同用「庸
俗社會學」的方法來套用文學作品，而是主張從內外兩面來逼近研究對象的
本體。對於「魯迅形象」而言，陳國恩教授歷來主張從「歷史中透視」魯迅，
不將魯迅定格為一個封閉的歷史典型，而是在流動、開放的話語系統中定位
魯迅的價值。在「政治」和「革命」語境下，魯迅形象被賦值的作用力得到了
極大的提升，這既體現了傳播渠道中主流意識形態對於「意見領袖」的爭奪，
也彰顯了學科調整後國人對於魯迅形象的「利用」〔註13〕。這種「利用」之
於中國現代文化建構起著「雙刃劍」的作用，或推動或阻撓文化建設的發展。
對此，陳國恩教授主張植入「歷史」和「審美」的雙重標尺。同時，對於「政
治」和「革命」不作單向度的「孤讀」，而是在轉換與定型兩個層面來作系統
整體的思考，由此得出的結論必然不是某種教科書式的結論，而是走入文本
與歷史的「對話」乃至「裂隙」。譬如陳國恩教授從《傷逝》中讀出了傳統文
化的繾綣與倫理革命的困境〔註14〕；從《長明燈》中看到了傳統空間的位移
及公共空間的錯位〔註15〕；從《祝福》中看出了作為啟蒙者的「介入」與「潰
敗」〔註16〕。凡此等等，可以看出：陳國恩教授的魯迅研究將魯迅介入社會
的角色、運思及結果全方位地展示出來，這正是「魯迅形象」之所以能與「中
國形象」接續的關節點。

〔註12〕任毅、陳國恩：《〈野草〉：焦慮及反抗哲學的實現形式》，《中國現代文學研究
　　　　叢刊》2013 年第 8 期。

〔註13〕陳國恩、禹權恒：《政治認同與文學建構——1950 年代文學史著中的魯迅形
　　　　象》，《湖南師範大學社會科學學報》2013 年第 4 期。

〔註14〕陳國恩：《倫理革命的困境與傳統文化的綿延——從魯迅的〈傷逝〉到巴金的
　　　　〈寒夜〉》，《貴州社會科學》2010 年第 3 期。

〔註15〕陳國恩、吳翔宇：《論〈長明燈〉的空間形式與意義生成》，《中國文學研究》
　　　　2008 年第 3 期。

〔註16〕陳國恩：《論魯迅啟蒙主義觀的轉變——從〈祝福〉說起》，《南京師範大學文
　　　　學院學報》2007 年第 4 期。

從概念的本義看,「魯迅形象」可視為「中國形象」的有機部分,這是基於「人學」傳統的一種同類項的合併。換言之,「魯迅形象」實質上是「中國人形象」的具體表徵,透過「魯迅形象」能窺見「中國形象」建構過程中作家的精神史。中國新文學之「新」恰恰體現在以魯迅為代表的現代知識分子對於「文學現代化」的追索。為了論證中國新文學的起點到底在哪裏的問題,陳國恩教授沒有在時間節點上做太多的糾纏,而是將中國新文學的基點定位於魯迅等人所開啟的文學革命,認為這是「新文學歷史的原點」〔註17〕,從而釐定了中國現當代文學的學科化地位〔註18〕。在陳國恩教授看來,中國現代文學起點的討論不能以犧牲學科基礎為代價,要考慮「社會轉型」和「文學轉型」兩個維面〔註19〕。這些討論是學科化建構的基本問題,也是魯迅研究過程中應持守的基本原則和立場。儘管「文學現代化」的努力不限於魯迅一個人,但魯迅之於「文學現代化」及重構「中國形象」的意義是毋庸置疑的。由此看來,陳國恩教授的魯迅研究符合現代人文傳統的,凸顯了中國現代文學學科屬性,其所展開的諸多問題的思考也回到「在歷史與現實交匯、對話的魯迅」這一核心命題上來。這種研究既是對前輩學者研究的「接著講」,也是一種理論創新的「重新說」。

三、致力於「魯迅傳統」與「現代傳統」的融通交匯

在文學傳統的譜系中,五四時期所開創的「現代傳統」與傳統中國的「古典傳統」構成了一對相互關聯的範疇。「現代傳統」的確立之於中國文學的轉型意義重大,由此也奠定了中國新文學的學科基礎。這其中,以魯迅為代表的現代知識分子的貢獻不容低估。「魯迅傳統」從屬「現代傳統」,魯迅的跟隨者眾多,形成了「學魯迅」的流派。如何區別、辯證「古典傳統」和「現代傳統」也成為學界關心的核心問題。「兩種傳統」的對話及討論對於理解「魯迅傳統」有著重要的方法論意義。對於「現代傳統」的價值定位,陳國恩教授認為要從起點上考察其「作為思想資源的意義」〔註20〕。這即是說,判定一

〔註17〕陳國恩:《文學革命:新文學歷史的原點》,《社會科學輯刊》2007 年第 1 期。
〔註18〕陳國恩等:《百年後學科構架的多維思考》,《學術月刊》2009 年第 3 期。
〔註19〕陳國恩:《中國現代文學的起點在哪裏》,《中國現代文學研究叢刊》2009 年第 3 期。
〔註20〕楊逸云:《在歷史維度中進行文學的審美研究——陳國恩教授訪談錄》,《社會科學動態》2020 年第 6 期。

種文學（文化）形態是否具有「現代性」，其標準應是整體性看取其是否推動了文學轉型、是否可以作為此後文學傳統的思想資源。這種探源內在地保障了文學傳統在歷史過程中的「常態性」，而這種較為穩定的常態使研究者可以觸摸歷史走近作家、文本的內核。

魯迅所開創的文學傳統不僅影響了魯迅同時代的人，對於後世的滋養也是巨大的。那麼，作為「現代傳統」中的一種思想資源，「魯迅傳統」的形成到底是古典傳統的延續，還是西方現代思想的結果，抑或兩者兼而有之呢？這是一個值得深入思考的課題。陳國恩教授沒有迴避「傳統」與「現代」的轉換問題，也沒有簡化與此牽連的「中西」文化交流議題。由是，古今中外的多維網絡就建構起來了，魯迅在此情境下的探索和困境也獲致了更為深厚的背景。「背景勾連」是一種「回歸歷史」「回到魯迅那裡」的科學態度，以此燭照「魯迅傳統」的生成、嬗變應該說是科學合理的。對於陳國恩教授的此類研究，有論者讚譽其為「及物研究」〔註21〕，而這是那些脫逸歷史、跳出魯迅的「新語詞轟炸」所無法企及的。

如何科學理性地對待「兩種傳統」是擺在學者面前的重要問題。對此，陳國恩教授的態度首先是「區別」，其次是「辯證」，再次是「融通」。秉持這種方法，陳國恩教授這裡的「魯迅傳統」是一種有別於「古典傳統」的現代資源，其精神內質是指向「現代」的。同時，「魯迅傳統」所標示的「現代品格」卻不是普世性、一般性的，它打上了魯迅本體的諸多印記。因而，辯證和融通的意識就非常有必要了。在審思新文化運動的百年論爭時，陳國恩教授認為這不僅是一個歷史問題，而且是一個中國現實的問題。魯迅等人對於新思想的探詢實質上就是新傳統的創構，意味著「中國進入現代社會的思想門檻」〔註22〕。然而，陳國恩教授沒有止於對這一歷史「轉型」階段的研究，而是在歷史的階段性和連續性上辯證地思考「魯迅傳統」的現代生成演變。由此，不同歷史階段對於「魯迅傳統」的接受也呈現出不同的方式、效應。在「人的文學」和「人民的文學」不同的話語系統中，「魯迅傳統」的現代內質也表現出不同的特性。陳國恩教授以「人民立場」和「人學」作為釐定「魯迅傳統」

〔註21〕袁盛勇：《讀陳國恩〈學科觀念與文學史建構〉》，《中國現代文學研究叢刊》2013 年第 12 期。

〔註22〕陳國恩：《新文化運動百年紛爭中的新舊矛盾與中西衝突》，《廣東社會科學》2020 年第 6 期。

的關鍵詞，並將落腳點定位於「中國」「現代」和「文學」這三個密切相關的
範疇內，進而思考魯迅研究「如何現代」「怎樣中國」等重大理論問題〔註23〕。

沿著上述研究思路，陳國恩教授的視野實質上進入了歷史、人和社會，
也走進了中國現當代文學學科體系和文學史框架。將魯迅研究這一「個案」
視為一種公共性的「學案」，成為觀照學科建構和文學史等問題的切入點。
這種透視性的「擴散」立足於中國新文學本位，也在社會思潮的交互及中外
文學跨時空對話中獲取了更深厚的學術底蘊。陳國恩教授是以思潮研究開
啟學術道路的，其浪漫主義、自由主義、現實主義、現代主義等思潮研究也
貫徹了這種以點帶面、點面結合的研究意識，因而這樣的文學研究葆有「活
態」性質〔註24〕。在眾多魯迅研究的學者中，陳國恩教授這種面向現代中
國、現代中國問題來命意的歷史意識，使得其研究始終能把控時代脈搏的
跳躍並走在理論創新的前沿。陳國恩教授多篇魯迅研究成果在高級別學術
期刊上發表，並被《新華文摘》《中國社會科學文摘》等全文轉載就很能說
明這一問題。

四、魯迅研究的周邊及其他

魯迅研究是一個「富礦」，由魯迅研究衍生的相關話題異常豐富，也很具
有理論研究的價值。陳國恩教授有著敏銳的學術洞察力，擅長作文本的學理
思考，又能緊扣學術發展的動向，因而將魯迅研究本體及周邊問題都能納為
一個整體，作縱橫捭闔的學術探索。由於魯迅研究之於整體中國現當代文學
有「牽一髮而動全身」的作用，研究者們往往會「拿魯迅說事」，由魯迅推及
至其他文學現象或思潮來討論。陳國恩教授沒有排斥這種方法，只不過他更
注重魯迅與其他同類話題的相關性、接洽性，所做的不是一種「強制關聯」
研究，是一種及物相關的研究。

魯迅作為一種思想資源，對於中小學語文教學及高校中文教育影響甚巨。
就高校中文教育而言，魯迅如何進入中國現代文學史是一個必須直面的問題，
它涉及中國現代文學的學科性質及中國現代文學的撰史問題。對於中國現代
文學史編撰理念，陳國恩教授主張精英文學與通俗文學的「雙翼」舞動，但

〔註23〕陳國恩、王俊：《如何「現代」，怎樣「中國」？——新保守主義與全球化語
　　　　境中的中國現代性問題》，《江漢論壇》2009 年第 11 期。
〔註24〕吳翔宇：《在動態歷史語境透析「魯迅形象」——評陳國恩〈經典「魯迅」：
　　　　歷史的鏡象〉》，《學術評論》2021 年第 3 期。

要持守「現代性標準」的前提〔註25〕。他進而認為在中國現代文學「現代性」的框架裏，海外華文文學不能進入中國現當代文學史〔註26〕。並就少數民族文學、舊體詩詞的「入史」問題展開過深入討論，在學界引起了較大的反響。就魯迅與中小學語文教學的問題來說，陳國恩教授強調魯迅之於中小學語文教育的「經典性」，還原作為文學家、思想家魯迅的形象〔註27〕。作為武漢大學從事中國現當代文學教育和人才培養的教師，陳國恩教授還梳理了20世紀30年代以降魯迅教學與研究的事蹟〔註28〕，將魯迅教學與研究作了學術史的研究。在幾代學人的努力下，武漢大學的魯迅研究形成了自己的風格，在學界中擁有較大的學術影響力。也正是如此，陳國恩教授培養出的研究生中也湧現了十多名致力於魯迅研究的青年學者，他們繼承了陳國恩教授魯迅研究的諸多治學方法，在學術的道路上正邁開大步往前走。

陳國恩教授是筆者的博士導師，本人的研究深受陳師的影響。在本人博士論文《魯迅時間意識的文學建構與嬗變》的後記裏，筆者寫下了這樣一段話：「因為有對『文學』的『摯愛』和『洞悉』，才可以把人的精神從庸常的模態中解放出來，產生超越的見識和涵蓋一切的胸襟，去探究問題的表與裏，探詢人生的真善與假惡。魯迅如是，陳老師等一大批知識傳授者亦如是」。陳國恩教授治學嚴謹，在態度上主張厚積薄發，效果上追求隱秀啟蔽，這些都是後輩學人需要深入吸收和消化的。通過陳國恩教授治學方法和品格的梳理，筆者領略到了學術研究創新所帶來的博大，也獲致了一種思史之道為「聖賢之血路，散殊於百家，求之愈堅，則得之愈真」的深刻。

載《名作欣賞》2021年第9期。

〔註25〕陳國恩：《中國現代文學的學科獨立與「雙翼」舞動》，《武漢大學學報》（人文科學版）2012年第5期。

〔註26〕陳國恩：《海外華文文學不能進入中國現當代文學史》，《中國現代文學研究叢刊》2010年第1期。

〔註27〕陳國恩、徐鴻沄：《經典闡釋與當前中學魯迅作品教學》，《徐州師範大學學報》（哲學社會科學版）2011年第3期。

〔註28〕陳國恩：《武漢大學魯迅教學和研究的世紀回顧》，《長江學術》2010年第2期。

後　記

　　收在這本小書裏的文章大多是 2012 年秋至 2017 年夏發表在各個刊物上的，一小部分發表於此前而沒有收入過論文集。2012 年秋以後發表，而凡涉及中國現代文學學科及關於現代性等偏於宏觀主題的綜論性文章，另編一個題為《現代性與中國現代文學》的集子出版，因而收入這本書集的文章主要就是作家、作品論了。

　　文學與人的存在相關，文學體現人所追求的價值，包括審美的和倫理的，因而文學研究也應該兼具歷史研究的性質，要瞭解人，瞭解社會，只是它屬特殊的歷史研究，許多時候要借助審美的眼光。2012 年秋，因友人的推動，我開了微博，參與一些社會思想問題的討論，就法律公平、律師倫理、新聞倫理等問題發表一些意見，這對於我深入瞭解社會、瞭解人及人性的複雜性有重要的幫助，因而也有助於我從更為開闊的眼光來理解作為人學的文學的意義及其審美功能。粗略地統計，這類文字約有二三百萬字，但大多是非常零散的隨感，寫得比較系統的，收在這本集子裏的就是《神話的破滅——「韓寒」現象批判》。知識分子，尤其是從事與社會發展密切相關的現代文學研究，應該在做好自己專業工作之外，也關心社會公共事務，堅持社會公平的理想，結合現實的經驗明確和強化人文的價值底線，致力於推進社會的現代化進程。這兩者，我覺得是可以統一、相互促進的，至少對於中國現代文學專業的學者來說是如此。更好地瞭解社會和人，明確人文底線，也就有了條件更好地瞭解文學、理解文學中的人。在社交平臺上，許多時候所謂的真相併非是真相，而裁判正義的人文價值底線也並非抽象的說教，許多時候會被人故意弄得似是而非。所謂的歷史，比如中國現代文學史，豈不是由這樣的真真假假

的事件所構成？現實是現實，歷史是歷史，但現實是將要轉化為歷史的當下，歷史是已經過去了的現實。這就需要我們去用心研究現實和歷史——研究文學史，仔細辨析。

　　書中有兩篇文章是我與我導師易竹賢先生合作，還有幾篇是與我的研究生合作，我都在文末做了說明。編輯這些文章，讓我重溫了我們同在校園時的美好時光，而我的這些學生現在都已成了所在單位的重要骨幹。

陳國恩

2017 年 8 月 3 日

記於武大寓所

　　補記：這本小書編成後，因故沒有出版。（感謝臺灣花木蘭文化事業有限公司的支持，這本書有了出版的機會。特別要感謝花木蘭文化事業有限公司北京負責人楊嘉樂女士，從選題開始至今一年多，我們保持聯繫，她一直給予有力支持，到這次付梓時，依照她的建議把原書稿分拆成了「民國文學」和「共和國文學」兩卷。因為分為兩本書，所以從 2017 年後發表的文章中選了一部分進來，成為現在的這個模樣。）書稿最後三篇文章，是《名作欣賞》2021 年第 9 期的一個專欄（另有一篇題為《文學欣賞，在審美中放飛心靈》用為本書的「代序」），在此向《名作欣賞》表示真誠的謝意。特別要感謝王毅教授撰文，他寫的其實是當年武漢大學中國現當代文學博士點的歷史剪影，記錄下了我們先生們的精神風貌，這在我具有重要的紀念意義。感謝吳翔宇教授撰文，幫我清理了魯迅研究的一些思路，其實這也是他自己研究魯迅的心得，他在魯迅研究方面取得了重要成果。遺憾的是，上面提及的《現代性與中國現代文學》2019 年 3 月由中國社會科學出版社出版，我導師易竹賢先生在 2018 年 12 月 3 日因病去世。現借這兩本書出版之機，表達對他的深切懷念。

2021 年 9 月 21 日